U0075691

轉生為故事的黑幕

～以進化魔劍和遊戲知識傲視群倫～

Reincarnated as the Mastermind of the Story

2

結城涼

插畫 なかむら

Kadokawa Fantastic Novels

序幕

在七英雄傳說一代，帝都會隨著故事進行而發生多起案件。

先是某個貴族原因不明地身亡，接著是失去理智的近衛騎士對第三皇子下手；第三皇子遭到綁架，理應是綁架犯的騎士卻死狀悽慘；帝都內不斷有人遭到襲擊，而且受害者不分派閥。原先榮華鼎盛的雷歐梅爾帝都，就在短短時間內變得一團混亂。

有人認為，這是他國的侵略。

有人聲稱，這是主神的怒火。

不過，事情並非如此。

沒有人料想到，這些都是某位貴族下的戰書。

不在常識範圍內的一連串騷動，全都是某個滿心仇恨的男人所為。

然而，這樣的未來已不會降臨。因為名叫連・艾希頓的存在，使得這場騷動的黑幕——皇族派領袖伊格納特侯爵的未來，有了重大轉變。

◇◇◇◇

這個地方名為歐培海姆，是雷歐梅爾國內最大的濱海都市。

莊嚴而高雅的景致，使它擁有「白色王冠」的別稱，也被譽為「水都」。

這座都市沿著幾乎呈圓形的海岸線而建，其中最知名的，便是其巨大的港口。

此地房屋普遍以白磚建造，明媚的風光深受歷代皇族喜愛。都市處處可見舟船行於水道，這點頗受觀光客好評。

從克勞賽爾驅馬至此差不多要一個月，距離帝都的路程則大約兩週。

歐培海姆對於雷歐梅爾帝國的海運極為重要，必須交給能幹的貴族統治。這人一定要是個不會讓周邊諸國有機可乘的智者。

正因為如此，有不少貴族對**他**心懷畏懼。

歐培海姆領主——尤里西斯·伊格納特。

擁有一頭烏黑秀髮的美男子，三十五歲的年輕貴族。

「喲，艾德加。」

他出聲喊住從克勞賽爾歸來不久的管家。

地點位於歐培海姆中央，一座足以稱為小城的大豪宅庭園。

「是。我回來了。」

回應主人呼喚的艾德加，才剛回到兩個月不見的歐培海姆。

序幕

今年春天，他接下主人的命令前往克勞賽爾領。目的是協助對伊格納特侯爵有大恩的克勞賽爾男爵，對抗基文子爵的恣意妄為。

最後，騷動在連和莉希亞的出色表現下順利平息。

在那之後又過了些時日，艾德加才得以回歸主人身邊。

「看見主人還是一樣健壯，我就放心了。」

「那當然嘍！而且，今天是個好天氣對吧？我想說機會難得，正打算整整那些英雄派的傢伙呢！」

尤里西斯愉快地說道，看向擺在庭園的桌椅。

他就這麼領著艾德加走過去坐下，然後要艾德加也坐。

但是，身為僕人的自己，和主人同坐未免太沒規矩。

「非常抱歉，但我是管家。」

「真是冷淡啊……不然我站起來吧。這麼一來就對等了，無妨吧？」

話雖如此，卻也不能真的讓主人站著。

到頭來，艾德加主動退讓，也坐下了。

「讓我聽聽你在克勞賽爾碰上的事。」

艾德加將克勞賽爾發生的事，鉅細靡遺地講給主人聽。

從和基文子爵勾結的文官開始，第一天的審判到最後一場審判都沒漏掉。接著講到克勞賽爾男爵即將被帶往帝都之際，連和莉希亞即時趕回來。

最後，他告訴尤里西斯兩人是如何活躍。

「喔……那麼，他確實是個很不得了的少年？」

「毫無疑問。」

「即使和那幾個英爵家的孩子相比也一樣？」

「是。若是主人見到，想必也會認為連・艾希頓的價值絕非金錢所能取代。」

聽到這句話，尤里西斯瀟灑地笑了笑。

「好消息。聽完你這番話，我對於陛下的不滿似乎稍微平復了點。」

「……主人，恕我直言——」

「別說了。我也很明白。陛下之所以不提供素材是為了皇族，對吧？」

明白歸明白，能不能接受又是另一回事。

「事情和**菲歐娜的特殊體質**有關。我也知道這很難處理。不過啊……」

尤里西斯頓了一下。

「我偶爾會想，要是菲歐娜死了，我究竟會怎樣。」

「這……」

「說不定會發動政變呢。我或許會暗殺被人們視為下任皇帝的第三皇子，希望雷歐梅爾滅亡

——抱歉抱歉，別露出那種表情啦。」

艾德加聽完，繃著一張臉。

畢竟這些話實在太危險，就算以常識來看做不到也一樣。

而且，做不到終究是指常識的範圍之內。艾德加明白，坐在眼前的尤里西斯有足以顛覆常識的實力。

「不過，真的很幸運。畢竟菲歐娜小姐的體質，不用竊狼素材就壓不住。」

「就是這麼回事。所以，我希望能和克勞賽爾家打好關係。」

「喔，不是艾希頓家嗎？」

「正確說來兩者都是，唉，當貴族真的很麻煩啊。如果我在這時候對艾希頓家出手，就和那個愚蠢的子爵一樣了。」

「在下失言了。」

尤里西斯愉快地表示：「沒關係。」

「要施力嗎？」

艾德加這個問題真正的含意，是「要不要把克勞賽爾家拉進皇族派」。

「在沒有上級貴族庇護的中立派裡，克勞賽爾男爵稱得上**有傲骨**。要是主人親自出面——」

「算了吧。這種有失格調的行為和英雄派沒兩樣。在別人眼裡，克勞賽爾男爵已經傾向皇族派了，輕率行事反而會變成恩將仇報。」

尤里西斯苦笑著聳了聳肩。

這時，一聲「父親大人？」傳來。

沒多久，一名帶著花香的貴族千金出現在兩人眼前。

她牽著侍女的手，踩著不太穩的腳步慢慢走近。暫時還沒辦法好好走路的她，戴著一條**以銀**

鍊子與漆黑寶石搭配而成的項鍊。

「艾德加！你回來啦！」

令人聯想到黑曜石的烏黑秀髮，跟著貴族千金的腳步搖擺。

及腰長髮隨春風飄揚，陽光灑在臉上，使得她宛如妖精、天使一般惹人憐愛；她的肌膚白皙更勝於雪，端正的容貌則讓她看來比真實年齡更為成熟。

實際上，她只是個比連和莉希亞大兩歲的少女。

「菲、菲歐娜小姐！請等一下！我也過去幫忙！」

聽到艾德加慌張地這麼說，菲歐娜倒是堅定地表示：「別在意，我自己也得努力才行。」然後走到庭園的桌椅旁。

她在侍女的攙扶下坐到椅子上，調勻呼吸後抬起頭。

「歡迎回來，艾德加。」

一雙帶有傲氣的薰衣草色眼睛看向艾德加。

這位貴族千金，正是七英雄傳說一代最後頭目尤里西斯．伊格納特的獨生女，菲歐娜．伊格納特。

遊戲裡，伊格納特因為她的死亡而深深憎恨著雷歐梅爾，甚至站到魔王教那一方，與主角為敵。

然而，菲歐娜現在還活著。連成功狩獵竊狼，改變了她本該迎接死亡的命運。

菲歐娜還沒恢復到能自力行走的程度。

但她每天努力復健的模樣有目共睹。
「克勞賽爾之旅怎樣啊？」
「是一趟收穫豐碩的旅行。不過，菲歐娜小姐。」
艾德加勇敢地向這位千金進言。
「正如先前在下向您提過的，請別對我們這些下人用這種口吻說話。」
「呵呵，艾德加你應該也知道，我受母親大人的影響，向來都這樣說話的。」
「可是……」
「不行喔。你還是死心吧。」
與臉上的微笑及淘氣的口吻相反，菲歐娜眼底藏著絕對不退讓的堅定意志。
「父親大人。我也想去一趟克勞賽爾，向連．艾希頓公子表達謝意。」
「我也很想這麼做呀。不過，克勞賽爾男爵要我等一下。畢竟彼此派閥不同，我又是侯爵，所以無論如何都……差不多是這種感覺嘍。」
「那、那麼，用寫信的如何……？」
「我覺得是個好主意，不過這回該尊重克勞賽爾男爵的意見。忍耐一下吧。」
「……說的也是。」
菲歐娜遺憾地低下頭。
被連救了一命的菲歐娜，也不想為連的主君克勞賽爾家添麻煩。
不過，一定要向他表達感謝之意。

菲歐娜仰望天空，向主神艾爾芬祈求這一天盡快到來。

總有一天，一定要當面向他道謝——

一章　在克勞賽爾的生活

這個春天，克勞賽爾男爵領遭逢前所未見的危機。
受皇帝之命管理鄰接領地的基文子爵，將克勞賽爾男爵當成派閥鬥爭的目標。
由艾希頓家管理的村子位於邊境，損害尤其慘重。當時，克勞賽爾男爵雷札德的獨生女——聖女莉希亞，就在邊境村裡。
莉希亞在基文子爵的陰謀策劃下遭到綁架。
當時她病情沉重，差點喪命——卻奇蹟似的生還。
一切都是因為連・艾希頓這名少年的奮鬥。
連運用他的機智和魔劍，孤身一人護住莉希亞，但也因此身負重傷。
雷札德為了答謝連保護女兒，讓連留在男爵宅邸靜養。多虧了他的關照，連的身體得以康復。回復藥和治療用魔道具讓連的肌肉流失停留在最低限度，不必花上數個月復健就能自力行走。
騷動過後兩個月的某天——
「應該好了吧。」

坐在宅邸客房床上的連輕聲嘀咕。黑褐相間的頭髮隨著窗戶吹進來的風飄揚，偏中性的臉上浮現笑容。

他心滿意足地起身，走向客房的窗戶。

往窗外看去，能見到勤於晨訓的莉希亞。

（約定就得遵守啊。）

在那一趟以春季襲擊案揪開序幕的逃亡之旅中，連答應要和莉希亞交手。

即使已經過了**六月**，連的生日早在不知不覺間過去，約定還是要遵守。

換好衣服的連獨自離開客房，走在已經很熟悉的走廊上。

這間宅邸和連自家不同，走起來很舒適。想來是多虧了厚重的地毯吧。

「唔，少年？」

話音自連背後響起。

說話的人，是從走廊另一端走來的拜斯。

他身為率領克勞賽爾家騎士團的團長，每天都很忙碌，不過連要復健時總是會來幫忙。

「少年，早餐吃過了嗎？」

「和平常一樣在房間裡吃了，我正準備到外面運動一下。」

「你說的運動……」

「要是身體一直遲鈍下去，可能會丟臉嘛。」

拜斯頭上浮現問號。

不過，看見連把注意力放在窗外後，他立刻明白是怎麼回事。
「和大小姐比試啊。不過，你不需要逞強喔。當家老爺也是這麼說的。」
「沒關係啦。一來這是我自願的，二來我也不想讓莉希亞小姐一直等下去。」
連每天都在看莉希亞訓練。
從客房的窗戶往下望，就是她每天早上做例行訓練的廣場。待在室內看莉希亞訓練的連，每天都會和她對上眼、互相揮手。
「我們已經約好了。一起回來之後，一定還要再比試。」
今天莉希亞也在訓練告一段落時看見了連，露出可愛的笑容向他揮手。
一走出宅邸來到廣場，莉希亞便踩著輕快的步伐接近。
她在訓練時穿的白衣，裙襬被清風吹得微微揚起。這套衣服當時留在艾希頓家沒帶走，卻奇蹟般地躲過火災留存下來。
日前，連的父母來克勞賽爾時，將這套衣服還給莉希亞。
穿上這套衣服的莉希亞跑向連——
「——」
卻不知為何停下了腳步，和連保持距離。
連正感到疑惑時，便看見她拿起放在附近長椅上的毛巾擦汗。
她顯得有些焦躁，陪練的騎士們見狀紛紛偷笑。

（明明不需要介意的。）

不禁苦笑的連，以全身呼吸戶外的空氣。

這間宅邸的庭園充滿綠意，光是做個深呼吸就能讓人感到心曠神怡。

「連！」

擦完汗的莉希亞小跑步靠近。

有如純銀與紫水晶交織而成的長髮和逃亡時不同，已經恢復絲綢一般的光澤。生有一副精緻五官的她，經過那件事之後顯得稍微成熟了點。

她在朝陽映照下，展露天使般的可愛笑容對連說道：

「已經沒事了嗎？是不是在逞強？」

「放心。我最近已經恢復到能跑步了，莉希亞小姐先前不也有看見嗎？」

「話、話是這麼說沒錯……！」

莉希亞不太高興地嘟起嘴。

「純粹擔心嘛，真是的。所以說，你來外面做什麼？散步？」

「不，我想稍微活動一下身體。」

「你說活動身體，是要做什麼？」

「這個嘛，為了將來和莉希亞小姐比試，我想該久違地揮一揮劍。」

說完，連就從愣住的莉希亞身旁通過，走向廣場。

庭園一角有個架子，放了幾把訓練用的劍。連從架上挑了一把長度適合自己身材的。

「真、真的要和我比試？沒騙我？」

「畢竟已經約好了嘛。不過，得等我的手感恢復喔。要不然，我大概三兩下就會被打敗。」

「會嗎？是連的話，我覺得應該已經夠了。」

「那個……妳應該不是在催我吧？」

「當然。我剛剛那麼說，只是想試著說明彼此的實力差距。」

聽到莉希亞這幾句話，待在附近的騎士們大惑不解。

……大、大小姐講出那種話居然不會覺得不甘心？

……畢竟連拜斯大人都認可他的實力吧？別在意。

騎士們也很期待見到連揮劍的樣子，不輸莉希亞。

傳說中的連‧艾希頓實力究竟有多強，他們希望能親眼見識一下。

就在騎士們交頭接耳時，連久違地握住了劍。

手感不太對。握起來和木魔劍、鐵魔劍不一樣，總覺得哪裡怪怪的。

（這也是難免的吧。）

連決定暫且忍耐，挽起袖子。

魔劍召喚手環，就戴在露出來的手腕上。

「為什麼有個和之前一樣的手環？」

「父母幫我準備了一個很像的。」

「喔……這樣啊。」

當然是假的。如果不這麼說，連就沒辦法戴上手環。

順帶一提，莉希亞先前說要送連的短劍，似乎在宅邸倉庫找不到類似的，所以她信誓旦旦地表示，會在近期另外找一把給連。

（總而言之，稍微試一下。）

準備揮劍的連，先和莉希亞拉開距離，然後輕輕甩動手臂。

雖然握起來的手感不太對，但是揮劍的感覺和以前沒什麼差別。

（沒問題。真的已經恢復了。）

接著，連彷彿敵人就在眼前似的作勢迎擊。

面對不存在的竊狼，他腳下踩著步法，手中長劍靈活出擊。

破空聲在廣場中迴盪。

鋪在廣場地面的碧綠草皮，隨著劍壓產生的風而晃動。

「喔……」

拜斯輕聲讚嘆。

騎士們明白連比自己想像中還要強，一語不發地盯著看。

莉希亞雙手背在身後，愉快地旁觀。

（意外地沒生疏呢。）

在觀眾的驚嘆之下，連加快了揮劍的速度。
劍勢愈來愈犀利，散發出來的壓力讓眾人肌膚隱隱作痛。
「連，狀況如何？」
在他熱身運動告一段落時，莉希亞開口了。
「和倒下之前差別不大。雖然還沒完全恢復，不過要活動已經綽綽有餘。」
「那就好。我的神聖魔法是不是多少有發揮效果呀？」
連還躺在床上休息時，莉希亞三不五時就跑客房，勤快地為他施展神聖魔法。
多虧莉希亞的魔法加上回復藥等物，讓連恢復得很快。
（還有身體能力UP（小）吧。）
身體狀況比預期的更好，於是連說道：
「那麼，如果只是小試身手也無妨的話，要不要比一場？」
「啊，不過麻煩別太認真。我還沒辦法像以前那樣活動。」
「……咦？」
看見莉希亞驚訝地說不出話，拜斯代為開口。
「少年！還太早了吧？」
「沒問題。真的只是小試身手。」
強調自己不會逞強後，連坦然面對和莉希亞的比試。
對於他這番話半是欣喜半是驚訝的莉希亞，面露苦笑。

「真的沒問題嗎？」

連立刻回答：「是。」

「那麼，今天就當成簡單的復健吧。所以這算不上比試，只是稍微運動一下。可以嗎？」

反過來被對方冷靜地勸諫，讓連尷尬地搔了搔臉。

「還請手下留情。」

連說完，舉起訓練用的劍。看見他散發比先前更為強大的壓迫感，讓莉希亞暗自心驚。

莉希亞明白，經過那一戰之後他變得更強了。

「——『請手下留情』似乎是我的台詞。」

連展現的強者風範，讓莉希亞臉上不禁有了笑意。

◇◇◇◇

當天晚上，聚集在宅邸大廳的眾人討論起白天那場比試。

「真是精彩。沒想到他居然那麼厲害。」

「仔細一想也是理所當然。畢竟他不但解決了竊狼，還擁有足以討伐噬魔怪的實力嘛。」

騎士們對連大為讚賞。

「也不能忘記連少爺的為人。」

「而且，各位都看到了吧？儘管輕而易舉就輸掉讓大小姐很不甘心，但她顯然更以連少爺為傲。千萬不能忘記他們倆有多相配。」

傭人們也跟著說道。

正如他們說的，莉希亞對上連，輕而易舉就輸掉了。

過了一個冬天有所成長的她雖然變強了，但是經過耶露庫庫那一戰的連同樣也變強了。

「所以說，拜斯大人——」

一名騎士代表眾人向拜斯進言。

「就我等的立場而言，希望連兄弟能夠留下來。」

「拜斯大人，我們一干傭人也有同感。」

「嗯……我明白你們的心情，但是少年說了要回村。沒辦法讓他那樣的逸才留下令人惋惜，不過當家老爺也講過要尊重艾希頓家與少年的意願。」

騎士和傭人們紛紛嘆息。

既然厭惡霸道強權的雷札德這麼說了，那麼就算大家去求，雷札德想來也不會讓步——他們都這麼認為。

◇◇◇◇

同一時刻，連借住的客房——

坐在桌前讀書的連闔上書本，看向放在桌子一角的蒼珠。

那是竊狼收集的寶物之一，瑟拉奇亞的蒼珠。連回想它在遊戲時代的說明。

『看來這好像是顆蛋。疑似蛋殼的表面硬到任何名劍都不管用，觸摸時能感受到它蘊藏非常強大的力量。如果獻上龐大的魔力與偉大之龍的角，或許能夠讓蛋孵化。理論上，牠誕生後對主人絕對忠誠。』

在竊狼的掉落物之中，瑟拉奇亞的蒼珠是機率最低、最為稀有的物品。

據說沉眠於蒼珠內的魔物具有絕對性的冰與黑暗之力，就連魔王都感到棘手。

物品說明讓許多玩家試著尋找它的用途，但是沒有一個人找到運用方法，所以它八成是用來換錢的——這是玩家們當初的結論。

然而對於連來說，這東西已經不能看成純換錢用的了。這顆瑟拉奇亞的蒼珠，偶爾會出現一些不可思議的反應。

好比說還待在村裡時，連曾經伸手去摸，卻發現它疑似有些許震動。春天那場騷動過後，連的父母把瑟拉奇亞的蒼珠帶來這間宅邸時，也有過類似的現象。

只要連一摸瑟拉奇亞的蒼珠，和內部那團翻騰霧氣同色的蒼藍雷光，就會變得更為旺盛。

「該不會真的是吸收我的魔力成長吧？」

要是遊戲時代所見的說明欄內容無誤，那麼瑟拉奇亞的蒼珠就有可能孵出某種魔物。

假如「絕對忠誠」不是假話，連就沒什麼好怕的。不過——

「所以說，這個『偉大之龍』是指誰啊？」

連對這部分毫無頭緒，龍的角要怎麼弄來也是個問題。

如果能讓蒼珠孵化，無疑會成為這世界僅連一人擁有的力量(優勢)。不過，實際上連根本不知道那隻偉大之龍是什麼東西，所以非常困難。要從這種龍身上搶到角就更別提了。

連才剛對瑟拉奇亞的蒼珠說：「要乖喔。」房間外就傳來敲門聲。

『連，是我。』

莉希亞的聲音跟著響起。

連放下瑟拉奇亞的蒼珠，應了聲：「我在。」

「睡前我想和你聊聊——啊，你又在看那顆不可思議的寶石啦？」

打開門的莉希亞探頭說道。

日前某一天，連把瑟拉奇亞的蒼珠放在桌上忘了收起來，莉希亞看到之後就問：『這是什麼？』

當時連只回答：『是竊狼掉的東西。』莉希亞點點頭說：『原來是這樣啊。』

瑟拉奇亞的蒼珠內有藍色霧氣翻騰，一般來說或許不至於看成寶石。但這個世界有魔石，還有人能看見魔石內部有魔力蠢動。實際上，的確也有會產生類似現象的寶石存在，所以莉希亞誤以為連撿到的蒼珠也是某種魔石或寶石。

莉希亞來到連身旁。

「抱歉這麼晚還來打擾你。你準備要睡了嗎？」

「不，這倒是還沒有。」

「既然這樣——」

「好的。如果不嫌棄，還請讓我陪妳聊天。」
聽到連這麼回答，莉希亞露出開心的笑容，輕聲說：「太好了。」
她走向連平常睡的床，直接在床邊坐下。
不著邊際地閒聊一會兒之後，她似乎想到了什麼，於是詢問連：
「欸欸，連你會在克勞賽爾待到什麼時候？」
（她會這麼問……看起來應該不是要趕我走。）
莉希亞這個問題，連認為是要問還能陪她練幾次劍。
「大概再陪莉希亞小姐比試個幾場之後……幾場比較好？」
「一千場。」
「啊？」
「總之先來個一千場就好。」
就算每天一場，也要將近三年吧？
實際上，每天是做不到的，恐怕要有多出數倍的心理準備。
莉希亞抬起頭，小心翼翼地看著連。
見到那雙彷彿會把人吸進去的美麗眼睛，連差點就要點頭了。
「總、總之是嗎？假如要比上一千場，會拖上很久喔。」
「在這裡住下來就行了。」
「工作——」

「你是艾希頓家的人，在這裡當騎士就好。」
「不，正確說來我還不是騎士，只是騎士的兒子。」
「真、真是的！有什麼關係嘛！」
今晚的莉希亞格外固執。
「沒關係吧……？我不會要你陪我比一千場，但是你可以再留一段時間吧？」
她擔心完成比試的約定之後，連就會快快啟程返鄉。
這副令人憐惜的模樣讓連大為動搖，於是連屈服了。
「那麼……可能要再受你們關照一段時間了。」
自己確實說過要和她多比幾場。
這是為了遵守約定——連在內心對自己辯解。
「真、真的？」
莉希亞探出身子，逼近坐在桌前的連。
「不過，必須先徵求雷札德大人的同意。」
「放心！父親大人會說你要留多久都可以！」
「那就恭敬不如從命……」
「說、說好嘍？騙人的話我可不饒你喔！」
非常開心的莉希亞拿起枕頭，用力抱在懷裡。
（我的枕頭……呃，雖然是借來的……）

「啊，我差不多該回房間了。」

兩人看向時鐘，已經過了深夜十二點。

「對了。明天我要上街買東西，前一次上街已經是好久以前的事了。連方便的話要不要一起來？」

「我嗎？可是莉希亞小姐有專屬騎士，拜斯大人也在。」

「明天拜斯有空，所以他也會來……等等，沒有啦，不是要你當我的護衛……那個……！」

雖然最後面斷斷續續聽不清楚，不過人家都特地邀約了。

「知道了。如果不嫌棄的話，請讓我同行。」

「太好了！那麼，為了別睡過頭，我該去睡覺了。晚安！明天見嘍！」

莉希亞向連揮揮手，走出客房。當然，她把抱過的枕頭留在床上。

連目送她離去後，打開桌上剛剛看到一半的書。

這是連在療養期間從宅邸書庫借來的幾本書之一，書名叫《七英雄的聖遺物》。

標題的「聖遺物」，是指七英雄當年用過的裝備。這些東西在七英雄傳說裡也有出現，如果讓對應的角色裝備，戰鬥力會有顯著的提升，非常貴重。

玩家們將這些東西統稱為「英雄裝備」。

對於連來說，都是些早就知道的情報。說穿了，他連哪件裝備藏在哪裡都一清二楚。這本書之所以讓他覺得有意思，是因為書裡藏有七英雄傳說裡沒揭露的情報。

「——勇者盧因的劍碎成好幾塊啊？」

據說要留待七英雄傳說三代才會解釋的**神劍**。
這把神劍似乎已經不存在於世上。書上寫著，這把劍在勇者討伐完魔王，將它帶回祖國雷歐梅爾的同時粉碎，就此回歸塵土。
「……這麼說來，找出英雄裝備後把它們賣掉，是不是能賺到不少錢啊？」
能使用英雄裝備的人有限。這幾件裝備只有七英雄後裔能夠使用，所以就算連把東西弄到手也只能賣掉。話雖如此，但是把東西賣了又可能被英雄派盯上，基本上還是別碰比較好。
連打了個大大的呵欠，看向手環上的水晶。
戰勝耶露庫庫與其他對手得來的熟練度，讓連比起逃亡時成長不少。
魔劍召喚術邁入新階段，現在能同時召喚兩把魔劍了。
下一級能獲得的力量則是身體能力ＵＰ（中）。
然而也有些令人在意的地方。魔劍召喚術升級需要的熟練度，和先前相比增加得不算多。
話雖如此，但先前的１５００累積起來也相當辛苦，難度畢竟還是有所提升。
「總覺得不久之後，難度會一口氣拉高耶……」
下次升級所需熟練度的增加方式，甚至讓連覺得像風暴來臨的前兆。如果事情真的變成那樣，也只能認了。眼前還是先為所需熟練度沒有增加太多感到高興就好。
另外，魔劍召喚術和魔劍本身獲得的熟練度，好像和先前有所不同。
先前打倒魔物時，兩者獲得的熟練度都是一比一。但是，經過耶露庫庫那一戰之後，魔劍本體得到的熟練度似乎比較多。

[NAME]

連・艾希頓

[職業] 艾希頓家　長男

[技能]

■魔劍召喚　Lv. 1　0／0

■魔劍召喚術　Lv. 3　239／2000

透過使用召喚出來的魔劍獲得熟練度

等級 1：可以召喚「一把」魔劍。

等級 2：手環召喚期間，得到「身體能力ＵＰ(小)」的效果。

等級 3：可以召喚「兩把」魔劍。

等級 4：手環召喚期間，得到「身體能力ＵＰ(中)」的效果。

等級 5：＊＊＊＊＊＊＊＊＊＊＊＊＊＊＊＊＊＊＊＊＊＊＊。

[已習得魔劍]

■木魔劍　Lv. 2　988／1000

可以進行相當於自然魔法（小）的攻擊。

攻擊範圍會隨著等級上升擴大。

■鐵魔劍　Lv. 1　988／1000

鋒利程度隨等級提升。

■盜賊魔劍　Lv. 1　0／3

一定機率隨機搶走攻擊對象的物品。

「……唉，畢竟之前沒什麼例子能參考。」

連打倒竊狼之後，就懷疑過魔劍召喚術和魔劍本體得到的熟練度是否一致。

如今出現了「不一致」的案例，看來這就是疑問的答案。

噬魔怪是耶露庫庫召喚的魔物，恐怕不能當成一般魔物看待。得到的熟練度比預期來得少，或許就是因為這樣。

不過話又說回來——

「那把魔劍，照理說應該和莉希亞小姐的魔石脫不了關係。」

那時候耶露庫庫拚上性命解開精靈的封印，強化噬魔怪。

死亡已經迫在眉睫的連倒在莉希亞身旁，手落在她胸口。

接著手環的水晶發出光芒，讓連得以召喚名為「？？？」的神祕魔劍。

騷動結束之後從莉希亞口中得知，擁有足夠力量的聖女誕生時體內會有魔石。假如像能從竊狼那種特殊魔物的魔石得到魔劍一樣，唯有部分聖女體內會出現的魔石也有其特殊意義——想到這裡，連不禁自嘲。就算此刻身處奇幻世界，這種猜測依舊太沒根據。

儘管很想調查，不過為了驗證，得把手放到莉希亞胸口或背上接近魔石的位置，他實在無法開口。

更何況，從莉希亞的魔石取得力量，也可能讓她有個萬一。

真要說起來，要吸收魔石的力量，連必須先打倒對手。

他這才想到，自己在逃亡途中背過莉希亞，然而什麼事也沒發生。

「……睡覺吧。」

到頭來還是無從確認，因此連決定放棄。

他將書本闔起後放好，熄掉房間的燈。

◇　◇　◇　◇

隔天早上，在一間從門面到內部都散發高級感的服裝店。

「您那天的表現實在精彩。就連我們這些平民，提起您也都是讚不絕口。」

那間店的老闆說道。連和莉希亞歷經艱辛終於趕回克勞賽爾時發生的事，許多民眾都看在眼裡。

見到連不好意思的模樣，同行的莉希亞和拜斯不禁微笑。

「話說回來，聖女大人，請問您今天蒞臨敝店有什麼需求呢？」

「買他的衣服。可以幫忙挑個幾件嗎？」

「了解。那麼，我們先量尺寸——」

話題不知不覺間有了出乎意料的發展，讓連慌張地看向莉希亞。

「為什麼是我啊？」

「你留在家裡的衣服不是幾乎都燒掉了嗎？」

「確實燒掉了沒錯……但就算是這樣……」

「有什麼關係？是我自己想送你的。」
說完，莉希亞別過頭去。
她把手背在身後，開始物色起店裡的商品。
連從挑空部分望向二樓，發現一樓擺的是男裝，二樓是女裝。
但是，莉希亞沒上樓，一直在打量男裝。
店老闆則開始量起連的尺寸。
「救救我，拜斯大人。我不太敢收高價禮物。」
「放心吧。大小姐是花自己的零用錢，你不需要客氣。」
連看向地面，擦到會發亮的深褐色木紋地板也顯得十分高級。一塵不染的玻璃展示櫃裡那些飾品和皮製配件，顯然都是高級貨。
「更何況，大小姐是個沒什麼物質慾望的人。意思就是呢，她的零用錢大多都擺著沒動，存得遠比花得快。」
連差點又要脫口說出「就算是這樣……」
不過，一再拒絕也很失禮，而且可能是在踐踏莉希亞的善意。
「量完了。」
老闆才剛這麼說，在店裡到處逛的莉希亞就回來了。
「欸欸，連你喜歡怎樣的衣服？」
「普通的衣服。」

他完全想不到，於是給了個非常抽象的答案。
不過，莉希亞沒笑也沒嫌，反倒點了點頭。
「我知道了。你討厭花俏的，喜歡輕便的對吧？」
「妳怎麼知道？」
「天曉得嘍？我也不太清楚，只是有這種感覺。」
於是莉希亞開始拉著連在店裡逛。
「莉希亞小姐？」
「聽我的，從那邊開始看吧！」
事到如今連才發現，店裡沒有其他客人，等於被包下來了。
大概是因為這樣吧，莉希亞看起來格外自在，非常開心。
「再來是這邊——啊，那邊的應該也很適合！」
「不不不，太花俏了啦！」
「先試穿再決定要不要放棄。好啦，那邊有試衣間。」
到頭來，連還是被莉希亞推向試衣間了。
她滿懷期待地在門外等連換好衣服。
一會兒後，試衣間的門開了……
「這衣服不適合平常穿吧！」
從試衣間走出來的連，身上穿著看起來能出席宴會的時髦西裝。

平常確實不適合穿這種衣服。旁觀的拜斯和老闆也這麼想。

不過，莉希亞開心地表示：「很適合你。」

「可以把那套衣服修改到適合連的身材嗎？」

「了解。」

老闆點點頭，沒有反對。

「莉希亞小姐？妳覺得我要到哪一天才會穿這種衣服啊！」

連本人倒是反對，然而結果沒有改變。

「總有一天嘍。要是碰到那種場面卻沒有現在這身衣服，可就麻煩了吧？」

之後莉希亞還幫連挑了平常穿的衣服，總共送了他三套。

（我也得回禮才行。）

問題在於經費，該怎麼辦呢？

不過，這個問題**很快就有了解法**。這時候還無從想像理由和經過的連，只能抱胸苦思。

一直微笑旁觀的拜斯，此時不經意地看向店門。

「嗯？」

發現一名克勞賽爾家的騎士來到這間店。

「老闆，不好意思，那兩位就先麻煩您了。」

拜斯離開現場，朝騎士走去。

騎士喘得上氣不接下氣，過了數十秒才有辦法說話。

「其實是——」

拜斯聽完後，想了一下。

「他們一行應該是傍晚抵達吧？」

「是，人家告訴我是這樣。」

「那麼，我們會按照預定計畫，過了中午再回去。我也知道該早點回去準備……但是大小姐看起來很開心，『該回去了』這種話實在很難啟齒。」

「屬下了解。這樣應該不成問題，我會轉告當家老爺。」

◇◇◇

三人按照預定計畫，過了中午才回到男爵宅邸。

「大小姐，你們回來啦。」

熟悉的侍女出來迎接連和莉希亞。

「有客人要來，所以當家老爺叫您過去。他在辦公室等。」

「知道了。那麼**優諾**，能不能代替我去書庫找書？連說他之前讀了某本書，想要找續集。」

「好的，我知道了。包在我身上。」

這個名為優諾的少女，從莉希亞還小的時候就陪伴在她身旁，臉上開朗的笑容令人想起米蕾優，就像平原上綻放的花朵般清秀可愛。年紀也才十八歲，相當年輕。
優諾常待在莉希亞身邊伺候，所以也和連交談過不少次。
「連少爺，請往這邊走。」
連跟著優諾走向書庫。
「今天有買到中意的衣服嗎？」
「做決定的全都是莉希亞小姐……咦？為什麼優諾會知道我的衣服這件事？」
「昨天晚上，大小姐看起來心情很好，所以我問了她今天的行程。」
（難怪。）
順帶一提，買的衣服據說要過些時間才會送來。
「買了怎樣的衣服呀？」
「兩套平常穿的，一套正式場合穿的。送一套就已經讓我覺得很不好意思了，居然連沒機會穿的正式服裝也……」
「唉呀。不過說到正式服裝，夏天還有大小姐的生日宴會，不如當天就穿那套怎樣？」
前提是連在這裡待到夏天。還沒確定行程的連沒辦法老實地點頭，因此他笑著敷衍過去。
優諾大概已經猜到理由，但也沒追問下去，只露出有些遺憾的微笑。
「這麼說來，聽說傍晚會有客人到訪。」
此時連轉移話題。
「是啊。好像抵達時間會比預定來得早。」

連邊走邊思考關於訪客的事。

（算了，反正與我無關。）

現在的自己，不過是出於某些原因留下來當食客。

他打算去書庫借書來讀，安靜地度過這個下午。

夕陽開始西斜時，屋外變得相當熱鬧，連從窗戶看見雷札德等人出來迎接。

到來的這群訪客，穿著相當講究的騎士服。

其中一名看似指揮官的騎士，正和雷札德交談。

莉希亞就在旁邊等候。

（**正騎士團**？）

帝國所屬騎士團的統稱。

儘管正騎士團各有所屬，不過說穿了就是國軍。和拜斯這種侍奉對象為單一貴族家的騎士有所不同。

儘管對正騎士團的來訪感到疑惑，連依舊很快就把視線從窗戶挪開。那一行人和拜斯等人之間沒有劍拔弩張的感覺，應該不會像之前基文子爵那樣。

（這本書還真有意思呢。）

他比較在意手上這本隨興借來的小說後續劇情發展。

打算再借續集的連起身走出房間，不過他很快就打消了主意。

此刻有一群正騎士來訪，連不希望打擾到他們。

「喔，怎麼啦，少年？」

連正巧碰上回到屋裡的拜斯。

「我先前從書庫借了書，剛剛本來想去找續集，但是我又怕打擾到客人，所以正要回房間。」

拜斯陷入沉思。

「真是的……你的心思還是一樣細膩得不符合年齡……可是……嗯……」

正當連在想「到底怎麼回事？」的時候，拜斯給了個讓連吃驚的提議。

「機會難得，少年要不要也來看看？其實那些客人是來看大小姐的劍。要是少年你願意，不妨也讓他們看看你的劍，如何？」

「……啊？」

連反應呆滯。由於早已決定要向拜斯請教，因此他意外地對正騎士毫無興趣。

拜斯大概也猜到原因了，於是換了一套說詞邀連。

「看看人家指導大小姐的樣子如何？說不定，少年也會有些收穫。」

「啊，若是這樣請讓我同行，畢竟機會難得。」

根據拜斯的說法，為了增進莉希亞的技術，雷札德平常就會安排這類行程。

這次造訪的正騎士團剛好到了鄰近地區，所以他們的指揮官繞路來這裡一趟。

「那位來訪的騎士很有名嗎？」

「有一定水準，畢竟人家的本事足以率領正騎士。聽說流派是**聖劍技**，少年有聽過聖劍技嗎？」

「印象中是勇者盧因創始的流派，很多騎士都會學……是嗎？」

「嗯，就是這樣。」

騎士們除了基礎劍術之外，往往還會學習適合自己的劍技。

其中又以聖劍技特別受歡迎。「由勇者盧因開創的劍術流派」這點似乎造成很大的影響，無論哪個派閥都有很多騎士學習。

……這些情報，當然是從七英雄傳說來的。

（畢竟聖劍技很方便嘛～）

世上派閥眾多，任何流派只要足夠熟練，就能學會透過消耗魔力施展的戰技。對於天生沒有技能的人來說，這種後天學會的力量可以代替技能。

（雖然記得遊戲時代的動作，不過有樣學樣——應該無法發動戰技吧。）

前往庭園的途中，拜斯說道：

「我除了帝國劍術之外沒學別的。聖劍技似乎不怎麼適合我，所以我把心思都放在帝國劍術上面。」

「我覺得這樣很好。帝國劍術是防守之劍，應該很適合護衛雷札德大人。」

兩人現在聊到的帝國劍術，正是騎士們要學的基礎劍術。這套劍術十分泛用，而且就像連說的一樣，重視防守，因此對於需要護衛的人來說非常可靠。

「如果少年你有興趣，改天我教你帝國劍術吧。」

「真的嗎！感激不盡！」

「哈哈！既然你這麼高興，教你就值得了。」

看見連欣喜的模樣，拜斯臉上有了些笑意。

（這麼說來，我記得……）

七英雄傳說裡的聖女莉希亞，是掌握了聖劍技的強者。

一般認為，聖劍技的特徵在於全能。攻守兼備之外還具有支援能力，身懷技能也有發揮空間。

天生就有白色聖女技能的莉希亞，將聖劍技練到極致以後自然很強，但是還有比她更強的劍士。

用劍的人，會依照其力量分階。

莉希亞的地位是劍聖，僅次於最高位階。

各流派最高階被稱為**劍王**，全世界所有流派合計僅五人。

戰神為劍王訂出了排名，這個排名叫做**劍王序列**。

如果想了解榜上五人的事，只要去世界各地的戰神神殿就好。神殿裡擺有記載五位劍王大名的石板，石板上的文字不是人力所刻，會自動將當下那幾位頂尖劍士記在上頭。

記載劍王大名的機制，在漫長歷史之中一直無人解開其祕密。此外，石板並非魔道具，所以人們稱石板為「聖遺物」。

「拜斯大人沒想過要學習其他流派嗎？」

「有啊，像是**剛劍技**之類的。」

「啊、喔……原來如此……」

「看來少年也聽說過呢。如你所知，唯有具備才能的人學得了剛劍技，使用者極端稀少的原因就在這裡。而我也和多數人一樣。」

拜斯面露苦笑，連在一旁也只能乾笑。

（剛劍技啊……）

剛劍技開山祖師就是雷歐梅爾帝國的始祖，獅子王。

在七英雄傳說裡，使用者都是與主角群作對的皇族派，換句話說那是**敵人專用的劍**。劍技和技能是兩回事，所以就算玩第二輪也學不到。

這門劍技的攻守兩方面都過於威猛，強得不講理。

儘管如此，遊戲劇情裡卻沒安排任何學習機會，可說是在各種意義上都讓玩家傷心的劍技。

（討厭的回憶浮上心頭了……）

身懷剛劍技的對手不但強得誇張，還會使用降低屬性的戰技，效果並非暫時而是永久。再加上無法迴避、傷害高到幾乎能一招解決玩家，剛劍技簡直就是各種不講理要素大放送，可說是頭目才有的特權。

所以說，聖劍技是沒有弱點的全能選手。

相對地，剛劍技被稱為戰鬥方面的專家。

◇◇◇◇

莉希亞在庭園接受正騎士指揮官的指導。
在場還有數名正騎士與克勞賽爾家的騎士。
「連！」
正好在休息的莉希亞，發現連的身影。
她擦了擦汗之後跑到連身旁，牽起連的手。
「欸欸，連也一起學吧！」
「不，我是來參觀的。」
不過，聽到兩人對話的正騎士指揮官，隔空說道：
「如果不嫌棄，你可以和聖女大人一起學。」
對方都這麼說了，堅持拒絕似乎不怎麼禮貌。
連跟著莉希亞走到指揮官身邊。
「我已經聽聖女大人說了。你比她還要強，而且拜斯團長也認可你的才能。」
當然，連苦笑著說：「沒有這種事。」
然而，指揮官似乎已經對連很感興趣，笑著表示：
「看來你會是個很有前途的騎士呢。」

「哪、哪裡，沒這回事。」
連再度表示謙虛之後，指揮官說道：
「首先，請讓我看看你的本事。」
由於已經無從拒絕，認為機會難得的連決定向指揮官求教。
看見他拿起訓練用劍，莉希亞便退開。
「先從簡單的空揮開始吧。」
連也不怎麼急，就這麼揮起劍來。
他和平常一樣用空揮熱身，準備向指揮官領教幾招。
旁觀的其他正騎士全都安靜下來。
和莉希亞學劍時不同，他們的注意力，自然而然地被連吸引過去。
一會兒後，指揮官也神情嚴肅。
「……差不多了，就用比試的形式讓我看看你的劍吧。」
「好的，還請賜教。」
話雖如此，但指揮官並未主動進攻。
他專注在防禦上，偶爾反擊。
要不然，彼此的劍術水準實在相差太大。
訓練用劍相碰的聲響與真劍不同，較為沉重。
（不愧是正騎士團的指揮官！）

然而，連與年齡不符的劍吸引了眾人的目光，花草更因他的劍壓而晃動不已。

彼此有力氣上的差距，對方熟練的劍技也找不出破綻。儘管如此，連卻漸漸從這場比試裡找到樂趣。就算自己出的每一劍都被輕易架開，內心依舊興奮地想著「這一劍就行了吧？」

可是，突然間——

指揮官退後數步，開口說道：

「你該表現得更像自己，不需要模仿我們的劍。」

說不定，自己在揮劍時意識到了聖劍技——連發現這點。

因為來到中庭之前，連想起遊戲時代的聖劍技，腦中浮現「如果模仿戰技動作會不會有相同效果？」的念頭。

「更像自己……」

「不用顧慮我。試著用自己動起來比較順暢的方式出劍。」

指揮官要自己別這麼做，應該也算是種指點。於是連調整心態。

他將劍握得更緊，準備展現自己從小向羅伊學習、於森林中精進，並在和耶露庫庫一戰之後又有所成長的劍。

「——那麼，獻醜了。」

連散發的氣息瞬間一變。

宛如強大的魔物。

「原來如此……真是沒想到啊……！」

指揮官散發出更為強烈的壓迫感，眼神都不一樣了。

這也是難免。對指揮官來說豈止出乎意料，他離落敗甚至僅有一線之隔。

「抱歉啦！」

對於氣勢威猛得與方才判若兩人的連，指揮官在揮劍時加重了力道。

他試圖一舉擊潰連的防禦，然而——

「……嗚……！」

「怎、怎麼可能……！居然擋住了？」

面對成年人的力氣，水平持劍防禦的連依然站穩了腳步，姿勢沒被壓垮。

指揮官見狀，一副不出所料的模樣點了點頭。

接著他收劍回鞘，壓迫感瞬間消失得無影無蹤。

「請問尊姓大名？」

「啊，不好意思……剛剛忘了報上姓名。在下名叫連．艾希頓。」

聽到回答之後，指揮官嘆了口氣，走到連面前。

「非常抱歉，我想連兄弟不適合聖劍技。」

「……咦？」

連吃驚地連連眨眼。

「為、為什麼？連明明那麼強……！」

莉希亞不由得激動起來。

看見方才接受指導時冷靜又熱心的莉希亞反應這麼大，指揮官暗自驚訝。

「正如聖女大人所言，他很強。我當然不用說，部下們應該也都能夠認同吧。不過，問題在於適不適合。」

見到莉希亞啞口無言，指揮官繼續說道：

「從他本人的氣質也看得出來。聖女大人，您應該還記得我剛剛請連兄弟自由地動吧？」

「……是的。」

「之所以那麼說，是因為我當時猜測，連兄弟在他父親的指導下，或許已經染上了某種習慣。」

然而，事情並非如此。

「我所說的習慣，是指極具攻擊性又過於威猛的戰鬥方式。但是從連兄弟剛剛的表現看來，那毫無疑問是他的本質。這種與生俱來的氣質，理論上不利於學習聖劍技。」

如果程度輕微還能透過訓練矯正，但是以連的狀況恐怕很難有什麼效果。

甚至可以肯定，連學了之後反而會變弱。換句話說訓練也只會有反效果，最好不要隨便接觸以免染上壞習慣。

指揮官那番話，用意就在於此。

「冒險者之中也有不少人的劍偏向前衛，但他們是因為形勢所逼才會練出那種不要命的劍。和連兄弟是兩回事。」

和人與生俱來的外貌一樣，連是天生如此。

除此之外，能否矯正也是個問題。

「所以，就算讓連兄弟學習聖劍技，他也不見得能學會戰技。」

學習聖劍技也能了解它的弱點。日後如果碰上使用聖劍技的對手，那學了也不算白學，只不過和花費的時間相較實在不怎麼划算。

（既然如此，看來直接學別的劍技會比較好。）

連倒是沒受到什麼打擊，只是冷靜地接受結果。

「我明白了。那麼，能夠請您指點一些用劍的基礎嗎？」

「若是這樣就義不容辭。能夠指導連兄弟這種有前途的少年，我也很榮幸。」

連已經轉換好心態。

但是拜斯與其他克勞賽爾家的騎士與傭人，看在眼裡則是心情複雜。莉希亞就像要為大家代言似的開口：

「連、連！你為什麼那麼冷靜啊！」

「既然不適合就沒辦法嘍。不過機會難得，我想學點用劍的基礎。」

當然，前提是不會影響人家指導莉希亞。幸好，接下來的教學內容變成連也能學的，讓連有了一個意料之外的充實下午。

指導結束後的傍晚時分，指揮官與部下聊起連。

「指揮官，就算他的劍過於威猛，也不至於沒辦法學聖劍技。您方才為何要那麼講呢？」

「實際交手之後我才明白。」
指揮官擦了擦汗，看向連和莉希亞準備進屋的背影。
「……那個少年，恐怕有**別種劍技**的才能。」
現在還無法肯定，但是指揮官不想對那種才能留下不良影響。
提出疑問的騎士聽了之後，也只能疑惑地歪頭。

◇◇◇◇

指導結束後，莉希亞回自己房間洗了澡，隨即來到連所住的客房。
她坐在連的床上晃著腳。
「人家難得來指導，這樣好嗎？」
「嗯……怎樣？」
「莉希亞小姐途中不是變得不太高興嗎？」
「唉呀，你為什麼會這麼想？」
莉希亞臉上閃過一絲心虛，但很快就露出好強的表情，剛剛所見宛如幻覺。
然而，她沒有撐多久。
「莉希亞小姐一旦不高興，就會用手指把玩頭髮喔。」
「……真、真的？」

「假的。不過從妳現在的反應看來，剛剛的確不太高興對吧？」

連坐在書桌旁的椅子上，顯得十分得意。

依然坐在床上的莉希亞，沒好氣地抬頭看向他。

「……欺負人。」

聽到這麼可愛的抱怨，連不禁苦笑。

「因為實在莫名其妙啊！他那種說法，等於在講你沒有才能耶！」

「也沒什麼等於不等於，用詞稍微有些差異而已，實際上就是那個意思喔。」

「既然如此，為什麼你還——」

「如果要問我為什麼很冷靜，只能說『適不適合』這種事真的無解。我反倒覺得他幫了個大忙。多虧他告訴我這件事，才讓我不用浪費時間。」

用詞雖然直接了點，不過連因此免於白費力氣也是事實。

「所以說，莉希亞小姐。」

連正襟危坐，看著莉希亞。

面對面互看，讓莉希亞害羞地說道：

「怎樣啦，突然變得一本正經。」

「下次開始要更專心一點，別在意我的事。分心對妳有壞處喔。」

「………………唔。」

（看起來很不滿。）

不過，莉希亞無疑很感謝今天的指導。儘管聽到聖劍技不適合連讓她很驚訝，但是她接下來依舊真摯、積極地聆聽講解。

證據就是，她並未對正騎士們失禮，直到最後都有乖乖接受指導。

「聽到他說聖劍技不適合你，我有點意見。」

說到這裡，莉希亞頓了一下。

「不過結束之後，人家也指出了我的問題。」

莉希亞苦笑著說道：

「在那位指揮官看來，我的劍也有些令人在意之處，只是沒有連那麼嚴重。」

連有些疑惑。

莉希亞在聖劍技方面的才能，應該足以成為劍聖。但是莉希亞接下來所說的，讓連大吃一驚。

「我的劍，好像有些習慣和連很像。」

「……習慣？」

「嗯。為了贏過連，我下了很多工夫研究連的劍。連的走位、揮劍方式，還有很多很多，腦袋裡總是連的身影。」

「呃……這也就是說……」

莉希亞苦笑著點頭。

「為了贏過連，我做了很多訓練。所以我的劍好像也有同樣的習慣。」

莉希亞的習慣還在能矯正的範圍。但是她對這件事似乎有意見。

「我不想改掉這種習慣。這樣簡直就像在說連……說我的目標有錯一樣，我不想接受。」

莉希亞堅定地說道。

「所、所以說，不用在意我——！」

「不，沒關係。就像連你說的一樣，還有其他劍技，沒必要拘泥於聖劍技吧？說不定也有其他更適合我的流派。」

這是事實，聖劍技並非一家獨強。然而連知道，莉希亞擁有聖劍技天賦，而且才能足以成為劍聖。

不過，莉希亞十分堅決。

「連，你呢？如果人家說你父親教的劍沒用，要你忘掉它，你會乖乖點頭嗎？」

「這……」

會冒出這種想法，多半代表自己還不夠成熟。就算人家說這麼做是為了成長，要老實同意還是很難。

明明本質不同，卻有種過去一切努力都被否定的感覺。

莉希亞看出連在想什麼，微笑著說：「都是同一回事。」

「不過，我是鄉下騎士的兒子。莉希亞小姐是聖女，不像我可以自由學劍。」

「我可沒有承擔任何義務。父親大人要我順著自己的喜好去學，尋找自己理想的路……我也想讓去世的母親大人看見我的理想。」

連想不到任何能讓她回心轉意的說辭。

實際上，莉希亞這番話很有道理，克勞賽爾家的方針也沒有問題。說實在的，連不過一個騎士之子，根本沒資格多嘴。

更何況——

（……莉希亞小姐就是莉希亞小姐，不是遊戲裡的人物。）

連覺得自己剛剛好像在要求人家遵照七英雄傳說的劇情發展走，於是在心裡要自己收斂點。

「我自己也覺得，要一邊改正習慣一邊學劍很累，而且浪費時間。既然如此，從一開始就學別的劍不是更能成長嗎？」

連看著眼前微笑的她，決定為了讓人家養成多餘的習慣賠罪。

「我也會試著尋找適合莉希亞小姐的流派。」

「應該說，適合『我們的』——對吧？」

◇◇◇◇

遠離克勞賽爾的歐培海姆，伊格納特侯爵邸。

明明夜色已深，菲歐娜卻帶著一名侍女待在宅邸的庭園裡。

「——哇！」

牽著前方侍女練習走路的菲歐娜叫出聲來。侍女連忙撐住失去平衡而差點摔倒的她。

菲歐娜向來不離身的項鍊也猛然晃了一下。

「不、不好意思！突然沒了力氣……！」

「……大小姐，今天就到這裡吧。」

滿身是汗的菲歐娜咬著嘴唇，顯得很不甘心。

「這樣……不行。我的進度比同齡其他人要慢，必須付出數倍於他們的努力。」

病治好以前，菲歐娜大半時間都在床上度過，每天飽受全身痛楚折磨。因此，她就連在屋內也難得走動，肌肉虛弱無力。

所以，最近她的心思都放在培養體力上頭，像是復健。

「大小姐……」

「再讓我努力一下！我會在受傷之前停下來的！」

語氣堅定的菲歐娜再度踏出步伐。

走向前方……距離只有短短十公尺的涼椅。

但是對於現在的菲歐娜而言，這短短十公尺無比遙遠。

「……明明……這麼近……！」

那顫抖的一步，艱辛得難以言喻。

已經前進多遠了？她回頭一看，和方才差點摔倒的地方只差了兩公尺。

即使震驚，菲歐娜依舊沒有放棄，繼續向前挪動身體。

她咬緊牙關、滿頭大汗，努力踏出步伐。

一步、又一步——拚了命地走。

「要是連這種小事都沒辦法努力……」

又進了一步。

「絕對沒辦法用自己的雙腳站著向連公子道謝……！」

今年春天，菲歐娜可以說是因為連才得救。

總有一天，要用自己的腳站在連面前道謝。菲歐娜有好多好多話，想要告訴將自己從艱苦中解放出來的他。

「妳、妳看……！只差一點點了不是嗎……！」

菲歐娜擠出笑容，堅強地說道。

看見她的模樣，侍女差點又要出聲制止。

「快到了……大小姐！」

但是，對自己來說輕而易舉的距離，眼前的侯爵千金已經花了幾十分鐘卻還沒放棄，這深深打動了她的心，讓她忍不住想鼓勵對方。

就在菲歐娜終於走完目標距離時——

她一屁股坐到椅子上，抬頭看向侍女，露出清爽的笑容。

「……啊、啊哈哈。雖然花了很多時間，不過我做到嘍。」

儘管還在喘氣，她依舊堅強地這麼說道。

「大小姐，您做得非常好。」

「呵呵……只走了這麼點路就讓人稱讚，實在很不好意思。」
菲歐娜稍事休息，任涼爽的夜風吹拂秀髮。
光澤宛如寶石的髮絲，沾了些許汗水而貼在她的脖子上。
「就這樣不斷努力，而且每天喝藥養身……能夠一個人走路的日子，想來也不會太遠了吧。」
「想來到秋天時，應該就能一個人走路，也能做些強度比較高的運動了。」
得到侍女鼓勵的菲歐娜點點頭。
此時，尤里西斯．伊格納特來了。
「喲，我在辦公室看到嘍。」
出現在庭園的他，走到菲歐娜坐著的椅子前，先向配合復健的侍女道謝，隨即在菲歐娜面前跪下。
他跪在庭園的草地上，讓視線配合坐著的菲歐娜。
「妳很努力呢，菲歐娜。」
說著，他把手伸進自己的外套裡。
「有封信要給努力的妳。來自帝國軍官學院的喔。」
「給我……？啊，該不會是上個月參加第一階段測驗的成績？」
「嗯，應該就是這樣。」
菲歐娜五月底前往帝都，參加帝國軍官學院特待班的測驗。

當時她坐著輪椅，由侍女推往考場。

希望能自己走過去參加下次測驗的菲歐娜，這才想起還得先看第一階段測驗的結果如何。

她接過父親遞來的信封拆開後，鬆了口氣。

「父親大人！我合格了！」

「那真是太好了——不過嘛，在我看來妳一定會合格就是了。」

「咦？為、為什麼呢？」

「這個嘛……妳也這麼想吧？」

伊格納特侯爵向一旁的侍女徵求同意。

「當然。畢竟大小姐身體狀況還沒好轉時，也都在床上努力用功。」

「嗯，就是這麼回事。我個人會在意的，頂多是最後一場測驗吧。」

「真是的……我原本還很擔心自己能不能過關耶。」

看見菲歐娜有些不滿地嘟起嘴，伊格納特侯爵笑了出來。

直到半年前，都還無法想像能看見女兒這副模樣。他握住菲歐娜的手，說道：

「一步一步地努力吧。要是在向連・艾希頓道謝之前受傷，可就虧大嘍。」

「我知道啦！真是的！」

菲歐娜氣急敗壞的聲音，在夜晚的庭園裡迴盪。

二章　連的新目標

造訪克勞賽爾的正騎士們，隔天早上又教了一次劍之後便離開。

當天中午過後——

「你們村子的報告送到嘍。」

將連叫到辦公室的雷札德說道。

「還有你父母的信，一起看吧。」

「多謝男爵大人！」

信件內容簡單來說就是復興順利，日子愈來愈好。

這也和販賣竊狼素材得來的錢有關。

連的雙親來到克勞賽爾時，連拜託他們將這些錢全都花在村子上頭。儘管他們堅持「這是連的錢」而不肯收，但是連搬出了「我也是艾希頓家的人，所以該這麼做」這套理直氣壯的說詞，最後兩人只能點頭接受。

『村子還沒穩定下來，所以之後就交給我們和男爵大人！』

這番話絕對不是嫌連麻煩。

『我和米蕾優也都很努力，為了將來和連一起生活，我們會加快復興村子的腳步！當然，如果你喜歡上克勞賽爾，要留在那邊也可以喔！』
除此之外，羅伊和米蕾優也不斷為自己的不中用道歉。
以春天那場騷動來看，他們會這麼想非常合理。待在克勞賽爾顯然比較安全，而且對連的將來有益，身為父母這麼講也是理所當然。
羅伊向來尊重連的自主性，但他終究還是一位父親。不可能不希望兒子過安全的生活。
相對地，連自己也有些想法。
（要是我有可能成為火種，恐怕就不該回去那個村子。）
基文子爵對連有不尋常的執著。反過來想，要是沒有連，或許不會演變成這麼嚴重的騷動。
有了這樣的自覺後，儘管還是會感到難過，但是為了家人、為了村子，他能夠壓抑這份深刻的情感。
「話說回來，連，你之後想怎麼做？要在克勞賽爾待到繼承家督也可以，打算就這樣在克勞賽爾當個騎士我也很歡迎喔。」
「我……那個……」
「……嗯，如果有什麼想法，不妨說來聽聽。」
雷札德的語氣平穩和善，能感受到他的度量。
無法徹底藏起情緒的連儘管很懊悔，卻也覺得不能再瞞下去，於是開口說明。
聽完之後，雷札德以沉重的語氣表示：「原來是這件事啊。」
「羅伊也找我商量過。你天賦異稟未來可期，說不定還會被盯上。若是魔物倒也罷了，如果是貴族就會難以應付。所以他說，希望讓你在克勞賽爾男爵邸當騎士。」
這是羅伊和米蕾優來克勞賽爾時的事。
「我回答他，一切按照連的意願。」
假如連決定在克勞賽爾生活，雷札德會全力保護他。
當然，還會另外派遣騎士前往艾希頓家所在的村子，之後也得考慮連沒有其他兄弟時該怎麼處理。
「知道你名字的人，遠比以前要多。不過，由於外面都在傳我們家和伊格納特侯爵有聯繫，敢公開動手的人或許沒以前多……然而，這種事沒人能保證。」
「……是。」
「在這種情況下，此刻的你看起來是將雙親和村民們放在自己前面。」
「我想……應該是。」
「雖然只是我個人的想法……但我認為，你不需要太早為將來做決定。你不妨在克勞賽爾待到煩惱消失。村子復興完畢之前，你可以先悠哉一段時間。」
雷札德的提議，相當切合連的心意。
「希望有一天，我能夠靠自己的力量解決一切……然而對於區區一個騎士的兒子來說，這個心願沒什麼指望對吧？」
連搔了搔臉，半開玩笑地說道。
但是雷札德沒有笑，反而這麼回答：

「倒也不會沒指望。你只要成為讓大貴族也不敢冒犯的存在就行了。」
「要達到這種目標，我只想得到『和皇族女性結婚，獲得強權』之類的辦法。」
「這倒是很難。但我要說的是另一種辦法。」
困惑的連，聽到雷札德給了個太過出乎意料的答案。

「——劍王。」

這個詞，讓連有種心臟揪了一下的感覺。
「劍王——雷札德大人！您是說那個『劍王』嗎！」
「對，就是世上只有五人的頂尖劍士。」
「呃！可是劍王……！」
「如你所知，五位劍王不受國家束縛，行動都是出於自身意志。其中雖然也有人效忠皇帝陛下，然而那是她自願的。」
七英雄傳說裡，也有一位劍王能夠讓玩家挑戰，正是雷札德此時口中那位效忠皇帝的女性劍王。
不過就算是她，也得把主角群的等級練到最高，然後還得碰運氣才能打贏。
（即使如此，設定上她也已經相當手下留情了耶——）
雷札德的意思，或許是「與其和皇族結婚不如追求劍的極致」——然而，劍王並不是想當就當得上的存在。

「你吃驚的模樣還真新鮮呢。無論如何，磨練自己不會吃虧，不是嗎？」

「這……話是這麼說沒錯。」

「所以說，你也可以先思考將來要怎麼做。」

因此，答案在接下來這幾句話裡。

「至少在村子復興完畢之前，你不妨留在克勞賽爾生活。我很歡迎，莉希亞一定也會很高興。」

就目前來說，連也同意雷札德這番話。

如果做得到，他也想成為劍王，但是現在什麼都說不準。

「你可以和莉希亞一起向拜斯求教，也可以替將來打算試著做些騎士的工作。生活費的事不需要擔心。我保證，我會負起責任照料你的生活。」

「很感謝您的好意，但是我閒不下來。我想我會試著找些工作。」

「唉呀呀……你和你父親一樣倔強呢。」

「呃，我爸爸？」

「是啊。我告訴他，我會提供生活用魔道具給艾希頓家的村子。但你父親堅決不要，說是在復興上已經費了我很多心力。」

聽到人家說自己像父親，讓連很高興。

看見他不好意思的模樣，雷札德給了個建議。

「如果你非得工作不可，那麼由我委託的工作應該也無妨，對吧？」
除了想報答艾希頓家之外，也是因為遠離雙親的連現在由他照顧，於是他說出這樣的提議。
「我想拜託你的工作，和你以前在村裡做過的很像。」
「是指討伐魔物嗎？」
「沒錯。魔物過多的危害如你所知。有鑑於這一點，我想要調查一下鄰近魔物的狀況。」
工作內容是確認鄰近魔物的狀況，並且定期撰寫報告書。
有必要時討伐魔物也包含在工作範圍之內。當然，會支付報酬，而且委託人是雷札德，對於連來說自然是樂意之至。
「還有，你要離開城鎮時，也可以順便去冒險者公會接些委託。」
這句話引起了連的興趣。
連是侍奉克勞賽爾家的騎士之子。他從未考慮過自己去公會賣魔物賺錢。
「如果有什麼想問的，我可以回答。」
「我是艾希頓家的人，可以用冒險者身分活動嗎？另外，我在稅金方面也有些疑問。」
「這是我請你做的，就算你是艾希頓家的人也沒關係。至於途中狩獵魔物所得的錢，只要交易是透過公會就可以隨你高興，稅金會透過公會間接繳納。」
這些情報都是第一次聽到，令人很感興趣。
「舉例來說，要用這些錢買魔道具送去艾希頓家的村子，也是你的自由。」
「可以嗎？」

「只要透過公會交了稅，這些錢你要怎麼使用我都不會有意見。」

也就是**可以順便修行的出外工作賺錢**吧。一想到雙親和村裡的人都會開心，就讓他充滿幹勁。

而且委託人是雷札德，不會有什麼顧慮是一大優點。

「我才剛滿十一歲，可以進冒險者公會嗎？」

「沒問題。雖然在我的城市不常見，但是小孩子去冒險者公會並不稀奇喔。」

年紀小的孩子們，似乎也會為了幫助家計或賺零用錢而做些尋找寵物、遺失物的簡單工作。

（那就暫時待在這個城市，試著累積各種經驗吧。說不定有一天我會想到自己該怎麼做。）

連的決心寫在臉上。

「話先說在前面，羅伊和米蕾優也同意。他們先前來訪時就笑著說過——如果連決定留在這個城市，遲早會去冒險者公會吧。」

該說不愧是父母嗎？兩人早已料到這點，並且和雷札德商量過。

「無論如何，那時我和米蕾優對冒險者的活動心存疑慮。當然，是因為危險。但是羅伊說，倘若比他強的兒子決定要這麼做，他無權阻止。」

「哈哈，真像爸爸的作風。」

聽到這句很符合羅伊風格的話，連不禁笑了。

「最後我和米蕾優也同意了。不過條件是，如果你亂來，就以我的權限把你帶回男爵邸。」

之所以採用雷札德委託連的形式，也是為了有個萬一時他能保護連。

「不過，爸爸雖然不准我做些危險的事，卻允許我和魔物戰鬥呢。」
「我起先也覺得很不可思議，但是聽完羅伊的理由就能接受了。」
連已經討伐過竊狼和噬魔怪。
但是羅伊也說過，貴族的權力另當別論。
貴族的權力反而比魔物更可怕。若是從小就開始狩獵魔物的連，羅伊敢保證他不會亂來。
「只要不亂來，就可以在城外活動是吧？」
「就是這樣。身分則是騎士見習……應該不算。純粹以個人身分受雇於我，然後在工作之餘狩獵魔物。」
「大致上明白了。那麼，呃……我想待會兒就去冒險者公會看看。」
「我找個人帶你去吧。」
「不，我看地圖就知道位置了，一個人沒關係。」
「那麼至少收下這個。」
雷札德從懷裡掏出錢包，拿了兩枚銀色硬幣給連。
「這是兩萬G。如果要承接與魔物有關的工作，需要花一萬五千G登錄。剩下的你就拿去享用午餐吧。」
連不曉得該不該收，但雷札德應該會堅持到他收下為止吧。
此外，登錄費也跑不掉。
「今天就恭敬不如從命了。」

所以，連罕見地乖乖接受了人家的好意。

◇◇◇◇

克勞賽爾是沿山丘而建的城市，道路呈螺旋狀，偶爾會有髮夾彎。從位於山頂的克勞賽爾家宅邸，能夠眺望城市全貌。

冒險者公會因為要方便人貨進出，所以離城門不遠。

連久違地來到這一帶，回想起前段時間的騷動。

途中，有認得連的居民向他搭話，還有擺攤老闆給了他很像蘋果的水果。連就在沿路與居民們友善互動的情況下，抵達冒險者公會。

「這裡嗎？」

他先打量冒險者公會的門面。乍看之下，這是一棟老舊的木造建築。

走進公會的人，都是一身奇幻風格的裝扮。

皮製防具、有尖角的骨製裝備。除此之外，有些人拿著手杖，還有些長得和人類不太一樣。

他們被統稱為**異人**，像耶露庫庫那樣的精靈也包含在內。其他還有長得像野獸的，甚至是具備爬蟲類特徵的。

連把手放到門上，緩緩推門走進人聲鼎沸的公會。

嘰——木門發出沉重的聲響，內部景象映入連的眼裡。
冒險者公會內部鋪著深褐色的原木地板，牆上用白布裝飾。天花板和地板一樣是原木，還有疑似用魔道具運作的吊扇在轉。
其中一面牆上掛著巨大布告欄。
內部還附設酒吧等設施，讓連的少年心為之雀躍。
（好多人在看我。）
公會裡的大人們一同看著連。一身裝扮宛如魔法師的女性在看，渾身肌肉的男人也在看。此外還有不少異人，連站在櫃台的女性也不例外。
「喂，我記得他是……」
「好啦好啦，別沒禮貌地盯著人家。」
「你自己明明也在看。」
儘管聽到一些冒險者竊竊私語，但是連沒放在心上，越過他們走向櫃台。
「請幫我登錄。」
之所以用習以為常的語氣，是因為他在七英雄傳說裡已經辦過很多次手續了。
「了解……不過，這樣好嗎？」
「咦？什麼事？」
「恕我直言。克勞賽爾男爵會不會有意見？」
「放心，我剛剛得到許可才來的。」

公會是跨國中立組織。因此一般來說不會對國家或貴族的事插嘴。不過，先前那場騷動的影響很大，所以公會的櫃台小姐忍不住開口問連。

「登錄費在這裡。我能讀寫，因此說明就免了。」

「……您真的是第一次登錄嗎？」

「嗯，是啊。」

「我、我想也是……因為看起來很熟練的樣子，我忍不住就問了。」

櫃台小姐的疑問很合理，也沒什麼問題。

不過連當成沒聽到，在櫃台小姐遞來的紙上寫下必要事項。

（印象中這好像也是魔道具？）

登錄費用不便宜的理由之一。

公會為了讓所有分部共享情報，會用特別的紙記錄後加以管理。

能做到這種事，是靠七英雄之一開發的魔道具。據說公會就是靠這種紙，管理全世界各公會所登錄的冒險者情報。

那位七英雄被稱為天才魔道具匠，傳說這種紙是公會委託開發的。

「麻煩了。」

連寫完後將紙倒過來遞出，方便櫃台小姐辨識。

流程簡單，不過手續這樣就算完畢。

連最後接過一張撲克牌大小的卡片，看見上面寫著自己的名字，以及「G級」的字樣。

「關於升級條件的說明——」

「我在書上看過了。公會卡遺失時辦理補發的手續費、能補發的公會僅限留有自己紀錄的地點，這些我也清楚。」

連把叫做公會卡的卡片塞進懷裡，隨即離開櫃台。

他想說順便看看張貼的魔物情報，於是走向牆邊。克勞賽爾領很少出現強大的魔物，D級魔物的情報也只有寥寥幾張。就算有也離其他領地很近，甚至遠到算不上克勞賽爾的管轄範圍。

「……啊。」

連注意到，除了這些D級魔物之外，另外還有些比較特別的魔物情報。

他的目光被某張貼在邊緣的紙吸走。

「喔，英雄閣下也對那個有興趣啊？」

找連搭話的，是個語氣很隨興的年輕冒險者。

連轉過頭去，看見對方身邊還有個疑似他同伴的狼男。

「英雄閣下？」

「喔，是在說你。因為你面對那位愚蠢子爵時的表現實在精彩。」

和方才搭話的男子不同，狼男顯得身段柔軟。

「見到那位有名的少年來公會，我們也很感興趣。而且你看的情報很有意思，所以才找你搭話。」

「沒錯。不過啊，**那傢伙**還是別碰比較好喔。」

「嗯。那傢伙雖然是D級，但是不要去碰就不會對人造成危害，所以大家才會放著不管。一旦對牠出手，碰上的反擊就和牠的等級一樣強。」

連聽著兩人講話，露出一副「原來如此」的表情點點頭。

不過，連沒辦法無視這份魔物情報。

（——**噬鋼石像鬼**嗎？）

本來，石像鬼是指採用怪物造型的雕像。

不過在這個世界，牠們是石頭身軀上長有翅膀的魔物，外表就像蝙蝠和龍混在一起，體型大約和人類壯漢相當。

石像鬼一般來說是肉食，不過偶爾會誕生以金屬為食的個體。

據說古代有人目睹這種石像鬼吃人類製作的武器，所以命名為噬鋼石像鬼。

除了鋼鐵這類經過人類冶煉的金屬以外，牠們也吃存在於自然界的礦石。

之所以叫「噬鋼」，似乎只是受到古代命名的影響。至於其他的特徵，大概就是非常堅固的身軀，以及飛行速度很快。

（是特殊個體啊……）

經驗值和熟練度當然多，而且素材能賣好價錢，還有機會取得新魔劍，讓連不想打倒牠也難。

無論如何，大概要等一切都告一段落。

（不過，假如真要和牠打上一場，得先有雷札德大人的許可吧。）

離開公會時，連決定寫封信向父母報告今後的事。

◇◇◇

關於雷札德委託的工作，還不能告訴莉希亞。

還有公會的事，這些都要晚點再告訴她。連和雷札德決定，在連的工作情況穩定下來之前要先觀察。

要不然，莉希亞八成會說：「我也要去！」這是保險起見。

可能是因為連把心思放在這些事上面……

「……？」

回到宅邸時，出來迎接的莉希亞發現連和平常有些不一樣，感到很疑惑。

她雙手捧著連的臉，要連面對她。

「你是不是有事瞞著我？」

（——！）

「啊，你的眼神在飄。」

居然在這種時候發揮敏銳的直覺，實在可怕。

「沒、沒有啦……沒什麼大不了的……」

「喔……是嗎？那可能是我誤會了吧。」

鬆了口氣的連暗自苦笑，心想祕密恐怕藏不了多久。

莉希亞起疑心的數天後，她因為克勞賽爾家的事務暫時離開男爵宅邸。

於是，連初次上工的日子到來。

當天早上，雷札德表示：『我要到深夜才回來。屆時連究竟會交出怎樣的成果，令人非常期待。』

三章　意外好賺的工作

從城鎮往和耶露庫庫交戰的丘陵反方向走三小時，就會抵達一片廣大的森林。

一如其名「東方森林」，它位於城市東方，簡單易懂。

連走在茂密的森林裡，想起一件事。

「這麼說來，倒也算不上完全沒來過。」

雖然親眼目睹是第一次，不過棲息在這一帶的魔物生態，他都還記得。

前提是那些魔物都和遊戲時代一樣。

「好。」

連精神抖擻地往前走，卻發現有東西躲在樹後打量他。

定睛一看，那是一種長得和兔子很像的野獸。和一般兔子的差別，在於牠有三個眼睛、六隻腳。

名叫**三眼**的Ｆ級魔物。

『嘰嘰！』

三眼比小野豬敏捷，起跑後轉眼間就到了連面前。

但是，連不可能反應不過來。

對手終究只比小野豬高出一級。

連舉起事先召喚的鐵魔劍，冷靜地迎擊。

『嘰——』

輕輕往前推送的鐵魔劍，刺穿了三眼的頸部。

一成的傻眼，三成的興奮。

剩下六成，則是久違地與魔物交手依舊保持壓倒性優勢，因而帶來的安心感。

連走近已經斷氣的三眼，召喚木魔劍輕輕一揮，用創造的藤蔓綁住魔物屍體後扛起。

「喔……好方便……」

右手握著鐵魔劍，腰間是召喚沒多久的木魔劍。

多虧了與耶露庫庫一戰之後的成長，他已經能同時召喚兩把魔劍。

連也考慮過召喚鐵魔劍和盜賊魔劍，不過今天選了以搬運為優先的組合。

他看向手環上的水晶。

順利地又累積了一點點熟練度。

連繼續前進了十幾分鐘後，聽到暗處傳來輕輕的呼吸聲。

他沒發出半點聲音，將注意力轉往氣息傳來的方向——

『嘎！』

搶在躲藏的魔物之前行動，一瞬間拉近距離揮出鐵魔劍。

第二隻三眼，就倒在連瞄準的地點。

連吃完遲來的午餐。鐵魔劍的等級，在連又討伐好幾隻三眼之後有所提升……不過——

・木魔劍（等級2：1000／1000）
・鐵魔劍（等級2：0／2500）

和順利升級的鐵魔劍不同，木魔劍的數字沒動——也就是處於停止計數的狀態，熟練度累積到最大值卻沒有升級。

久違的異樣感。

總不會在這裡就封頂了吧？

如果真的封頂，感覺應該會和魔劍召喚一樣顯示0／0。

「那麼，恐怕升級另有條件……」

他猜不到條件是什麼，還需要多方摸索。

更何況，鐵魔劍升到下一級需要的熟練度非常誇張。

儘管可能是因為鐵魔劍夠強而且泛用性高才會這麼難，連看了還是不禁愣住。

◇　◇　◇　◇

連原本沒打算花太多力氣狩獵，但傍晚時分還是依舊帶了許多魔物回城。

（三眼八隻，地蟲兩隻啊。）

地蟲是E級魔物。

耶露庫庫也使喚過，這是一種會鑽地的巨大蟲型魔物，連實在扛不了，所以他沿路是用拖的。

連不想弄髒街道，因此走在外側。

偶爾會有經過的冒險者對他投以好奇的目光。

畢竟像連這樣的少年拖了總共十隻魔物過來，這也是難免的吧。

（這些東西，可以直接拖進城裡嗎？）

一會兒後，進入克勞賽爾的門出現在眼前。

「……當家老爺已經告訴我們，連兄弟要開始在城外活動……沒想到第一天就大豐收呢。」

守門的騎士驚訝地說道。

「其他冒險者不太會獵這些魔物嗎？」

「應該是小型魔物居多。如你所知，搬運很累，所以多數人就算獵了也會就地把魔物解體，或是只挑選部分素材帶走。」

連不禁苦笑，心想自己也該這麼做。

「特別是地蟲，雖然是E級，生態習性卻讓人很難獵，因此牠的甲殼能賣到好價錢喔。因為用途多，但是有辦法獵到的人少。」

聽到這番話讓連很高興。
連外出雖然是為了調查魔物，但是賺錢也占了不小的分量。
「我接下來要到公會，可以就這樣運過去嗎？」
「嗯，體液看來已經乾了，所以不成問題……」
騎士接了個「不過」後問道：
「現在才問這個好像有點晚，你是一個人把這堆東西運到這裡的嗎？」
「是的。我沒有組隊，是從森林一路拖回來的。」
看樣子，這名騎士是擔心連一個人有沒有辦法搬運。
畢竟他是一個人走到城門的，沿路都一個人搬也是理所當然，不過就算是這樣依舊令人半信半疑。
「我們的英雄，或許比大家想像中還要厲害呢。」

走進城裡的連心中竊喜。
（唉呀～公會離城門近真是幫了大忙。）
設在這裡大概是為了搬運魔物之類的吧。
連在眾人注目之下來到公會前，站在那裡看著出入口。
「……還真是厲害。」
「是啊，令人大吃一驚。」

昨天與連交談過的冒險者雙人組，來到連身旁後當場愣住。

其中的狼男給了個建議。

「有你這種戰果的人，會自己把東西搬到公會的卸貨區。如果獵到的魔物多到放不下，則會請公會到外面查驗。」

「原來如此。謝謝你告訴我。」

原本以為會和遊戲一樣簡單搞定，不過這裡畢竟是連實際生活的世界，早知道就該乖乖聽說明。

深感後悔的連向兩人道謝，然後和回城時一樣把魔物運到指定地點。

公會的櫃台小姐已經在那裡等候，她驚訝地上前迎接。

「全……全部由公會買下來可以嗎？」

「麻煩了。」

連表示自己只有把魔石拔走之後，就待在旁邊看職員們查驗。

當他發現時，周圍已經擠滿了人。

身為居民眼中的「克勞賽爾家的英雄」，連突然開始擔心這樣會不會有問題。

（……是不是該像**輕小說**常見的那樣隱藏身分活動啊？）

為了迴避死旗。

不過仔細一想，這和有沒有隱藏身分無關。在克勞賽爾領，連的名字已經廣為人知。

所以，就算不想引人注目也已經太晚了。

如果要隱藏身分，就該從打倒竊狼的時候做起，但是那時候連不挺身而出就會危及村子，他別無選擇。

他根本不會考慮拋下家人與生長的故鄉。

回頭一想，連的目標並不是避免引人注目，而且這和死旗也沒有明確的關係。

『和平地活下去吧。我可不要被皇帝下令討伐。』

連到現在還記得，自己剛出生時在想這件事。

進一步來說，他只想著要清清白白地過活，別和遊戲裡的連．艾希頓走上一樣的路。

這不是對誰辯解，而是重新確認自己的想法。

（換句話說……）

締造這種戰果，並不會讓他走向遊戲的結局。

連的目標，只是要避開殺害莉希亞和學院長的未來。

原因在於，皇帝之所以下達討伐令，正是因為連殺了她們兩個。

不過，自己和莉希亞已經有了斬不斷的緣分，身為一度賭命保護她的人，也不可能一句「我再也不管了」就把她忘掉。

此外，考慮到自己可能成為火種，他也不認為自己只要窩在村子裡就好。

這麼做也可能導致他碰上出乎意料的事態。

就像基文子爵的陰謀。

（唉，到底怎麼做才是正確答案啊？）

他也想過，引人注目可能會讓自己牽扯進貴族之間的鬥爭。

不過，打從連討伐竊狼並留下完好屍身的那一刻起，就已註定低調和他無緣。就算想平靜度日，世界也不會放過連。

這帶來的倒也不全都是壞處。儘管派閥不同，但是和伊格納特侯爵這樣的人建立交情，其他貴族應該就沒辦法輕易出手。

（要是考慮這種庇護成為新火種的可能性，就真的不知道該怎麼做才好了。）

雖然他搞不懂什麼才是正解、什麼又是錯誤，但是為故鄉、為家人掙錢，他於心無愧。

「查驗完畢。」

連將注意力轉回櫃台小姐身上。

「這是扣除各種費用以後的金額，您覺得如何？」

櫃台小姐從懷裡拿出一張紙，唰唰唰地寫了些字。

「喔，能拿到這麼多啊。」

他在遊戲時代只賣過部分素材，這還是第一次把魔物整隻賣掉。

連看見紙上寫著六十萬G。以前拜斯說過，平民的日薪大約一萬G，這個數字是六十倍。

「地蟲不容易狩獵，因此收購價設定得比牠的級別高，扣除手續費之後單價是二十五萬G。相對地，三眼很好獵，所以是一萬兩千G。」

這樣還是湊不到六十萬G，不過似乎正好有人想要地蟲素材，因此額外補了一些上去。

「那就麻煩了。」

連跟著櫃台小姐走進公會。

他在櫃台領了六枚金色硬幣，並且簽名確認已領取。

金幣一枚相當於十萬G，銀幣一枚相當於一萬G，銅幣一枚一千G，還有鐵幣是一百G。

連將六枚金幣放進口袋。

在眾所矚目下走出公會後，每走一步都會響起的金幣碰撞聲讓他不禁自嘲。

「至少得買個錢包啊。」

連想到日前和莉希亞造訪的店。

抵達店門口的連，一時不曉得該不該進去。

儘管身上多少有清理過，他還是覺得配不上這間店。

「這不是連少爺嗎？」

老闆打開門走出來，叫住了正要離去的連。

「如果不嫌棄，請進來看看吧。」

他有注意到連的樣子，但並未放在心上，依然邀請連進店裡。

儘管這幾句話顯然是在給連面子，不過老闆臉上始終掛著笑容，而且講得好像連是常客一樣，所以連雖然有些為難，卻還是回到了店門口。

「不好意思。我原本打算過幾天穿得整齊一點再來的……」

「請別在意。一來上門的是連少爺，二來店裡已經沒有其他客人了。」

說完，老闆在店門口擺了個表示「已打烊」的看板。

「還請您當成給我個面子。」

連很感謝老闆的好意，於是恭敬不如從命，踏入店內。

他告訴老闆，自己接下雷札德交付的工作，而且已經登錄為冒險者，以後會多些和魔物戰鬥的機會。他還要求老闆對莉希亞保密。

「所以我想買個錢包。」

「那麼，買個耐用一點的應該比較好。我這邊有準備一些，還請務必看看。」

連按照老闆所說的，走到擺著錢包的區域。

擺在那裡的錢包相當精美。不但用了上好的皮革，縫製手法也很細膩，看得出不是只有美觀而已。

顯然很貴，不曉得連手邊的錢夠不夠。

（喔……貴是貴……然而也不是付不起……）

冷汗流過連的頸項，但他也鬆了口氣。

不過一下花這麼多錢令人有點抗拒，所以他一時之間無法說出：「請給我這個。」還在猶豫要不要選別的錢包。

就在連不知所措時，他注意到上次來時一樓沒有的女裝區。

有件衣服看起來很適合莉希亞這樣的少女。

（那件或許會適合她。）

一想到上次莉希亞送自己衣服，他的腳就擅自動了起來。
連很快就忘了「找錢包」這個目的，滿腦子都是新目標。
他看上一件白色連身裙。款式簡單，不過那種清秀風格感覺很適合莉希亞。
「可以修改成大小姐的尺寸喔。」
連會注意這種衣服的理由，大概很容易猜到吧。
心思被看穿的連沒辯解也沒臉紅，直接詢問。
「就算本人不在也沒關係嗎？」
「是的。大小姐的衣服常由敝店修改，請放心。」
「那麼……請給我那件衣服。」
雖然不知道莉希亞會不會喜歡，但是連想送給她。
「我明白了。那麼，請到那邊。」
店主指向櫃台，於是兩人往櫃台走去。
「順帶一問，價格……」
「請看這裡，包含修改的費用在內，會是這個數字。」
老闆把價格寫在紙上給連看。連第一次送禮，送的東西就相當高價。
不過以連個人來說，一想到是送給莉希亞，不可思議地就不會去在意價格了。
「處理好之後會送到男爵宅邸。錢包您打算如何？」
這麼說來，進這間店的理由是買錢包。

「時間已經不早了，改天我把儀容打理好再來一趟。」

雖然沒買到要的錢包，但是能夠回禮已經讓連心滿意足。

可能也是因為這樣，他回程的腳步十分輕快。

◇◇◇◇

初次調查後過了約一個月。

最近莉希亞都沒出遠門，再加上連主動幫忙男爵宅邸的工作，因此最近連沒怎麼去東方森林。

就算去了也都忙著調查，所以這段日子沒和魔物戰鬥。

「連少爺，您的信。」

某天早上，侍女優諾拿了一封信給連。

來自連父母的信，是剛從艾希頓家村子回到克勞賽爾的騎士送來的。

連向優諾道謝，坐到客房書桌前拆信。

羅伊他們在信中很感謝連送魔道具過去。

連送了些用來代替路燈的魔道具。村裡的路變得明亮，好像也幫到不少年長的村民。

感謝之後，則是訴說對於連的思念，以及要他別逞強。

（既然能像這樣補貼村子，那麼一邊修行一邊過這種生活或許也不壞。）

連踩著比往常輕快的步伐，走向雷札德的辦公室。
雷札德和連在成對的椅子上坐下。
「看樣子有好消息是吧？」
「是的！我的父母和村民們，看起來都很高興收到我送的魔道具！」
「那就好。你之前的煩惱，有沒有排解掉一些啦？」
「……有。我打算一邊做些在村裡做不到的事，一邊增廣見聞。」
在自己還有可能成為火種時，為了避免給村子添麻煩，他打算像這樣從其他地方為村子提供援助。
「所以，我打算先租房子。因為我已經能自己賺錢了。」
「嗯？只有連要租房子會有困難喔。」
雷札德以一副理所當然的口氣說道：
「連，你現在幾歲？而且父母都不在附近對吧？這種情況下，出租方通常會面有難色。」
（……的確。）
這種狀況下不可能租得到房子。如果有「雙親都已去世」之類的特殊理由就無可奈何，但是連並沒有這種問題。
對於和克勞賽爾家關係密切的連，大多數民眾都不太願意出租房屋。
覺得和貴族扯上關係是好事的人，在這個城市並不多。

「因此，我有個提議。」
雷札德表示，這間宅邸後面，有間直到數年前都還由傭人們使用的舊館。
如今大家都已搬去別的屋子，所以那裡現在成了空屋。
「雖然一段時間沒打理，裡面都是灰塵，不過打掃之後住起來應該和這棟本邸差別不大才對。那裡還有些舊的生活用魔道具留著，而且居住用的房間有整修過，很新喔。」
「我可以住那裡嗎？」
「嗯。如果你願意，希望你能兼任那棟舊館的管理員。我想麻煩你做些簡單的工作，像是定期打掃、清理庭院的雜草之類的。」
就算想把那棟舊館挪為它用，也得重新打理過。
過去之所以沒雇用管理員是為了防盜。舊館和這間宅邸有路連通，先前似乎都是交給有空的傭人或騎士負責。
「簡直像是早就準備好的提議呢。」
「哈哈，我想你一定會覺得繼續住在這裡很不好意思。而且你若是住在舊館，對於要幫忙的傭人們來說也比較近。我需要找個人負責是事實，如果你肯接受就再好不過，如何？」
說這些並不是純粹出於體恤連，雷札德這番話已經交代得很清楚。
在雷札德看來，自己依然是連的保護者，所以希望盡可能讓連留在身邊。
這麼做，對於想一定程度自力更生的連和雷札德來說都是個好選擇。
「你隨時都可以去看看舊館。等你方便的時候再開始工作吧。」

「事不宜遲，我會從今天開始一點一點地做搬家準備。」
連告別雷札德，離開了辦公室。
他回到從春天住到現在的客房，收拾為數不多的行李。
雖說父母從村裡帶了他的東西過來，但是連的私人物品本來就不多。他只有把瑟拉奇亞的蒼珠小心地放進木箱，以免打破。
連抱著木箱走出房間，正好碰上來找他的莉希亞。
「……連？你怎麼突然搬東西？」
吃了一驚的她，看見連要把房間裡的木箱搬出去，不解地歪著頭。
「我打算做些搬家的準備。」
「搬家……誰搬？」
「當然是我要搬家呀。」
「——咦？」
莉希亞當場愣住，彷彿有人把她丟在絕對零度的地方好幾天不管一樣。
「為、為什麼？你要去哪裡？」
聽到連的回答之後，萬分焦急的莉希亞慌慌張張地問。
莉希亞逼近懷裡還抱著木箱的連，抓住他的手，含著眼淚仰望他，一副絕不讓連逃跑的模樣。

「這……因為受到你們家太多關照……」
「我們早就說了這種事不需要在意！繼續住這個房間嘛！」
「不可以。我終究是艾希頓家的人，是要侍奉莉希亞小姐你們的。」
「……這都無關！所以拜託你……回來啦……！」
淚水從莉希亞眼裡滑落。
不知不覺間，周圍出現了跑來看怎麼回事的傭人和騎士們，而且沒一個開口，全都只是在旁邊看，讓連恨得牙癢癢的。
不得已之下，連只好詢問站得特別近的優諾。
「不好意思，請告訴我舊館怎麼走。」
聽到他這麼問，優諾拍了一下手。
「我就知道是這樣。」
「咦，妳為什麼會知道啊？」
「從連少爺的年紀和這段時間的舉止，可以猜到。我也曉得當家老爺早就在考慮找人管理舊館，所以八成是……」
被說中的連不禁苦笑，莉希亞則是擦掉淚水後傻眼地看著他。
「這、這是怎麼回事？你不是要回村裡嗎？」
「不，其實是——」
連向莉希亞詳細說明自己要搬家的前因後果。

先講一開始的煩惱，然後說至少在村子復興完畢之前都會留在克勞賽爾，再來告訴她自己受雷札德所託到城鎮外工作一事。

「很多都是第一次聽到耶？」

雖然連從頭到尾都沒說謊，但是莉希亞的反應讓他太過吃驚，所以回答得慢了點。莉希亞則是沒好氣地瞪著連。

「抱歉。我原本打算晚一點再告訴妳的。」

「喔……這樣啊。」

莉希亞沉吟了一會兒，然後一句話都沒說就拉著連走。

旁觀的優諾見狀說道：

「連少爺，我先告退了。」

「那個！舊館怎麼走啊？」

優諾什麼也沒說，只是微笑著揮揮手。

連則是被莉希亞一路拉著走。

前面有一道看起來很舊的門。

（啊，這該不會就是……）

雖然沒說話，但莉希亞似乎是在帶路。

接著就像要證明這點似的，依然牽著連的她打開了那扇門。

門後是一條通往屋外的穿廊，兩人在朝陽照耀下往前走。

舊館的門坐鎮在前方。
莉希亞一伸出手，門便自動開啟，看樣子門本身就是魔道具。
內部雖然十分豪華，不過積的灰塵實在多得誇張。
但是，莉希亞毫不在意。
「坐這邊。」
她放開連的手，指向一張擺在大廳裡的木椅子。
椅子旁邊有張圓桌，隔著圓桌還有另一張椅子。莉希亞拍掉另一張椅子上的灰塵後坐下。
連一放下木箱坐到椅子上，對面的莉希亞就瞇起了眼睛。
從大廳天花板彩繪玻璃灑下的陽光，照出她端正的容顏。
「全部喔，全部。」
臉上還有淚痕的莉希亞，非常不滿地開口。
「我什麼都沒聽說……當然，我知道自己在你眼裡是不懂事的小女孩。不過，好歹可以稍微信任我一點吧？」
莉希亞並不是在耍賴。
只是因為連在自己不知道時有所行動，而且完全沒找自己商量，讓她很傷心。
就在兩人出現一些小誤會時，有人敲了敲舊館的門。

心想「誰啊？」的連起身走向門，卻看見舊館的門像剛才那樣自己開了。
「我想送來這裡比較好，所以就拿過來了。這是要給連少爺的東西。」
來者是侍女優諾。
「之後也得將連少爺的魔力登錄到這扇門上才行呢。」
「也就是說，這扇門設計成只有登錄過的人才能開是吧？」
「對，因為從防盜層面來說也是這樣比較好。」
說完，優諾看見坐在椅子上一臉不高興的莉希亞，露出無奈的微笑。
接著她給了連一個鼓勵的眼神，將拿來舊館的東西交給連。
當連走回莉希亞等待的圓桌旁時，優諾已經消失無蹤。
「你在那間店買了東西？」
看見刻在木箱上的標誌，莉希亞似乎發現了什麼。
至於連，則是在聽到「那間店」之後才發現。
他打開木箱，裡面一如預期，放著那件為莉希亞買的清秀款連身裙。
「如果不嫌棄，請收下它。」
「……給我的？」
「對。這是我第一次賺到錢那天回程買的喔。」
莉希亞又吃了一驚。
連將白色連身裙遞給莉希亞。

莉希亞攤開之後，說了聲：「好可愛。」
「如果妳看不上，我再送別的——」
「不要。我不還你。」
「——既然妳看得上，那就再好不過。」
莉希亞的臉漸漸紅了起來。她緊緊抱住連身裙，把下半張臉埋在衣服裡，接著用那雙閃閃發亮的眼睛看向連，開口說道：
「……好奸詐。」
用詞顯得有些不滿，聲音聽起來卻是另一回事。
在連看來，她其實很開心。
「抱歉。我原本沒打算用禮物求妳原諒的。」
「不是這個意思！一切都來得太急了……我還沒做好心理準備……！」
接著她又說：
「……而、而且！我還在生氣喔！」
莉希亞話音裡有著藏不住的喜色，臉上也有著藏不住的笑意。

◇◇◇

七月，在帝都的帝國軍官學院，舉行了特待班的第二階段測驗。

測驗結束後搭乘魔導船返回歐培海姆的菲歐娜，此刻一邊在庭園享用早餐，一邊和尤里西斯聊天。

「和聽說的一樣，夏天真的很熱呢。」

直到今年春天，菲歐娜都因為身體虛弱而待在溫度經過控制的自己房間。

所以，她從未體驗過夏冬特有的炎熱與寒冷。

「會不會熱得很難受？」

「沒問題。現在光是坐在這裡流汗，都讓我覺得很有意思。」

對於菲歐娜來說，別人覺得普通的她都覺得很新鮮，就連夏季的炎熱都能讓她有活著的感覺。

「抱歉。」

伊格納特侯爵突然說道。

「如果我早點辦手續，就能免除麻煩的第一階段和第二階段了。」

「不，追根究柢是因為我身體太差，父親大人請別放在心上。」

侯爵在講**推薦函**的事。以前基文子爵曾說過，只要連同意就會為他準備。

菲歐娜參加的特待班測驗，如果有推薦函就能免除前面的部分。

不過，沒辦法免除所有測驗……

伊格納特侯爵先前沒有餘力準備推薦函。他到今年春天都還在為了菲歐娜的病奔走，只能勉強趕在最後一刻為女兒報名。

「而且父親大人，與其直接參加第三階段測驗，不如像這樣從第一階段考起，比較不會緊張喔。」

「或許是這樣沒錯，不過這樣會造成妳的負擔吧？」

「不會。對於以前幾乎都躺在床上的我來說，這些時間都很寶貴。」

正因為有所自覺，她才能笑著這麼說：

「現在我能夠體驗很多很多，真的很快樂。」

看見女兒不需要像以前那樣忍耐痛苦，可以展露發自心底的笑容，尤里西斯也不禁笑了。

「既然如此，那我就在這幾天為妳準備好制服吧。」

「那個……父親大人？第二階段測驗的結果都還沒出來，難道您已經要為我通過最後階段時做準備了嗎？」

就算是將女兒擺第一的伊格納特侯爵，也不會只因為心意就準備制服。

「若是菲歐娜妳啊，一定能合格。不過除此之外，也有要提早準備的理由。」

要是等最後階段結束才準備制服會來不及。

最後階段雖然會在過新年後立刻舉行，但是等到考完並接獲合格通知的時候，已經快要二月了。

「特別是貴族，冬季到春季這段時間的活動很多嘛。」

伊格納特侯爵家也不例外。

如果菲歐娜的身體休養好，她當然也得和父親尤里西斯一同出席多場宴會。

身為貴族有不少義務要盡，既然有指望，那還是早點採取行動比較好。
菲歐娜儘管還在擔心自己能否參加最後階段測驗、參加後能不能合格——
「……我知道了。制服的事，就交給父親大人處理。」
然而打從被連救了一命之後，她就決定任何事都要努力去做。
要是在這種時候退縮，自己的決心又算什麼呢？
「稍後我會告訴傭人。」
伊格納特侯爵先吃完早餐，站起身來。
「我差不多得去工作了。菲歐娜妳可以慢慢來。」
他沒等菲歐娜回應便離開庭園。

一會兒後，被留下的菲歐娜也吃完了早餐，在享受餐後茶的同時嘆了口氣。
她仰望天空，腦中突然閃過一個念頭。
「——連公子會不會也報考了帝國軍官學院呢？」
從艾德加口中聽到的強度、資質，無疑稀有到足以進入特待班。
要是連進了帝國軍官學院，或許能一起上課——菲歐娜在想像的同時輕聲呢喃。
要在腦中描繪從沒見過的連很難，所以菲歐娜想的是「他是個怎樣的人呢？」
她試著想像身穿帝國軍官學院特待班制服的連。
不過，可能是因為不知連的長相和體格，菲歐娜腦中浮現的身影，理所當然地一團模糊。

四章

噬鋼石像鬼與新魔劍

某天，連作了個夢。

他看見懷念的七英雄傳說場面。七英雄傳說二代裡的騷動之一。

帝都港口外海出現了巨大魔物，原因和期望魔王復活的那些人有關。

戰鬥結束之後，遊戲立刻讓玩家看見衝擊性的場面。

被許多人譽為世上最優秀魔法師的克蘿諾雅．海蘭德。她在帝都大神殿被連．艾希頓以劍貫穿胸口。

看見這一幕的玩家，除了震驚之外也產生了疑問。

說起克蘿諾雅，她在遊戲內可是與劍王相提並論的絕對強者。連．艾希頓究竟是怎麼打倒這位學院長的？

大神殿內沒有戰鬥痕跡，連．艾希頓多半是用了近似於暗殺的手段。

玩家們只能如此猜測。

當然，答案並未明示。

連．艾希頓也沒說出下手的動機，沒提供足夠資訊就從主角群面前離去。

此後他多次出現在主角一行人面前，但不知為何每次都只給些忠告，此外什麼都不講。

令玩家們感到不對勁的還有另一點。

說了要與主角等人並肩作戰的克蘿諾雅沒有前往港口，卻不知為何在大神殿與連・艾希頓對峙。當然，此刻正在作夢的連也不明白答案。

正因為不明白，他必須避免這樣的未來降臨。

「哇……」

連一醒來就發出怪聲。

這場夢太糟了。

從床上坐起的他感覺很沉重，甚至讓他想睡個回籠覺。

但是，一想到可能會看見那場夢的後續，就讓他不敢真的躺回去。

雖然用夢警惕自己也不壞，但是他今天不太想這麼做。

連拉開窗簾沐浴陽光，試圖甩掉這股沉重的心情。

「……加油吧～」

他用力拍臉，強行讓自己打起精神，然後走出房間。

連在舊館的房間距離入口不遠，不會太大也不會太小。

他只搬了最低限度的家具進來，吃飯也是用舊館廚房自己弄。

雖然沒什麼下廚經驗，只會做些粗枝大葉的料理，不過目前還過得去。

連今天也是自己隨便弄點東西填飽肚子。吃完早餐，剛起床的鬱悶心情已經一掃而空。

晚點要向拜斯學劍，所以他熟門熟路地走向公會。

◇◇◇◇

舊館的管理員是連，因此他在打掃時沒找任何人協助。

聽到莉希亞說要幫忙，傭人們都嚇了一跳，不過連理所當然地鄭重謝絕，使得莉希亞不高興地嘟起了嘴。

他以舊館的工作為優先，因此已經好幾天沒去冒險者公會了。

當連注意到時，季節已是盛夏。

他做個深呼吸，讓夏季特有的早晨空氣流竄全身，這令他有大腦活化的感覺，十分舒服。

（從這裡可以看見地平線呢。）

這是克勞賽爾的地形所致。

在這座建於山丘的城市裡，連所住的舊館附近視野特別好，能夠看到克勞賽爾之外。

「喲，早啊！」

「這不是英雄嗎！一大早就這麼有精神啊！」

前往冒險者公會的路上，不少攤販老闆和居民向連打招呼。

連原本想在冒險者公會找些有意思的情報，但是沒在布告欄上看見。布告欄上貼的和往常一樣。
他心想，今天大概又是老樣子，正常調查然後順便打獵。
連的肚子突然發出難為情的「咕嚕……」聲。
（早飯吃得不夠啊。）
還在成長的身體需要營養。
要是被聽到可就丟臉了。連很慶幸身旁沒人。
「啊哈哈，好可愛的聲音。」
但就在他準備走向能吃飯的位子時，背後傳來女子聲音。
連轉頭看向聲音來處，發現有個坐在不遠處的人看著他。
（應該沒見過吧？）
他在這間冒險者公會出沒已經有段時間，附近的冒險者應該都認得。
但是，連沒見過這位女子。應該說看不見她的長相。
對方一身純白法衣，拉得很低的兜帽藏住了臉，只能隱約看見嘴角。至於其他特徵，只有些許令人聯想到絲綢的金髮。聲音聽起來也像是加工過，大概是用魔道具之類的改變嗓音了吧。
「來這邊吧。如果不嫌棄，和我一起吃頓飯怎樣？」
女子向連招手。
「呃……」
「當然由我請客，不用客氣！」

說不定，她以為連身上沒錢。

不過會這麼想也是難免。像連這樣的少年跑來冒險者公會，幾乎都是為了幫助家計做些簡單的工作。

「沒關係，我有帶錢。」

「欸？是、是這樣嗎？」

「嗯。不過好像沒什麼空位，可以坐妳那一桌嗎？」

看見她點頭，連便離開布告欄前，坐到她身旁。

連熟練地叫來職員點餐。

身穿法衣的女子見狀，張大了兜帽底下的嘴巴。

「原來是常客啊。難怪舉止這麼成熟，或者該說很習慣。」

「我想，只是因為我老了。」

「啊哈哈！你這人就連說話也很像個大人呢。」

兩人聊著聊著，女子的餐點先到了。

在連的餐點送到之前，她都沒碰自己的，直到連的也送來才對餐具伸出手。

「真是不好意思。居然讓初次見面的人等待。」

「沒關係，只是我想等而已，不用在意。」

起先專心吃東西的連，突然有些在意她對自己感興趣的理由。

「為什麼妳會找我搭話呢？」

「嗯……沒什麼特別的理由耶。硬要說的話，就是聽到了可愛的肚子叫，好奇這是個怎樣的孩子，於是出聲喊你嘍。」

「——所以呢，聊了幾句話之後覺得怎樣？」

「我在想啊，要怎麼誘拐這個孩子才好呢～」

衝擊性的回答令連當場傻住。

他手裡的叉子掉在盤子上，發出聲響。

女子見狀，愉快地笑了。

「啊哈哈哈哈！開玩笑的啦！要是做那種事，我會被騎士逮捕的！」

「……說、說的也是。」

連選擇不再追究。

他不希望對方又說些奇怪的話打亂自己的步調，決定默默享用食物。

相對地，女子食量看來不大，很快就吃完了分量不多的餐點。

然後愉快地盯著連看。

（到底哪裡有趣啊？）

連試著不去理會女子，卻還是忍不住會把些許注意力放到她身上。

女子也有發現這點。

「如果很在意我，要不要跟我回帝都？」

吃了一驚的連看向演都不演的女子，毫不猶豫地說道：

「絕對不去。」

「唉呀……答得這麼快讓我好傷心啊……」

「話說，妳是從帝都來的啊？」

「對對，來這邊辦點事。搭完魔導船之後又要搭公共馬車，路途遙遠喔。」

「啊……我想也是。畢竟克勞賽爾沒有魔導船的乘船處。」

「不過很有趣耶。這種旅行也不壞喔。」

說到這裡，女子緩緩起身。

她依依不捨地轉身背對連，朝冒險者公會門口走去。

直到最後，她的臉都藏在兜帽底下。

當然聲音也聽不出來。

「其實我很想和你多聊聊，不過我有事要忙，必須走了。」

她最後又轉過頭來。

「希望還能再見面。」

「好的。如果還有機會的話。」

「嗯！到時候，順便把**你那種不可思議的力量**告訴我喔！」

女子留下意味深長的一句話，踩著輕快的腳步走出公會。

至於連，則是又掉了一次叉子。

「……為什麼？」

那位女子說：『你那種不可思議的力量。』

會認為她是指魔劍召喚術，想來也是非常合理。

連慌張地起身，想要追上那位女子。

但是出了冒險者公會後四處張望，卻見不到那位法衣女子的身影。

「……為什麼？」

相對地，連驚訝的聲音吸引了路過冒險者們的目光。

連回到公會裡繼續吃東西——

「喲！」

交談過好幾次的狼男搭檔向他搭話。

他親切地打招呼，然後笑著在連對面坐下。

「今天也要去東方森林？」

「對，我是這麼打算的。」

「那麼，今天和我們一道怎樣？公會那些人說年輕人要去森林深處，要我們在附近狩獵。」

還沒到護衛委託的地步，似乎是「如果出了什麼事就幫忙」的意思。

公會職員大概是閒聊時和男子提到這些，男子也沒什麼要事就答應了。

不過，連還有調查魔物狀況的工作。

他這麼表示之後，男子便說：「那就沒辦法啦。」聳了聳肩。

「如果有機會，還真想和你一切狩獵啊。」
「嗯。我也是，到時候還請多多指點。」
「嘎哈哈！我也得為了那一刻好好努力才行啊！」
男子豪爽地大笑，站起身來。
他看向站在公會入口的狼男。
「我走啦。英雄閣下也要小心別受傷啊！」
祝彼此平安之後，男子離開公會。
連繼續解決剩下的食物，並且思考方才的女性究竟是什麼人。

◇◇◇◇

早上雖然有段奇妙的邂逅，不過中午連已經把它拋在腦後，專心調查和狩獵。
不過，木魔劍的數字依然沒有變化。
儘管在意升下一級需要的條件，但是連目前毫無頭緒，只能繼續狩獵等待變化到來。
「好。」
就在連鼓起幹勁之際——
……………哇！

…………嘎喔——！

突然響起慘叫聲，以及尖銳的咆哮。

出乎意料的聲響，嚇得樹上的鳥兒紛紛起飛。

連也停下腳步，往聲音傳來的方向看去。

「為什麼會在離城鎮這麼近的地方……」

對剛剛那聲咆哮有印象的連，丟下背著的地蟲。

情況明顯不對勁，他自然而然地採取行動。

連以腳蹬地，奔向聲音來處。

就像風一樣在樹林間穿梭。

即使途中用鐵魔劍劈開礙事的枝葉，也沒停下腳步。

一會兒後，他聞到一股臭味。

混在風裡的濃厚血腥味。

（……應該是這附近傳出的才對。）

他又跑了十來分鐘。

最後抵達一處裂縫。

裂縫雖然寬敞，卻有許多樹根和半塌斜面複雜交錯。一旦掉進去，要爬上來應該得費不少工夫。

連注意到裂縫底部有數名男女。
而且每個人都在流血。
（還活著……不過……）
想脫離這道裂縫恐怕有困難。
毫無疑問，如果沒人伸出援手，他們都要死在這裡。
連想幫助他們。有木魔劍的力量，要救出他們絕非難事。
「喔啦——！」
「嗚……好硬啊！」
裂縫之中。
從這些人的另一邊，傳來耳熟的聲音。
注意到聲音來自兩名男子的連往該處看去，隨即見到狼男和他那位年輕冒險者搭檔。
接著是金屬互相碰撞的刺耳聲響。
見到兩人對峙的黑鐵色魔物後，連儘管心想「果然」，卻還是懷疑自己的眼睛。
畢竟，那隻魔物是——
「噬鋼石像鬼為什麼會在這種地方？」
噬鋼石像鬼在裂縫底部展翅飛翔，縱橫穿梭。整副金屬身軀宛如凶器。
牠靠著天生的敏捷與堅硬身軀作戰，強度與尋常石像鬼截然不同。
按照懸賞公告上頭的情報，牠離克勞賽爾應該沒這麼近才對……

「該死……這樣下去……！」
狼男輕聲嘀咕。
還在奮戰的兩人，身上有多處傷口。
狼男看起來一隻手使不上力，無法指望；他的搭檔則還有餘力。
以泥土和岩壁上頭樹根為踏腳處飛來飛去的噬鋼石像鬼，抓到了狼男的破綻。
「——咦？」
狼男發出難為情的聲音，黑鐵色的手臂朝他揮下。
「你這個……混蛋——！」
就在那隻手臂即將砸中目標時，狼男的搭檔介入兩者之間。
他用盾牌阻擋，但石像鬼的手臂貫穿了盾牌，狠狠砸中男子肩頭。
「嘎啊！」
被輕而易舉擊飛的男子背部撞上岩壁，失去意識。
只剩下狼男瞪著噬鋼石像鬼。
噬鋼石像鬼不斷進逼，高舉黑鐵手臂——
『嘎嘎！』
這一回，換成連攔在他面前。
狼男看見連，驚訝地瞪大了眼睛。
「英、英雄閣下？」

「現在不是吃驚的時候！快逃！」
連所踩的地面下陷、裂開。
即使以鐵魔劍接下如此強大的力量，連也沒後退半步，反倒把噬鋼石像鬼頂了出去。
『……咕嚕嚕～』
噬鋼石像鬼發出叫聲，以雙腳卡在牆上穩住身子。
現場氣氛一觸即發，一滴汗從連的臉上流過。
「……麻煩告訴我，為什麼那傢伙會在這裡？」
「我、我不知道！或許是從以前的住處搬來這裡了……！」
狼男和搭檔似乎只是來探望那些到裂縫挖掘地下資源的年輕冒險者。
連回想早上和他們的談話內容。
（原來如此。）
想必那些地下資源裡，有噬鋼石像鬼要吃的礦物。
恐怕那就是年輕冒險者們挖掘的地下資源吧。
「你能送你的搭檔和倒下的那些人去避難嗎？」
「可、可以！只要你幫忙引開那傢伙，我可以多往返幾趟把他們帶上去！」
噬鋼石像鬼散發的敵意，隨著時間過去愈來愈強烈。
牠在提防連，沒有輕舉妄動。
「抱歉！感激不盡！」

狼男一有動作，噬鋼石像鬼就撲了上去。
早已料到的連立刻行動，挺身攔阻鎖定狼男的噬鋼石像鬼。
鐵魔劍砍向伸往狼男背心的黑鐵手臂。
『咕哇？』
「……果然很硬啊！」
鐵魔劍非常鋒利。
而且這把劍不久前才升級，連當時甚至在想「它有東西砍不斷嗎？」
儘管如此，這一劍卻沒砍斷噬鋼石像鬼的手臂，有如砍在堅硬物體上頭一般，只能勉強敲下一點碎塊。
流出的些許紅褐色液體，弄髒了鐵魔劍。
『嘎嘎！咕嚕——嘎啊！』
噬鋼石像鬼展翅躍起，舉起黑鐵手臂滑翔撲來。
每當風壓掠過臉頰，冷汗便會流過連的頸項。
沒能完全躲開的手臂擦過連的大腿，撕裂他的衣服、肌膚，鮮血隨之飛濺。
（不要忘記，這傢伙不是普通魔物。）
但是，提防過度會有反效果。
噬鋼石像鬼儘管和竊狼一樣是D級的特殊個體，威脅性卻不如竊狼。防禦方面雖由噬鋼石像鬼勝出，但其他部分的實力顯然是竊狼居上。

像這樣對峙後就一清二楚。即使同為D級的特殊個體，仍舊不能一概而論。

而且連和以前不同。他遠比對抗竊狼時要強得多。

「喝啊啊啊啊啊！」

連大吼一聲，揮出魔劍。

『——！』

連用木魔劍創造的樹根綁住方才擦過臉頰的黑鐵手臂。

他臉上出現一道很深的傷痕，不過痛歸痛，還不至於影響動作。

『嘎！嘰～！』

噬鋼石像鬼大為震驚，不斷揮動手臂。鐵魔劍鎖定那雙並非金屬的眼睛，直指目標而去。

黑鐵手臂不時掠過連的臉頰和身軀，但已經無法造成像先前那麼深的傷。

噬鋼石像鬼的動作和習慣，漸漸被連掌握。

「那裡就不硬了吧！」

連看準噬鋼石像鬼的空隙，精準地將鐵魔劍刺進去。

破風聲響起，噬鋼石像鬼的其中一隻眼睛濺出紅褐色液體。

吃痛的噬鋼石像鬼硬是掙脫了束縛，拉開距離貼到牆上。

但是，鐵魔劍的劍尖緊追而來。

『咕哇———！』

連忍下了令他想摀住耳朵的咆哮聲，往敵人逼近。

在瀰漫裂縫底部的潮濕空氣裡，戰鬥繼續下去。
籠罩周邊一帶的血腥味令緊張感持續攀升，連看見狼男帶著同伴回到地上。
沒過幾分鐘，他便為了運送其餘菜鳥冒險者而返回。
「英雄閣下！你沒事吧！」
「沒事！你那邊動作也要快點！」
噬鋼石像鬼已經失去一隻眼睛，懷著強烈的戒心與連對峙。
連顯然占據優勢。

戰鬥持續，傷者一個又一個獲救。
對專注於戰鬥的連而言不過轉眼間，當他注意到時狼男已經完成任務。
「這傢伙是最後一個！英雄閣下也別逞強啊！」
救援終於完畢，連思考該怎麼處理眼前的噬鋼石像鬼。
該打倒牠，還是先撤退？
然而，此時他聽到來自天空的破風聲。
（……什麼聲音？）
就在他有了一絲疑惑時——
『嘰————！』
第二隻。

比連從剛剛對峙到現在的噬鋼石像鬼還要大，黑鐵身軀泛起不祥的光澤。
吃驚的連將魔劍高舉過頭，擋住第二隻噬鋼石像鬼。
雖然應該也和牠是居高臨下有關，不過感覺力量比第一隻來得強。
「成、成對的？」
正在攀爬岩壁的狼男說道。
「冒險者公會明明沒這種情報……該、該不會是最近的事……？」
噬鋼石像鬼只有一隻。情報是這樣。
假如新出現的這隻是雄性，那麼兩隻成對恐怕是最近的事。
勉強頂住攻勢的連心想。
（剛剛的咆哮，原來是要把另一半叫來嗎？）
確實，連曾經同時應付兩隻噬魔怪。既然噬魔怪相當於D級，那麼現在的處境或許和當時差不多。
但是莉希亞不在這裡。
沒有白色聖女提供的增益，情況和當時截然不同。
『嘎嘎……………』
『咕嚕、嘎嘎嘎！』
疑似雄性的噬鋼石像鬼，正在舔舐第一隻的傷口。
現場氣氛緊繃，感覺得出牠非常憤怒。

攀爬岩壁的狼男，以有些顫抖的聲音說道：
「等我一下！我馬上去搬救兵！」
然而，看他的樣子不太能指望。
連開始思考該如何自力突破困境。
（……如果逃跑，剛剛救的人會被盯上。既然如此，只能想辦法解決了吧。）
儘管對噬鋼石像鬼很抱歉，但連也不想死。
必須先打倒受傷的個體，形成一對一狀態。
（如果有餘力，真想試試盜賊魔劍啊。）
不過連很快就打消主意，重新舉起鐵魔劍。
兩隻噬鋼石像鬼同時撲向連。牠們展現了令人驚嘆的絕佳默契，在連的左右、前後、上方往來交錯，不斷從死角以黑鐵手臂襲擊。
『咻！噓！』
「好快啊……不過！」
直接攻擊顯然是竊狼更有威脅，這點沒有改變。所以連躲得開，不需要硬扛。
回想起耶露庫庫臨死前釋放的力量，就覺得這點程度沒什麼好怕的。
「——抱歉。」
他無奈地向這對石像鬼謝罪。
彼此都有戰鬥的理由，但連沒打算在這裡敗給牠們。

「讓一切結束吧。」
每當連與第一隻噬鋼石像鬼錯身而過，手中鐵魔劍就會在對方胸口留下痕跡。
在連番攻擊的影響之下，堅固的鋼鐵身軀逐漸露出柔軟的肉身部分。
動作始終輕巧的連，瞄準弱點——
「喝啊啊啊啊啊！」
將鐵魔劍的劍尖，刺進噬鋼石像鬼胸口。
有股切斷肌肉的應手感，還聽到了體內魔石粉碎的聲響。
連的手環間接地吸取了魔力。

・盾魔劍（等級1：0／2）
張設魔力障壁。效力隨等級提升，能夠擴張生效範圍。

儘管閃過「明明是劍卻成了盾？」的念頭，不過連只有匆匆一瞥，並未多想。
第一隻噬鋼石像鬼已經倒地。
憤怒的另一隻噬鋼石像鬼從背後逼近，此時木魔劍從連的手裡消失。
『吼————！』
眼前的個體任憑怒火驅策，在岩壁和地面砸出凹洞，掀起濃霧般的沙塵。
噬鋼石像鬼將挖下來的岩石擲向連。

牠不斷以沙塵遮蔽視線後發動攻擊，試圖貫穿連的身軀。
「英雄閣下？嗚……到底怎樣了……？」
忙著讓冒險者避難的狼男，看不清裂縫底層的戰況。
這反倒讓連決定使用新力量。
在視野不佳的情況下，面對投擲攻擊和噬鋼石像鬼從死角揮來的手臂，連對於使用這股力量沒有半點猶豫。
『嘰——！』
繞到連後方的噬鋼石像鬼，揮出手臂刺向連的背部。
再一秒……不，更短的時間就能貫穿目標，噬鋼石像鬼堅信自己能贏得勝利。
相對地，嚴陣以待的連則是下意識想起了盾魔劍的存在。
要躲開也是做得到，但新魔劍似乎很想告訴連自己有多強。
連在腦中不斷想著盾魔劍，讓它替換木魔劍。
（這就是——盾魔劍。）
盾魔劍劃開連面前的空間，從中現身，展現出不同於任何魔劍的威容。
整把劍呈翡翠色，劍身上的紋路格外醒目。
連握住劍柄，妝點劍身的紋路隨之發出藍白光芒。
他舉起盾魔劍，揮向逼近的黑鐵手臂——
『……！』

黑鐵手臂與連之間出現一道魔力障壁。

外觀宛如發出金色光芒的流線型玻璃薄膜，大小足以遮蔽連的上半身。

震驚的噬鋼石像鬼接二連三揮臂猛打，這才好不容易在堅固的障壁上弄出小小裂痕。

彷彿只要連舉起盾魔劍，障壁就不會消失。

不過，一旦障壁粉碎，消耗的魔力量恐怕與重新召喚魔劍相去無幾。

人在地表的狼男正準備回到裂縫底部，卻因為下方聲響停息而吃了一驚。

連並未放在心上。

他只想著要和盾魔劍一起為這場對決做個了斷。

（這玩意兒真厲害啊。）

連肯定自己能贏得勝利，也相信自己能在盾魔劍失去效果之際反擊。

盾魔劍製造的魔力障壁終於消散，反射陽光產生宛如鑽石塵的美景。

連旋身揮出鐵魔劍，不斷砍在疲態畢露的噬鋼石像鬼身上。

最後他又說了一聲：「抱歉。」

躲開噬鋼石像鬼揮出的手臂，瞄準胸膛。

對準和第一隻一樣露出柔軟肌肉的部位，送出最後一刺。

『……啊……』

聲響在谷底迴盪，噬鋼石像鬼的巨軀倒下了。

連看在眼裡，重重嘆了口氣。

「……總算結束了。」

出乎意料的戰鬥令他十分疲憊。

雖然比對付竊狼時輕鬆，但也算不上行有餘力。只要有一瞬間疏忽，倒下的就會是自己。如果讓噬鋼石像鬼的手臂打個正著，身體應該會被開個洞吧。

「怎、怎麼可能……英雄閣下，你……！」

沙塵平息，終於趕到的狼男驚叫出聲。

連大概是累了，一屁股坐到地上，而魔劍已經消失無蹤。就算被看到，頂多也只有鐵魔劍，應該不至於令人起疑。

連再度嘆了口氣，呈大字形躺下。

「我應該也多少有些成長吧？」

他看著自己伸向天空的手，輕聲嘀咕。

◇◇◇◇

連沿著街道走，抵達克勞賽爾城門前。

兩隻噬鋼石像鬼的屍身，散發沒人能無視的存在感。

他在往來行人的驚嘆之中和守門騎士交談。

「連兄弟！」

雙肩被騎士緊緊抓住的連，急忙應了聲：「是！」

「難道是你一個人解決的嗎！」

「不，感覺上是撿了便宜。」

「唔，意思是有人協助？」

「應該也算不上，該怎麼講才好呢……」

之所以回應得曖昧，是因為第一隻他沒辦法說從頭到尾都由自己對付。

那些年輕冒險者和狼男、狼男的搭檔，姑且也是有奮戰過一番。

「沒這回事。兩隻都是英雄閣下的豐功偉業。」

此時抵達的狼男說道。

聽到這句話，騎士驚嘆地說：「果然！」

「第一隻我們也沒做出什麼值得一提的攻擊。因此，都是英雄閣下的功勞。」

狼男這麼表示之後，接著補充：

「我已經聯絡公會了。英雄閣下打倒的其他魔物也會運過來，錢你一併領吧。那些獲救的年輕人也說，他們什麼都不能收。」

不僅如此，他們甚至要把公會收購裂縫底部資源給的錢當成謝禮。

連說不收。狼男告訴他應該收下之後，便離開城門。

「他們冒險者要報答恩情。如果不這麼做，有可能把自己的風評毀掉。連兄弟救了他們是事實，可以放心收下。這筆錢應該能讓你為艾希頓家的村子買新的魔道具。」

「……我明白了，那就這麼做。」

話又說回來——

（一想到回舊館以後還得交代清楚，就覺得心情沉重啊……）

以連的立場來說，自作主張和危險的魔物戰鬥，就算遭到責備也不足為奇。

不過，這次一方面來說也是不得已。雷札德委託連的工作裡也包含魔物調查，坐視不管實在不是個好主意。

如果當時自己沒採取行動，讓別人以為克勞賽爾家對冒險者見死不救……他在擔心這點。

就算對方是自由的冒險者也一樣。

正當連思考這些時，冒險者公會職員已經抵達，並在驚嘆的同時向他說明。

噬鋼石像鬼的價格，在克勞賽爾的冒險者公會找不到前例，所以查驗需要花些時間。

職員表示，結果稍後會聯絡克勞賽爾家。

聽完之後，連就像要逃離城門附近的熱鬧一般，匆匆離去。

途中不時有人向連搭話、祝賀，讓連很不好意思。不過隨著克勞賽爾男爵邸愈來愈近，路人也逐漸散去。

等到周圍終於安靜，他才因為遠比平常強烈的倦怠感而笑了出來。

（盾魔劍啊。）

試用過後，感想是很方便、性能也很好，相對地魔力消耗很大。

重新確認這些之後，連才想到要看看手環。

(現在怎樣了呢~)

他看向手環，發現獲得大量熟練度。

不過臉上露出了苦笑。

相較於費盡千辛萬苦打倒耶露庫庫和噬魔怪後得到的量，從噬鋼石像鬼身上得來的實在太多了。

雖說噬鋼石像鬼以經驗值多聞名，又是一次解決兩隻，卻讓連有種難以言喻的感覺。

不過變強是事實，能夠解開一些**長久以來**的謎團也值得開心。

(從特殊個體得來的魔劍，若不吸收同種族的魔石就無法取得熟練度。)

看見剛取得的盾魔劍熟練度，令他有了這種推測。

只要是特殊個體的魔石，就算種類不同也能取得熟練度——這個推論從盜賊魔劍的熟練度來看，似乎不成立。

順帶一提，木魔劍依然是滿的。

這麼一來，就讓人不得不期待提升魔劍召喚術等級之後的效果。

「所以說，問題是要怎麼對莉希亞小姐——」

說明今天的事，然而……

「我怎樣？」

不曉得為什麼，聽到了當事人莉希亞的聲音。

連緩緩轉頭看向聲音來處。莉希亞身旁跟著優諾，就站在他眼前。

[NAME]

連・艾希頓

[職業]艾希頓家　長男

[技能]

■魔劍召喚　Lv.1　0／0

■魔劍召喚術　Lv.3　1055／2000

透過使用召喚出來的魔劍獲得熟練度

等級1：可以召喚「一把」魔劍。

等級2：手環召喚期間，得到「身體能力UP(小)」的效果。

等級3：可以召喚「兩把」魔劍。

等級4：手環召喚期間，得到「身體能力UP(中)」的效果。

等級5：************************。

[已習得魔劍]

■木魔劍　Lv.2　1000／1000

可以進行相當於自然魔法（小）的攻擊。
攻擊範圍會隨著等級上升擴大。

■鐵魔劍　Lv.2　814／2500

鋒利程度隨等級提升。

■盜賊魔劍　Lv.1　0／3

一定機率隨機搶走攻擊對象的物品。

■盾魔劍　Lv.1　1／2

張設魔力障壁。效力隨等級提升，
能夠擴張生效範圍。

附近還有幾名護衛的女性騎士。
啊……這麼說來，男爵宅邸已經不遠。
表情僵硬的連，自然而然地退了一步。
「欸，我怎樣？」
「呃，那個……」
但是，莉希亞逼近了一步。
她背後的優諾無奈地笑了笑，以唇語表示：「認命吧。」

◇◇◇◇

回到男爵宅邸，連還來不及前往本邸向雷札德報告，就被莉希亞半硬拉地帶往舊館。
兩人到了舊館玄關的沙發處，莉希亞要連坐下，然後自己坐到他旁邊。
「還好，看來沒受什麼重傷。」
莉希亞施展神聖魔法，一點一滴地治療連的疲憊和臉上傷口。
光芒和暖意滲入連的身體。
「我還以為會惹妳生氣。」
「為什麼？你做的事很了不起，不覺得該受到讚揚嗎？」
「……先不管有沒有很了不起，我是自作主張，沒找人商量。」

「是啊。不過，多虧了你鼓起勇氣，很多人因此得救，你該引以為傲喔。」
莉希亞也了解連的立場。
畢竟是自己的父親委託他工作，她不可能不知道。
「不過，一考慮到那是很危險的對手，我就在想，自己是不是可以多少對你發點脾氣。」
莉希亞輕笑著說道。
連則是一句「妳說的對」表示同意。
「……我很擔心耶。」
莉希亞嘟起嘴。
不過，她臉上帶有笑意，是用很可愛的方式鬧彆扭。
「晚餐還沒吃對不對？今晚來本邸一起吃吧。」
雷札德應該也想和連聊聊。
連跟著莉希亞站起身，和她並肩同行。
兩人打開舊館的門，走在通往本邸的穿廊上。
「我想為讓妳擔心一事賠罪，有沒有什麼我能做的？」
「那麼，下次出遠門時可不可以陪我去？」
這個突如其來的問題，讓連相當疑惑。
「我預定要巡迴各村，就像以前拜訪你們村子時那樣。」
「了解。在下願意奉陪。」

儘管連有種「我答得真快」的念頭，不過和莉希亞共同行動也不是第一次了。
而且這回是自己害莉希亞擔心，他想老實回應人家的要求。
不過，莉希亞本人倒是笑著表示純屬玩笑。
「不需要賠什麼罪。我擔心是事實，不過你的勇氣更該受到讚揚。」
「不，讚揚和賠罪是兩回事。」
「……我都忘了。你有時候比我還頑固呢。」
莉希亞後悔把遠行的事告訴連。
她雖然很高興能一起出遠門，卻不想把連扯進不相干的工作裡。
「我個人也有點在意。這趟出遠門想必會成為不錯的經驗，還請讓我同行。」
「真的？沒騙我？」
「從莉希亞小姐的角度來看，我像是在說謊嗎？」
「……不，不像。」
莉希亞停下腳步觀察連的眼睛，很快就肯定他沒說謊。
「可是，不行～亂開玩笑是我不對，然而連可不可以同行，不能由我的一己之見決定。」
連無奈地聳聳肩。
（那麼，之後問問雷札德大人吧。）
先不管連自己的興趣，這麼做也是為了增加莉希亞身邊的戰力。
春天的事件過後還不到半年，在連看來還不能放鬆戒備。

◇ ◇ ◇ ◇

此時，本邸——

「老爺請看，這是巴德爾山脈鄰近各村來的。」

「喔，騎士們嗎？」

前往辦公室找雷札德的拜斯，遞出一封信。

在克勞賽爾領，還有不少像羅伊．艾希頓那樣負責管理村子的騎士。其中以巴德爾山脈周邊村子為據點的騎士們，聯名送來這封信。

確認完信中內容之後，雷札德低聲表示：「看來今年冬天，最好準備比往年更多的柴火和魔道具。」

「根據騎士們所言，巴德爾山脈附近似乎一年比一年寒冷。這也就表示，今年冬天應該會冷得很誇張。畢竟往年都是這樣。」

「那麼還得提防降雪才行呢。」

「應該是。為了避免有人凍死，必須從現在就開始做準備。」

對於雷札德這句確認性質的話，拜斯也點頭表示有同感。

「話說回來拜斯，噬鋼石像鬼那件事你怎麼看？」

「根據冒險者公會職員的說法，牠們很可能是飛來覓食。那兩隻的身體看起來都有點瘦。」

此外，也不像是人為因素。沒發現被下魅惑的痕跡，也不像是魔物師一類技能造成的影響。

「印象中，最近某種礦物的價格下跌了對吧。」

「嗯……或許是噬鋼石像鬼舊棲息地的冒險者們濫挖，把地下資源挖光了。」

「真是的……這種事就算想抱怨也很難說出口啊……」

如果冒險者做出非法行為就另當別論，但是獵魔物和挖礦這種沒問題的行為實在無法抱怨。

「話又說回來……」

兩人談起此刻正往本邸移動的連。

「聽到連沒有聖劍技的才能時帶給我很大的衝擊，不過從他這次的表現和成長速度來看，說不定他有剛劍技的才能呢。」

如果能學會這種劍技當然最好。

畢竟連親身體會過——這麼說可能有語病，應該講他在遊戲時代已經多次被迫了解這種劍技的強大，如果有機會學習，他應該會心動才對。

然而，擁有剛劍技才能的人有限，要學會恐怕很難。

五章 意料之外的重逢

連久違地出遠門，騎上馬沿著街道前進。

目的是莉希亞先前提過的巡迴鄰近村落。克勞賽爾男爵家的工作之一。

當天晚上，連直接找上雷札德談同行一事，才讓這次遠征得以實現。

（已經過了中午啊。）

他們一早啟程離開克勞賽爾，從踏上旅途算起至少過了六小時。

周圍風景和出發時完全不同，這段時間道路兩側一直是平原。

一片悠閒的景色。附近有把馬繫在路邊的商人們，以及席地而坐的冒險者。

克勞賽爾家一行決定效法他們，暫時停下來休息。

連下馬之後，開口詢問馬兒：

「你啊，到頭來變成黏著我了，這樣好嗎？」

『嘶——』

馬以短而愉悅的叫聲回應。

牠就是連和莉希亞逃亡時騎的那匹馬，原本是為耶露庫庫拉車的馬之一。

莉希亞來到連身旁，笑著說道：

「很好啊，這不是認主了嗎？」
「雖然讓人開心，不過這表示牠對耶露庫庫沒什麼忠誠心？」
「應該沒有吧？牠好像剛到我們家就賴著不想走了。」
「喔……原來是這樣啊。」
「嗯。那種男人啊，八成沒有好好對待牠。負責餵牠的優諾說，牠來我們家沒過多久，毛好像就變得漂亮不少。」
看來就如莉希亞想像的，這匹馬先前的主人沒有好好照料牠。
連同情地摸摸馬脖子，馬兒再次發出愉悅的叫聲。
「這孩子似乎和拜斯的馬一樣有魔物血統，所以還會再長大喔。」
「也就是說，牠還是匹小馬？」
「當然。看看拜斯的馬，至少應該能長到那麼大才對。」
連按照莉希亞所言看向拜斯騎的馬，發現那匹馬四肢極為強壯，更重要的是比其他騎士的馬還要大上一圈。
不過，連騎的馬也不輸牠。
亮麗的深栗色毛令人想到上等絲綢，而且年紀雖小骨架卻不輸拜斯的馬，未來可期。
「據說有魔物血統的馬全盛期很長，壽命也很長。」
「那麼，看來牠會陪伴我很長一段時間了。」
「對。記得替牠取個名字喔。」

雷札德也說過這匹馬屬於連，所以沒問題。

兩人在接下來的休息時間依然聊得很開心，不過同行為莉希亞打理隨身事務的優諾來了，因此談話就此結束。

「大小姐，拜斯大人請您過去。」

莉希亞離開後。

「連少爺，我有些話想和你說。」

優諾向連搭話。

和平常不同，她壓低了音量。

「我聽說，基於種種原因，連少爺今後會繼續待在克勞賽爾。」

「是啊。我想，應該會多留一段時間。」

「那就好。也因為這樣，大小姐很開心。她和我分享她的喜悅，說連少爺或許也會參加宴會。」

「……宴會？」

「是的。我想其他人應該也提過，就是大小姐的生日宴會。」

「……啊。」

這麼說來，莉希亞的生日在夏天。

七月已經到了尾聲，所以宴會該在下個月。

「回到克勞賽爾之後，我馬上準備禮物。」

說到禮物，不久前連才送了白色連身裙。
莉希亞穿上那件衣服的模樣，比連預期的還要可愛。
……不過話又說回來，必須準備別的禮物。
（得好好想一下才行。）
看見連自顧自地點頭，優諾偷偷地笑了。

◇◇◇

一行人抵達今天要巡視的村子後，前往該村的騎士住處。
這間屋子和燒掉之前的艾希頓家不同，是全新的，屋內很乾淨。
連借住其中一間客房。到了傍晚，莉希亞來訪。
她和管理這個村子的騎士談完正事，於是來找連消磨時間。
莉希亞把連拉到客房的桌子前，將手中羊皮紙捲攤在桌上。
羊皮紙上畫著克勞賽爾領的地圖。
「我們在這個村子。明天要走這條路。」
莉希亞的手指在地圖上滑動，將路線告訴連。
「這裡是**巴德爾山脈**嗎？」
「嗯。就是我們之前路過附近的那座巴德爾山脈喔。」

莉希亞是指耶露庫庫騷動時兩人逃往克勞賽爾那段旅程。

得知路線和巴德爾山脈的距離比想像中近，連的表情有點緊張。

（唉，既然伊格納特什麼都不會做，應該不至於有危險吧。）

巴德爾山脈平常算不上什麼危險地帶。這點和連先前確認過的一樣。

出現的魔物頂多是F級，照理說沒什麼大不了。在七英雄傳說裡，則是因為伊格納特侯爵為了毀滅雷歐梅爾帝國而做出某件事，導致巴德爾山脈出現異變。

他用了某隻魔物的魔石。

——紅龍阿斯瓦爾。

很久很久以前，一頭以巴德爾山脈為根據地的龍。

阿斯瓦爾是活了數百年的古龍，智慧足以理解人的語言。

牠高傲、好戰，據說喜歡和強者交手。

但是就在某一天，魔王令阿斯瓦爾失去了理智。

等待挑戰者到來的阿斯瓦爾，成了一頭只會大肆破壞的龍，遭到七英雄討伐。

屍體掉進當時存在於巴德爾山脈的火山，經過漫長的時間後連骨頭都融化了。

火山內部環境因此產生改變，成了休火山。

只剩**阿斯瓦爾的魔石**沒融化而殘留下來，沉睡在火山深處。

（得到魔石情報的伊格納特，利用現代殘存的魔王之力讓周圍活化。）

棲息於巴德爾山脈的魔物因此獲得力量。

原本只會見到F級或E級魔物的巴德爾山脈，轉眼間化為危險地帶。

『我恨一切。』

連想起七英雄傳說一代的最後決戰。

伊格納特侯爵在巴德爾山脈的休火山大坑前，向主角一行人傾訴自己的痛苦。

『我這一生為祖國盡心盡力，卻連一次慈悲都換不到，失去了菲歐娜。』

面對這位梟雄，七英雄的後裔們舉起武器。

主角一行人原本想說服伊格納特，但他一笑置之，張開雙臂繼續說下去。

『既然雷歐梅爾（你們）不認同我，那我也不認同你們。我否定你們的一切。』

尤里西斯・伊格納特驅使劍和魔法，擋在主角一行人面前。

這段時間，阿斯瓦爾的復活儀式還在進行當中，讓玩家十分焦急。

『——夠了。就讓你們和那個第三皇子一樣吧。』

隨著戰鬥進行，阿斯瓦爾的復活也愈來愈近。

情勢愈來愈緊張，伊格納特侯爵也和主角一行人一樣堅決不放棄，為了將雷歐梅爾引向毀滅而持續奮戰。

最後——

『嗚……菲歐……娜……難道……我……錯了……嗎……？』

在阿斯瓦爾快要復活時，強大的尤里西斯・伊格納特終於斃命。

但是，讓阿斯瓦爾復活的儀式已經無法阻止。
即使如此依舊沒放棄的主角，在這時讓勇者盧因血統蘊藏的力量覺醒。
即將完全復活的紅龍阿斯瓦爾，就此陷入沉眠。

連一時陷入回想之中。
「為什麼突然不說話？」
結果被莉希亞抓住肩膀搖晃。
連看向莉希亞，發現她不高興地鼓起臉頰。
「啊──抱歉，不小心就……」
「……沒關係啦，不過你剛剛說到一半的話令人在意。」
「呃……我很在意之前雷札德大人接到的聯絡。據說今年冬天有可能特別冷，所以我在想，要是下雪就麻煩了。」
莉希亞聽完沒有半點懷疑，反而笑了出來，說：「你也太急了。」
「啊，對了對了。連你剛剛好像對巴德爾山脈很感興趣，機會難得，要不要過去看看？這個時期沒什麼需要擔心的。」
莉希亞認為連應該會立刻點頭。
「還是算了吧。」
以為彼此都好奇心旺盛的莉希亞非常驚訝。

「不去嗎？如果是平常的你，應該會說『務必讓我去看一看！』呢。」

「呃……我覺得巴德爾山脈還是算了比較好。就算魔物不用在意，發生山難也會很麻煩。」

雖然伊格納特侯爵的女兒活著，所以侯爵應該不會造反，但連還是不想隨便靠近那裡。

（所謂君子不近危牆——呃，還是「不立危牆之下」？我雖然不是君子，卻也不想跑去那邊之後出事。）

不過有特殊理由就另當別論。

好比說，為了救人非去不可。

若是為了家人、為了莉希亞，連就會改變主意。

被叫去吃晚餐之前，連想起一件事。

（巴德爾山脈是不是有隱藏區域啊？）

那是個要從隱藏入口前往的地方，裡面擺了好幾個裝有高價換錢物品和特殊裝備的寶箱。

而且，必定會出現一隻噬鋼石像鬼。

換句話說，去那裡還能順便提升盾魔劍的等級。

（就算是這樣，巴德爾山脈……）

連猶豫半天還是找不到答案，決定擱置這個問題。

◇◇◇◇

下一個造訪的村子，是連和莉希亞逃亡時，連在不知不覺間通過的村子。
這裡是和連的故鄉沒什麼兩樣的鄉下地方。
還能從近處仰望巴德爾山脈。
「拜斯大人，有些事想和您商量。」
負責管理村子的騎士，臉上帶有些許憂慮。
按照他的說法，似乎從數天前開始，村子旁邊的河川水變少了，魚的數量也跟著減少。
「今天早上，我去確認上游的狀況。發現有倒木擋住水流。」
「最近有碰過壞天氣嗎？」
「直到數天前，這一帶都還在狂風暴雨。我想，可能是風雨弄倒那些樹，導致水流堵住。」
負責管理這個村子的騎士試著和年輕的村民合作搬開倒木，但是太重搬不動。
因此，想仰仗拜斯與其他騎士的力量。
不過，以莉希亞為首的一行人包含拜斯在內都有事要忙。他們才剛抵達，騎士們還有其他要處理的工作。
此時連插嘴。
「如果不嫌棄，由我去怎樣？如果只是倒木，我應該能處理。而且聽起來不需要擔心魔物。」

「是啊。就算出現，頂多也只是東方森林那種程度的魔物。」

這個村子的騎士表示要為連帶路，但是連婉拒了。

「到河川上游需要幾分鐘？」

「成年人徒步大約兩小時……你一個人沒問題嗎？」

管理村子的騎士有此疑問也很合理。

畢竟連還是少年，想來騎士不覺得連有辦法處理自己和村民解決不了的問題。

按常理來說是這樣。

「不用怕！這名少年就是那個連‧艾希頓喔！」

「居、居然！原來你就是傳說中那位英雄啊！方才失禮了……！」

（感覺很不好意思……）

「所以說，不需要擔心。不過，成年人徒步兩小時，騎馬應該會比較快吧？」

「話是這麼說沒錯，不過前些日子的風雨讓路況變得很差，不適合騎馬。」

若是這樣，就算連徒步前往恐怕也得花不少時間，不過他的體能比一般成年人還要好，應該不用擔心這種事。

拜斯大概也這麼認為，看不出有半點擔憂。

「事不宜遲，我打算現在出發。」

「了解。那麼請容我帶您到通往上游的路。」

負責管理村子的騎士，直到最後都一臉歉意。
目送連離去時，他甚至深深地低下了頭。

◇◇◇◇

連走了一小時以上。
途中遍地泥濘，和聽到的一樣難以通行。
看到河川流過眼前時，他心想「應該差不多了吧？」又走了一會兒之後，總算抵達疑似堵塞的地點。
其中一條分出來的支流，連到經過下游村莊的河川。
數棵倒木堵在匯流處，倒木與倒木之間傳出流水聲。
有幾條魚在地上跳動，大概是從水量減少的河川裡跳出來的。
「回程時把牠們帶回去好了。」
這些魚對村民來說是寶貴的糧食，不能隨便浪費。
連觀察倒木。
「……將它們搬開吧。」
他走近河川，從上方的倒木開始一根根搬開。
途中，河水打濕了衣服，讓他板起了臉。

就在他後悔地想「應該小心一點」時——
「我認為用自然魔法擺平就好，你覺得呢？」
附近響起說話聲，於是連朝聲音來處看去。
日前在公會交談過的法衣女子就站在那裡。
嗓音還是一樣經過加工，所以特別好認。
「為什麼妳會在這裡？」
「這是我的台詞喔。應該待在克勞賽爾的你，為什麼會來這裡玩水？」
「我有必須這麼做的理由——還有，我不是在玩水。」
連的確是在工作，不過濕成這樣實在沒什麼好得意的。
話說回來，或許是中意連一臉不滿的模樣吧，法衣女子輕笑著伸出手指，開始在空中畫圈。
「要是感冒就不妙了嘛。」
連的衣服轉間就乾了。
髒汙也跟著消失，全身上下乾淨清爽。
「剛剛那是？」
「哼哼哼……實不相瞞，剛剛那正是把衣服變乾淨的魔法！怎樣？怎樣？很厲害吧！」
顯然不是那種限定用途的魔法吧？連心想。
更重要的是，連根本不知道還有魔法是這種用途的。
話雖如此，就算七英雄傳說真有這種魔法，誰會去用？畢竟遊戲裡面沒有髒汙概念，所以毫無發揮空間。
（這就表示，也有我不知道的生活用魔法？）
得到意料之外的有趣知識，讓連露出心滿意足的微笑。
「到頭來，妳為什麼會在這裡？」
「工作嘍。和這身一看就很可疑的服裝不同，我這份工作可是很實在的。」
「……原來如此。」
連對於可疑一詞沒有否定也沒有肯定。
（原來她知道自己很可疑啊。需要變裝卻很實在的工作——是什麼啊？）
他沒拋下戒心，只是有些疑惑。
不過，法衣女子看來沒打算多透露。
嗓音還是一樣經過加工，拉低的兜帽之下也只看得到嘴角，不知為何臉的其他部分沒進入連的視野。
那件法衣，是不是有隱藏身形的效果呢？
連找不到答案，默默等待女子說下去。
『……噗嚕～』
突然有聲音傳來，於是連和女子轉過頭去。
離兩人稍遠處，沒掉進河裡的倒木後面……
以及沒倒下的樹木後面，有幾隻魔物正看著連他們。

讓連很想念的小野豬。

「大概是災害影響，導致牠們在平常覓食的地方找不到東西吃吧。」

「看來是這樣沒錯。」

女子一聽到連的回應就有所動作，要擋在他前面——不過，連搶先一步往前站。

他拔出腰間的鐵魔劍，將女子護在身後。

被連搶在前面的女子連連眨眼。

「呃，咦？為什麼你站在我前面啊？」

「這個嘛，因為要戰鬥呀。」

連沒有轉頭，目光始終放在彷彿隨時會撲過來的小野豬身上。

「不、不是這個意思啦！你怎麼像是要保護我啊？」

「實際上就是要保護妳，這不是理所當然嗎？」

「——欸？」

即使這名女性十分可疑，連的身體依舊自然而然地採取行動。

想來是和莉希亞共同行動那段時間養成的習慣吧。

而且，就算對此人有戒心，連也不願意讓一個陌生女子保護。

將背部暴露在對方面前令連有點不安，所以他立刻上前對付小野豬。

不遠處，女子驚訝地說道：

「……果然，你就是那位英雄吧。」

低語聲並未傳進連耳裡，他很快就解決掉了撲上來的小野豬。
接著連轉向女子。
「妳剛剛有說話嗎？」
「嗯。我說，你真可愛～」
「……不懂妳想表達什麼。」
「如果向你解釋，你願意跟我一起來帝都嗎？」
「不，絕對不去。」
「唉……真可惜。」
法衣女子遺憾地嘀咕，接著一臉無奈地邁開步伐。
兩人擦身而過時，她淨化了連身上沾到的血。
「我得走了。雖然一堆工作讓人不爽，不過見到你讓我很開心喔。」
她突然向連道別。
「請等一下！我還……！」
有話想要問。
無論是冒險者公會那時還是剛才，女子都在暗示自己知曉連的力量，連尚未向她確認這件事。
不過，就在連的手即將碰到她肩膀時——
「——我接下來還得去一趟巴德爾山脈，再見啦。」

一陣暖風從連面前吹過，令他不禁伸手遮住眼睛。
當連睜開眼睛時，女子已經不見蹤影，方才搬開的倒木也消失了。
這位可疑程度滿分的女子，讓連陷入沉思。
各式各樣的魔法，以及說話口吻。
再次交談之後，才體會到她的友善不怕生。
思索至此，連也想到了某個人物。
「……該不會是那個人吧？」
不過，他想不到那人為什麼會出現在這種鄉下地方。
畢竟他想到的不是別人，正是帝國軍官學院的學院長，克蘿諾雅・海蘭德。
然而連還是半信半疑，無法肯定那位大忙人真的跑來這裡。
回到村子之後，連保險起見，將在河川上游見到女子一事告訴莉希亞。
於是莉希亞得知，連在冒險者公會遇到一位陌生女子，接著在河川上游和那位女子再次相見。
那位女子特地出現在連面前，代表她跟蹤一行人的可能性很低。
儘管不會和耶露庫庫襲擊艾希頓家的村子一事相提並論，不過莉希亞還是找上拜斯商量。
「保險起見，提前結束這次的行程回克勞賽爾吧。」
春天那件事還沒過多久，莉希亞和拜斯都很慎重。

六章　白金羽毛

連返回克勞賽爾數天後的早晨。
在舊館自己房間醒來的連，走到窗邊沐浴朝陽。
他看向一旁的桌子，以及擺在桌上的瑟拉奇亞蒼珠，下意識將手伸向那顆內部依然瀰漫藍色霧氣與雷光的球體。
當然，蒼珠沒有回應，不過內部的霧氣和光亮看起來有晃動。
此外，還有以前體驗過的那種魔力被吸收的感覺。
「……雖然你似乎有在吸收魔力，但要讓你孵化好難啊。」
帶著歉意這麼說完之後，連發現瑟拉奇亞的蒼珠微微震動，似乎很難過。
他把手從瑟拉奇亞的蒼珠上挪開。
沒過多久——
『連少爺，我是優諾。』
房間外傳來呼喚連的聲音，連稍微整理了一下儀容，隨即走出房間找優諾。
優諾為一早就來打擾向連道歉，並且告訴連，數小時後會有很多貨物送來克勞賽爾男爵宅邸。

「貨物……啊！因為莉希亞小姐的生日宴會嗎？」

「如您所言。包含食材在內，宴會所需的各種物資會一口氣全部送到，我們要將這些東西搬到舊館玄關。」

「知道了。既然如此，我也會幫忙。」

一早就決定好今日工作內容的連暫時告別優諾，回房間好好打理儀容。

就在連換衣服時，方才離開舊館的優諾拿著連的早餐回來了，連決定今天接受人家的好意。

貨物在中午之前就已送到克勞賽爾男爵宅邸。

正當連幫忙整理這些物資之際——

「呼……呼……！」

莉希亞來到舊館玄關。

此時已過中午，騎士們都去休息了。

「看、看到了嗎？」

氣喘吁吁的莉希亞，慌張地質問連。

「妳說『看到』是指什麼？」

「比方說那個……！包得很嚴密，像是武器的東西……！」

這問題的選項還真有限。

總而言之，連沒看見莉希亞說的東西。

（會不會是下訂的東西混在這些物資裡？可是武器似乎沒什麼好慌張的……）

連想到這裡時，莉希亞突然大叫一聲：「有了！」

看樣子她要找的東西不小心混進來了。莉希亞趁連沒注意時把東西抱進懷裡，還轉身背對連把東西擋住。

「……看到了嗎？」

她再度質問。

莉希亞只用身體遮住，所以隱約能看見一部分。

連似乎看見一個包得嚴密且上頭有雕刻的白木盒，但是他決定忘了這件事。

「不，我剛剛沒看清楚。」

「……那就好。我想到還有事要忙，晚點見！」

連目送舉止很見外的莉希亞離開。

「現在不是在意莉希亞小姐那些舉止的時候。」

他自己還有些事必須思考。

在幫忙搬運物資的同時，他腦袋裡一直想著要送什麼給莉希亞。

（能讓莉希亞小姐開心的東西……衣服之前送過，該選別的吧……）

裝飾品怎樣？戒指類的東西含意太深不是好選擇，若是平常也能用的東西應該就不要緊。

連猶豫了一會兒之後，想到某樣東西。

（髮飾之類的應該可以吧？）

妝點莉希亞那一頭宛如絲綢的秀髮。
話雖如此，卻也不能隨便送。
不知該挑什麼髮飾才好的連，看向窗外的天空。
「是白鷹。」
一群白鷹從空中飛過。
提到白鷹，連和莉希亞逃亡時也曾見過，是一種以白羽毛為特徵的鳥型魔物。
連盯著飛行的白鷹群，突然想起某樣物品，臉上不禁有了笑意。

◇◇◇◇

可是——
「畢竟是貴重品，怎麼可能有嘛……」
數小時後，人在公會的連垂頭喪氣。
他方才逛遍了城市裡的店家，此時天空已經染上橘色。
在窗外射進的陽光映照下，看得出他與往常不同，臉上有些焦躁。
狼男看見沮喪的連，走過來搭話。
「怎麼啦？看你好像很困擾，有什麼我能幫忙的地方嗎？」
「……我想找某種素材，不過很難弄到。」

「素材？連英雄閣下也會有困難的素材嗎？」

連抱著一絲希望說出素材名稱。

「我在找**白金羽毛**。」

這樣素材經過打磨之後會像純銀一樣耀眼，俘虜了許多女性的心。

一般來說這種素材和寶石一樣貴重，而且沒有特殊效果。

「白、白金羽毛，是指白鷹身上偶然長出來的那種罕見羽毛嗎？英雄閣下應該也曉得，那玩意兒真的要運氣很好才弄得到耶！」

「嗯，所以我必須努力。」

「原來如此……難怪英雄閣下會困擾啊……」

白鷹之中，偶爾會出現比尋常個體擁有更多魔力的個體。白金羽毛就是指這種個體的尾羽。

不過，在討伐這種白鷹的同時，白金羽毛就會瞬間變為普通羽毛。因為它沒了魔力就會變回原樣。

而且，白鷹一旦發現敵人，就會動用魔力逃跑。

要是變回普通羽毛，就得再花上數年才能成為白金羽毛，除非像狼男講的一樣運氣夠好，否則根本弄不到。

基本上，想要弄到這樣東西，普遍認為只能撿拾掉落的羽毛。

不過這終究是「一般情況」。

連知道別的入手方法。

首先，前提是白鷹已經吃飽，魔力穩定，接著必須在不被白鷹發現的情況下讓牠昏睡。

最後趁機向牠「借用」白金羽毛。

不必奪走牠的性命。

（記得在遊戲時代要先遇上白鷹，然後在沒被發現的狀態下丟出食物——等牠吃掉之後再讓牠昏睡。）

昏睡手段有兩種，魔法，或者瞄準頭部用物理性手段。

除了這些前提之外，白鷹本身就是難以狩獵的魔物，所以人為取得白金羽毛的方法並未普及。

「送信給帝都的商會怎樣？這麼做應該比較確實喔。」

「這樣就太晚啦……」

距離莉希亞的生日剩下不到一個月。

就算因為噬鋼石像鬼一事有了充裕的資金，太晚採取行動依舊是個問題。

（雖然多虧了那筆收入，村子整體生活水準又能進一步提升……）

就算有錢，時間方面依舊無能為力。

「那麼，只能自己去找白鷹啦。」

「可是，要從尋找白鷹蹤跡開始，這不只是困難而已。」

「嗯？先不管弄不弄得到白金羽毛，白鷹群會通過的地方我倒是曉得。」

聽到這句話，連探出身子。

「真、真的嗎！」
「嗯。地點……這個嘛，用那邊的地圖指給你看吧。」
連跟著狼男來到牆上的地圖前，聽他說明。
看來白鷹群上午有經過東方森林。位於從大地裂縫出發要走上數小時的深處。
「英雄閣下會巡視周邊一帶，我還以為早就知道了。」
「啊哈哈……還有些地方沒調查清楚……」
連雖然接了雷札德的魔物調查任務，但尚未徹底掌握附近的地形。
此外，有什麼魔物、生態如何，也不是全都一清二楚。
「我雖然也想幫忙獵，不過我自己有委託，必須暫時離開這個城市。接下來就得去忙了。」
「有你告訴我的情報就夠了。不過，你會暫時不在？」
「就是這樣。那是克勞賽爾男爵發給公會的委託，我接下了把木柴、魔道具等物資運到各個村子的工作。」
「這麼說來，聽說今年冬天可能會非常冷。」
「是啊。身為冒險者的經驗也告訴我，今年冬天恐怕不好過。趁夏天採取行動的克勞賽爾男爵，的確是個行事果決的人。」
既然是要做過冬準備，那就更不能繼續麻煩人家了。
連再度道謝，並且向狼男低頭致意。
（從明天起得挑戰了呢。）

連思考今後的方針，狼男在一旁看著。

他默默盯著連的眼睛，彷彿要窺探裡面藏了些什麼。

◇◇◇◇

回到宅邸的連，在走廊上碰到莉希亞。

白天藏起某樣東西不想讓連見到的莉希亞，此刻腳步不太穩，顯得十分疲倦。

但是她一見到連就把疲倦拋到腦後，展露微笑。

「你回來啦。」

「我回來了。莉希亞小姐為什麼看起來很累？難道在我出門的時候練劍了？」

「沒有……只是魔力使用過度而已，不用擔心。」

聽到出乎意料的回答，讓連有些疑惑。

「神聖魔法的訓練嗎？」

莉希亞搖搖頭。

「把我的魔力輸入魔道具——啊！」

可能是太過疲倦吧，掉以輕心的莉希亞老實回答。

連似乎沒注意到，不過莉希亞立刻「啪！」地拍打臉頰讓自己清醒。

「沒什麼！別在意！」

莉希亞快步走開。
連不安地目送腳步還不太穩的她離去。

◇◇◇◇

隔天早上，連在太陽升起之前抵達城門，向守門騎士打過招呼後出了城。
沿著街道走了一段時間，朝陽漸漸照亮了周圍景色。
「加油吧。」
連這麼說完，原本屬於耶露庫庫的馬便以嘶鳴聲回應。
順帶一提，牠的名字叫「伊歐」。
名字沒什麼特別的由來，只是連覺得好聽。性別是雌性。
「拿到白金羽毛之後，要找買衣服那間店的老闆加工。必須把加工時間也考慮進去才行，要是不快點弄到會趕不上。」
『……噗嚕。』
「那個……路邊的草不知道是什麼，不要亂吃。」
伊歐沒理會連這句話，吃起路邊的草。
「唉，算了……」
很快地，伊歐就心滿意足地邁開步伐，所以連沒有再多說什麼。

數小時後，連踏入預定的獵場，也就是白鷹會從空中通過的那一帶。

周邊長了不少很高的樹木，頂端結有令人聯想到葡萄的鮮豔紅色果實。

這種果實的特徵是甜美多汁，也合乎人類的口味，但是相較於花費的勞力實在不划算，因此沒什麼人來這裡尋找。

按照狼男的說法，白鷹很愛吃這種果實。

這裡結的果實相當多，就算多次造訪的白鷹群每天都吃也沒問題。

（這樣正好。）

省下了餵飽白鷹的工夫。

接著就是盡可能看似自然地以木魔劍之力躲藏，避免被發現。

至於人類的氣味，則是用在冒險者公會買的除味香水解決。

（問題在於，有白金羽毛的個體會不會出現。）

才剛想到這裡，遠遠看去宛如白雲的白鷹群便出現在附近的天空。

牠們筆直往連等待的方向飛來，啄食枝頭上的果實。

（有沒有啊……）

連一隻隻確認外觀，但是在遊戲時代就算遭遇數百隻也不見得能拿到一根。

所以，沒有是理所當然的。如果怎麼找都找不到，就得認命準備別的禮物。

白鷹不斷改變位置。

起先連還試著數有幾隻，不過途中就放棄了。

最先抵達的群體待了數分鐘就離去，緊接著另一群到來。

看了超過一百隻，都沒見到疑似白金羽毛的東西。

連覺得自己實在想得太簡單了。就在他不禁苦笑時——

（嗯？）

突然有道耀眼的光芒。

那是反射自某處的陽光。

可是，照理說這邊不該有能反射陽光的東西，於是連往光線射來的方向看。

（嗯嗯？）

一隻正在吃果實的白鷹，吸引了他的目光。

那隻白鷹有著閃閃發光的尾羽。

（真的有！）

連盯上了那隻白鷹。

看見尾巴上那根宣揚自身存在感的白金羽毛，讓他決定無論如何都要弄到手。

連瞄準白鷹頭部，準備擲出手裡的石頭。

（——咦？）

進食完畢的個體升空離去，一隻又一隻地展翅高飛。

有白金羽毛的個體也效法同伴張開翅膀，準備離開所在的枝頭。

真要說起來連並不擅長投擲，要是勉強丟出去卻失敗，白金羽毛就沒了。
（對了！）
連明白要丟石頭打昏白鷹很難，於是想到別的手段。
他召喚盜賊魔劍裝到手指上，腳蹬粗樹枝跳到半空中。
『咕嚕～？』
聽到連跳出來的聲音，他盯上的白鷹轉過頭來。
但是頭還沒轉完，連已經搶先一步揮動手臂，一陣風就此撫過白鷹的身軀。
『嘎！嘎！』
『咕嚕！咕嚕嚕！』
周圍的白鷹同時叫了起來並慌張地展翅飛翔，試圖遠離突然現身的連。
落向地面的連仰望這一幕。
他並不害怕墜落。
連朝地面揮出事先召喚的木魔劍，使自己落在產生的樹根與藤蔓上。
讓張設時保有些許彈性的藤蔓接住自己後，連注意到手邊的觸感。
（拜託要是那根羽毛。）
他祈禱時不敢看。所以過了數十秒之後才確認。
連下定決心，攤開挪到面前的手掌，數根羽毛落在他的胸口。
「……哈哈。」

緊張導致的口渴，讓笑聲顯得很乾。

但是，臉上的喜色非比尋常。

「說不定，我已經用完了一輩子的好運。」

稀有的白金羽毛。

能靠著隨機搶奪物品的盜賊魔劍弄到手，應該是個機率非常低的奇蹟。

連看著胸口那根帶有白金光澤的羽毛，前所未有的喜悅令他渾身顫抖。

◇◇◇◇

將白金羽毛拿到莉希亞常去的店請人加工之後，過了數天——

連每天晚上都在本邸廚房向優諾請教宴會上的禮儀，一直持續到宴會的前一天晚上。

「咦？沒有邀請外面的客人嗎？」

學完禮儀之後的聊天時間，連驚訝地問道。

「如果是在鄰近帝都的城市舉行，應該就會邀請。不過，克勞賽爾距離那些較大的城市、領地很遠……實在沒辦法辦得像貴族宴會。」

當然還是會有些人來問候，像是來到此地的商人。

不過這些客人基本上都是白天就離開，不會待到晚上生日宴會的時候。

「所以只需要記住簡單的規矩就好，不需要太拘謹。」

心想「原來如此」的連道了謝之後，優諾便笑著離開。
連伸展一下有些緊繃的身體，隨即離開廚房。
接著他就聽到——
「……又有事瞞著我。」
莉希亞不滿地嘀咕。
她從轉角處探出頭，瞇起眼睛打量連。
連一走近，她就縮了回去。連走到轉角處，看見她背靠著牆站在那裡。
「唉呀連，真巧呢。」
「說什麼真巧，其實妳剛剛在看我對吧？」
「沒有，不知道。」
「……這樣啊。」
儘管莉希亞形跡實在可疑，但她真要裝傻連也沒轍。
「欸，為什麼你最近常跑廚房？」
看樣子，莉希亞只是很好奇連在做什麼。
連覺得沒必要隱瞞，於是老實把這些日子的教學告訴她。
「真是的！明明可以找我教呀！」
面對可愛地嘟起嘴的莉希亞，連只能苦笑。
「但莉希亞小姐最近不是很累嗎？因為魔力使用過度什麼的。」

「嗚……是、是這樣沒錯……不過到晚上已經稍微恢復了，會比較輕鬆。而且說到連你啊，最近我晚上想找你聊天，結果你都不在舊館。」

「啊，所以才躲起來看是吧？」

「不知道。我又沒有躲。」

今天的她比平時多了幾分彆扭，非常可愛。

少女抬眼向上望的模樣雖然能夠用一句可愛道盡，但她雙眼裡的些許寂寞想來並不是連看錯。

「姑且還是問一下，妳沒有硬撐吧？」

「嗯。明天就是宴會，所以我今天很老實，沒有硬撐。」

「那就好——不過妳每天弄得那麼累，到底在做什麼啊？」

一時之間無法回答的莉希亞，換上一張愉悅的笑臉。

「目前還要保密。」

「『目前還要』意思是以後會告訴我對吧？」

「呵呵，或許是喔。」

莉希亞愉快地說道，並且邀連來場久違的夜間閒談。

但是連冒出一句：「對了——」提出別的意見。

「機會難得，如果不嫌棄，見識一下我學習的成果如何？」

「這是什麼意思？」

「除了各種禮儀之外，優諾還教我怎麼泡茶。順帶一提，我完全沒有能夠滿足莉希亞小姐的自信。」

「我是真的很高興你肯邀我……但我沒想到你會自信滿滿地說出這種話。」

聽到連厚著臉皮這麼講，莉希亞不禁吐露真心話。

「唉呀……畢竟我實際上只學了幾天。」

「好好好。那麼，就讓我期待一下嘍。」

兩人踩著輕快的腳步走向廚房。

莉希亞看著連泡茶。一會兒後，她拿起連剛泡好的茶喝了一口。

接著她有些不好意思地說：

「很好喝。不過，可能稍微苦了一點。」

◇◇◇◇

隔天就像連聽到的一樣，不少鄰近地區的人登門道賀。

白天，連完全沒見到莉希亞。

雖然知道她在哪裡，但因為訪客太多，沒機會和她見面。

太陽轉眼間就已西斜，宴會時間逐漸接近。

「沒想到這身衣服有派上用場的一天。」

連是指入夏前莉希亞送的衣服。
他穿起量身調整過的上衣，試著站到舊館的穿衣鏡前。
黑底搭配淺色方格花紋，加上適合的長褲，看起來就像貴族子弟。
再把裝了禮物的細長白木盒放進上衣內袋，這樣就準備齊全。
雖然盒子使得胸口略微鼓起，不過要仔細看才會注意到。
「走吧。」
打開舊館的門走到外面，夜幕漸落的天空映入眼簾。
配上本邸窗戶外洩的燈光，整片景色有種夢幻感。
連踩著穿不慣的正式場合用皮鞋走向本邸，沿路發出清晰的足音。
「很適合喔。這副英俊的模樣，簡直就像勇者盧因呢。」
說出這句話的人，是連剛抵達本邸時看見他的拜斯。
站在拜斯身旁的騎士們，也都說了差不多的話。
「這麼說來，各位今天穿的不也都和平常不一樣嗎？」
大概是所謂的騎士服吧。騎士在赴宴時，按照慣例要穿這身乍看之下像是軍服的裝扮參加。
連和拜斯等人一同走向成為會場的大廳。
「話說回來少年，往年會由我代表騎士、管家代表傭人們送禮物給大小姐。」
「那麼，我的順序在你們之前對吧？」
「不，少年你在我們之後。」

「……嗯？」
「畢竟送禮的不是別人而是你。排在我們這些臣屬之前總覺得不太對啊。」
這人在講什麼啊？
儘管很沒禮貌，連依舊不禁這麼想。
「按照往例，當家老爺會在最後送出禮物。我們希望少年你排在他前面。」
「認真的嗎？」
「當然是認真的。」
連緊張到覺得胸口灼熱，忍不住伸手摸了摸左胸。
「總覺得胃好痛。」
「沒想到能看見少年像個少年的樣子呢。」
「拜託不要誤會，我還是個小孩子喔。」
「唉呀，看少年你平常的舉止，會讓人忘記你的年齡。」
「那麼，麻煩大家趁這個機會重新確認一下嘍。」
聽到連有些自暴自棄地這麼說，大家都笑了。

◇◇◇◇

大廳後方，擺了一張特別大的圓桌。周圍是五彩繽紛的花朵及諸多禮物，讓那個位置看起來非常華麗。
翩然現身的莉希亞，在連眼裡閃閃發亮。
本就可愛如妖精的她，此刻宛如一位高貴的公主。
她在父親雷札德的引領下，展現凜然而動人的笑容，接受大家的掌聲。
突然，連的視線和她的視線交錯。
『適合嗎？』
她以唇語詢問，連同樣以唇語回答：『很適合。』
莉希亞又用唇語說：『連也很適合。』
等到莉希亞就定位之後，眾人紛紛拿起嶄新的酒杯。
雷札德向為了今晚而聚集至此的大家，特別是連，表達他由衷的感謝，然後領頭乾杯。
接下來，先是管家代表傭人們將禮物交給莉希亞，然後是拜斯代表騎士走到莉希亞跟前。
「這是我們騎士共同贈送的禮物——我從**近衛騎士時代**很關照我的帝都店家，拿了一整套的訓練用裝備回來。」
「真的？謝謝！」
連也看得出來，莉希亞是發自心底感到高興。
不過，收到整套訓練用裝備會開心的貴族千金應該非常稀有。
（話說回來，拜斯說近衛騎士時代……）
所謂近衛騎士，相當於雷歐梅爾這個國家的騎士頂點。

扣掉將官們之後，更高階的騎士只有近衛騎士隊隊長，以及皇族專屬護衛。

然而現在不是驚訝的時候。按照之前商量的結果，接下來輪到連送出禮物。

連假裝沒注意到內心愈發高漲的緊張，一步步走近莉希亞——卻在途中停下腳步。

明明聽說雷札德是最後一個送禮物的，不知為何他卻比連先了一步。

「非常抱歉，這點我們也沒料到。」

在連身旁目睹一切的騎士說道。

「難道說，雷札德大人以為我沒準備禮物嗎？」

「不，恐怕是肯定你有準備才這麼做。你看看當家老爺。」

連照騎士說的往雷札德看去，發現雷札德悄悄地對自己笑了笑。

（……唉，也罷。）

心想畏畏縮縮不像男人的連，「啪！」地拍打臉頰讓自己振作。

連的腳步聲在大廳中迴盪，先前的熱鬧氣氛突然安靜下來。

莉希亞為了靠近桌子另一邊的連，自己也走到桌子前方。

兩人在大廳中央面對面。

彼此都很害羞，過了十幾秒才有辦法開口。

「恭喜。還有……很適合妳。」

聽到連這麼說，莉希亞不好意思地低下了頭。

「謝謝。我很開心。」

語氣和平常不一樣，帶了些許熱度。

兩人之間有種不同於往常的尷尬。連深吸一口氣後，說道：

「所以說呢，我也準備了禮物。」

「……這樣好嗎？我明明給你添了很多麻煩。」

「我不這麼認為，所以別在意。」

在猶豫自己能否收下禮物的同時，莉希亞也因為能夠收到連的禮物而有股難以言喻的欣喜。

她甚至擔心，會被連發現自己心臟狂跳。

「妳願意收下嗎？」

「——嗯！」

這是為了讓連開心，她不斷在心中告訴自己。

伸進上衣內袋的手，終於碰到了包裝好的盒子。

「生日快樂。」

連說出平凡無奇的祝賀話語，遞出事先準備好的禮物。

莉希亞以雙手將盒子抱進懷裡。

她先看了看盒子，然後用熾熱的雙眸看向連。

「希望妳喜歡。」

「真是的。就算只有這個盒子，我也敢保證它比其餘任何禮物都令我開心。」

「妳這句話讓我很高興，但是這樣對其他人很失禮……」

莉希亞應該也有一半是在開玩笑吧。
她只是為了舒緩連的緊張，以及告訴連自己有多麼高興。
騎士和傭人聽到後都笑了出來，沒放在心上。
雷札德也在旁守望兩人，似乎很期待連的禮物。
「裡面是什麼呢？」
莉希亞說著，拉開包裝上的緞帶。
盒子裡璀璨奪目的羽毛髮飾，在吊燈照耀下顯得無比純淨。
莉希亞一時之間說不出話。
明明是第一次目睹，卻能立刻看出它是什麼東西。
淚水滑過少女的臉頰。
雖然只是淚水，卻漾出近似寶石的美麗。
「我該怎麼辦才好？」
她用手指拭去臉上的淚。
「我覺得自己開心到快要死了。」
眼中溢出的淚珠，沾濕了令人聯想到新雪的白皙指尖。
「要是妳死了可就不妙，我是不是改送別的東西比較好？」
看到對方高興，放下心頭大石而有了些閒情逸致的連，不禁脫口這麼說道。雖然他自己也覺得這個玩笑實在沒什麼男子氣概。

或許這個玩笑，是為了掩飾自己的害羞。

「不，不行。我絕對絕對不還你。」

抹上一層淡紅的嘴唇彎起，展露笑靨。

人稱聖女的莉希亞・克勞賽爾，已經不在此處。

這裡只有一名為禮物心花怒放的少女。

大家看見兩人的模樣，很好奇連送了什麼。

但是沒有一個人不解風情，全都安靜地旁觀。

「欸欸，連，可以幫我戴上嗎？」

莉希亞這句話，讓情況為之一變。

儘管不知該不該在眾目睽睽之下碰莉希亞的頭髮，不過一來是本人要求，二來今天是她的生日，所以連最後還是答應了。

連從盒子裡拿出髮飾，別到莉希亞的長髮上。

莉希亞的頭髮平常就有好好打理，柔順得甚至不需要梳子。

妝點那頭絲綢般秀髮的髮飾，出現在眾人眼前。

「這——！」

首先是雷札德驚訝地瞪大眼睛。

「拜斯！那不是白金羽毛嗎！連到底從哪裡……？」

「我、我不知道！為什麼在帝都也少有流通的珍品……！」

以兩人為首，會場內一片震驚。對此一無所覺的莉希亞開口問連：

「我戴起來……好看嗎？」

「嗯，很好看。」

眾所矚目的莉希亞，變得更為耀眼。

白金羽毛髮飾別在她耳朵稍微後方的位置，每當她輕踏蓮步，就會反射吊燈的光亮。

「父親大人！看！連送給我這麼棒的禮物！」

「啊、嗯……很適合妳……」

這份出人意料的禮物，讓雷札德讚嘆不已。

莉希亞完全沒注意到這點，只因為父親那一句適合而開心。

她向傭人們展現髮飾，每當聽到讚賞就會看向連，露出寶石般的燦爛笑容。

正當連因為莉希亞很開心而鬆口氣之際，優諾來到他身旁。

「真是驚人……沒想到連少爺居然準備了白金羽毛。」

「運氣好才弄到的。進森林時偶然所得。」

這話是真是假，優諾不曉得，但是她知道，白金羽毛確實是要運氣好才能弄到手的東西。

所以其實並沒有什麼好懷疑的。然而對方是連，優諾不禁懷疑他是否曉得能夠確實取得的方法。

不過，莉希亞就在此時來到兩人身邊，讓優諾失去了詢問機會。

「優諾也來看看！適合我嗎？」

「當然。或許找不到更適合大小姐的髮飾了。」
（這話也未免說得太誇張——）
「哼哼，我也這麼想！」
聽到莉希亞這麼說，連不禁害羞地別過頭去。
他拿起旁邊桌上的杯子，一口氣把裡面的果實水喝乾，藉此遮羞。
冰涼的果實水，似乎稍微平復了臉上的燥熱。
「連？怎麼了嗎？」
「不，沒什麼，別在意。」
知道連是害羞的優諾不禁竊笑，然後伸出援手。
「來吧，大小姐，我們也努力準備了不少餐點，還請您務必享用。」
「也對！大家為我準備了這麼豐盛的大餐嘛！」
之後，優諾為兩人端來各種餐點，偶爾還會有其他傭人、騎士前來聊上幾句。
雷札德問起白金羽毛的事，但連一樣只說運氣好。
就算曉得入手方法，把東西弄到手依舊需要運氣，應該不算騙人吧。
宴會開始後的歡樂時光轉瞬即逝，時鐘的長針已經走了好幾圈。
就在差不多該結束的時候，莉希亞拉了拉連的衣襬。
「結束之後，能不能給我點時間？」

「沒問題，不過怎麼了嗎？」

「呃……那個啊，我是在想，如果連你願意聽，我就把最近魔力使用過度的理由告訴你……」

莉希亞罕見地有些畏縮，幾句話講得小心翼翼。

連沒有拒絕的理由，何況今天是莉希亞生日，他想盡可能答應莉希亞的要求。

於是他問莉希亞晚睡沒關係嗎？莉希亞簡單地回答：「沒問題。」

然後，莉希亞把連帶出會場。

被她拉著走的連並未抵抗，乖乖跟在後面。

原本還以為要去哪裡，結果是被帶到莉希亞房間門前。

「等我一下。」

連在這裡等了數分鐘。

從房間出來的莉希亞，懷裡抱了個白木盒。

（那是——）

之前，為了莉希亞生日宴會準備的物資運到舊館，那個木盒當時就混在裡面。

為什麼拿出這個？滿心疑惑的連，跟著莉希亞來到露台。

待在樹籬圍住的露台能眺望滿天星斗，而且不需要介意任何人的目光。

「能夠過這樣的生日，就像作夢一樣。」

在露台椅子上坐下的莉希亞說道。
連坐到對面，他心想莉希亞應該是需要一個聊天對象。
不過，桌上的白木盒令人在意。雖然不曉得莉希亞特地去拿這個盒子的理由……
「……剛才，我說過要告訴你魔力使用過度的理由對吧？」
「是啊。難道說，和這個木盒有關係？」
莉希亞點頭。
她從臉頰到脖子都紅通通的，就這樣低著頭說道：
「這、這個——！雖然花了不少時間，不過我挑了看起來適合連的！」
然後，莉希亞把白木盒推到連面前。
從剛剛的對話聽來，大概是莉希亞送的禮物。
不過，連不知道自己為什麼會在她的生日收到禮物。
「那個……」
「別管那麼多，打開看看！」
還低著頭的莉希亞出言催促，連只得疑惑地把手伸向白木盒。
他打開盒蓋，看見一把裝在白色劍鞘裡的短劍。
上頭有月桂樹意象的金色雕飾，給人清廉無私的印象。
連想到和耶露庫庫交戰時，自己借給莉希亞後遺失的短劍。
「這是莉希亞小姐說過一定會歸還的短劍，對嗎？」

「……嗯。最近，我每天把魔力用光，就是為了準備這把短劍。」
接著莉希亞說：「拔出來看看。」
在她的催促下，連老實地拿起短劍，將劍從鞘中拔出。
這把短劍的劍身，就像經過打磨切割的水晶一樣透明，而且不僅如此。
劍身內部帶有耀眼的閃光。
「這並非單純的短劍，也是魔道具。劍身不是金屬而是特殊材質，所以能封入魔力喔。」
「也就是說，這裡面的閃光——」
「嗯。我將魔力灌到能容納的極限，揮起來應該會有類似神聖魔法的效果。」
不過，泛用性和強度沒有莉希亞親自施展的神聖魔法那麼優秀，應該頂多就是揮動時能產生些許莉希亞魔力帶來的效果。
因此，這把短劍不能列入戰力，而是隨身攜帶的護身符。
不過它很鋒利，劍首也能像遺失的短劍一樣摩擦生火。
「所以那個……我希望它能成為你的護身符……！」
莉希亞總算抬起頭，以通紅的臉和水汪汪的眼睛看著連。
「……它看起來很貴，真的好嗎？」
「你……不喜歡嗎？」
依然紅著臉的莉希亞，不安地問道。
她眼角泛起些許淚水，脆弱到彷彿隨時都會流下淚來。

注意到自己剛剛那句話有欠考慮的連先講了句「抱歉。」接著說道：

「不，我很開心。說起來很不好意思，我甚至在想……如果能把它配在腰間，看起來應該很帥。」

連這麼說完，就把短劍入鞘並放回木盒裡。

聽到這幾句話，不安從莉希亞小姐臉上消失。她噗嗤一聲笑了。

「不過，為什麼挑在莉希亞小姐的生日？」

「……因為，我也想慶祝連的生日啊。」

「咦？」

「意思就是！我等不及明年了！所以才想今天給你——」

連的生日在春天，碰上耶露庫庫騷動而沒辦法慶祝，讓莉希亞懊悔到今天。但是還有一把預定要歸還連的短劍。

於是莉希亞決定，在自己的生日把短劍交給連，為他慶祝。

「噗，哈哈……」

「～～真是的！為什麼要笑啦！」

看見眼前莉希亞的焦急模樣，連不禁笑出來。莉希亞則是探出身子向他抱怨。

連依然在笑。

他笑起來不像平常那麼成熟，感覺伸手可及，讓莉希亞看得目不轉睛。

「抱歉。知道彼此都緊張了一整天之後，我忍不住就……」

「什、什麼嘛！我不可以緊張嗎！」
「沒有不可以呀。我只是在想，我們意外地相像呢～然後覺得很有趣。」
「不理你了不理你了！人家才沒有緊張！」
莉希亞趴在桌上，雙腳前後擺動，隱藏自己的害羞。
不過，連接下來說的這句話，令她大吃一驚。
「從今以後，也請多指教了。」
「從今以後也……？」
她抬起頭看著連，眼裡浮現淚珠。
注意到眼淚的連正想問理由，淚水卻不停從她臉上滑落。
「說定了，不准反悔喔。」
「說定了？等等，為什麼要哭啊？」
莉希亞臉上感覺不出半點哀傷。
不僅如此，還有明顯的喜色。
「祕密。我絕對、絕～對不會告訴笑我緊張的連！」
莉希亞很開心。
聽到一年前還想著和自己保持距離的連說出：「從今以後……」有股無法言喻的喜悅流竄全身。

不過，就像方才所講的，這是祕密。

誰教連剛剛居然笑她……還有，看見連慌慌張張表達關切，讓她想多享受一下連的溫柔。

七章

造訪伊格納特侯爵宅邸的佳人

莉希亞生日後過了數月──

在雷歐梅爾帝國絕大部分地區都開始見得到冬裝的時節，「白色王冠」歐培海姆行道樹的葉子已經掉落，枝頭覆上一層薄雪。

坐鎮歐培海姆的大豪宅──伊格納特侯爵宅邸來了一位客人。

這位訪客被站在正門前的騎士攔下。

「恕我失禮，請問您有預約嗎？」

侍奉伊格納特侯爵的騎士仔細觀察來者。

如果自己輕慢了客人，會丟主君伊格納特的臉。

所以，雖然看不見對方的長相，騎士仍舊很有禮貌地應對。

即使對方以長袍裹住身軀又將兜帽拉低遮臉也不例外。

「抱歉。」

客人連忙拿掉兜帽露出自己的臉。

那張臉美得令人屏息，而且像妖精一樣惹人憐愛。

還有一頭不輸絲綢的柔順金髮。

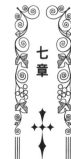

「在下失禮了。不曉得來訪的是您。」
「不，關係。是我自己沒露臉，不用在意。」
「感謝您的寬宏大量。那麼，裡面請。吾主在辦公，但如果聽到您來訪，想必會願意見上一面。」
就這樣，騎士趕緊領著訪客往侯爵宅邸移動。
騎士帶著客人走在華美的豪宅裡。
屋內很寬敞，規模大到說是一座小城也不為過，但是伊格納特侯爵本人的房間就在正門附近，所以他的辦公室並不遠。
抵達辦公室門前時，艾德加已經在那裡等著。
「好久不見了。方才敝人已經看見閣下的身影，所以在此等候。」
艾德加說完，便接手招待客人。
他敲了敲主君辦公室的門，很快就得到回應。
接著艾德加打開門，請客人入內。
房間裡鋪著漆黑的地毯。
搭配上諸多銀製品後，並不會讓人覺得太暗。儘管顯得有些冰冷，卻不會過於華麗，很有格調。
「你好，伊格納特侯爵。」
客人一進辦公室就這麼說。

「久違了——沒想到，帝國軍官學院的學院長克蘿諾雅大人會來訪。」
辦公室最深處，伊格納特侯爵從擺在窗邊的辦公桌後走出來，開口說道。
克蘿諾雅露出帶著歉意的苦笑，走到伊格納特侯爵示意她坐下的沙發旁。
「抱歉突然跑來。」
「哪裡，若是克蘿諾雅大人，我隨時歡迎。艾德加！端茶和甜點過來！」
「不、不用了！我希望艾德加也在場……不行嗎？」
「——客人是這麼說的，艾德加，可以請你給其他傭人指示嗎？」
「遵命。還請稍候。」
艾德加聽從主君的命令，暫時離開房間。
他下達指示後，在幾十秒內返回辦公室，並且站到主君身後。
「出了什麼事嗎？聽說克蘿諾雅大人因為有工作急需處理而離開帝都。」
「咦，你知道啊？」
「不過，工作內容就不清楚了。」
「呵呵……這是祕密喔。祕～密～」
「我想也是。話說回來，今天來訪有何貴幹？」
「對對對！我想問問連小弟的事！」
克蘿諾雅說出這句話時臉上笑容可掬，伊格納特侯爵和艾德加卻有那麼一瞬間皺起了眉頭。
「方便我先問個問題嗎？」

「欸？問什麼？」

「為什麼妳會想要連・艾希頓的情報？」

對於伊格納特侯爵的質問，克蘿諾雅一時語塞。

見到侯爵認真嚴肅地詢問理由，讓克蘿諾雅把「我很中意連小弟」這個隨興的答案給吞了回去。

「克蘿諾雅大人應該明白，我女兒菲歐娜的病只有少數人知情。不過，菲歐娜受到克勞賽爾家關照這件事，我有和妳分享。畢竟我在尋找竊狼素材時，也有詢問過妳。」

「……嗯。很抱歉那時候幫不上忙。」

「不，畢竟竊狼本來就數量稀少，找不到可以說是理所當然的結果。而且克蘿諾雅大人提供了用來代替的魔道具，實在令我感激不盡。」

題外話到此為止。

兩人喝了口茶潤潤喉。

「我欠了連・艾希頓、艾希頓家，以及克勞賽爾家莫大的人情。所以，我不太願意在不知道理由的情況下透露這些事。」

長年來在大國雷歐梅爾中央玩弄心機，贏得多場政爭的大貴族伊格納特侯爵，此刻眼裡有種不同於武力的強烈壓迫感，令人為之倒抽一口氣。

不過，克蘿諾雅也是屈指可數的強者。

如果有意，她的實力足以將整個歐培海姆化為焦土。

兩人之間的劍拔弩張，由克蘿諾雅的讓步告終。

「知、知道啦知道啦！是我不該隱瞞，冷靜一點！」

克蘿諾雅談起第一次遇上連時的情況，接著興奮地講述在巴德爾山脈附近村落與他再次相見，而且他挺身保護自己的事。

聽了這番話，伊格納特侯爵和艾德加都啞口無言，方才的緊張完全拋諸腦後。

「我啊，以前只有讓爸爸保護過的經驗。那樣不錯耶！感覺很溫暖！」

她並不是想對連．艾希頓做什麼，純粹是很中意人家，所以想聽聽他的事蹟。伊格納特侯爵和艾德加這下子明白了。

因此，艾德加得到伊格納特侯爵的許可之後，開始說起所見所聞。

在克勞賽爾發生那場騷動時，連．艾希頓帶來那奇蹟般的一幕。

「他不但又可愛又強，腦袋也很聰明呢。」

「不過很遺憾，我沒辦法向大小姐仔細說明連少爺的外貌。」

「嗯？為什麼？」

「因為他當時遍體鱗傷。」

經歷耶露庫庫一戰回到克勞賽爾的連，和莉希亞同乘一匹馬時，整個人都倚在她身上。

直到現在，艾德加還記得連言辭犀利的模樣。

但是，連很快就為了療養而被隔離，他能看見連的時間非常短暫。

三人談起連的話題之後，又聊了一陣子。

差不多在夜幕開始籠罩窗外的天空時，克蘿諾雅從沙發上起身。

「我差不多得走了。」

「不留下來過夜嗎？菲歐娜應該也會很開心喔。」

「嗯……我也很想留下，但是我今晚必須搭魔導船回帝都。不過不過，我想見一見菲歐娜，久違地幫她看個診。雖然她應該已經不要緊了。」

「主人，由我帶克蘿諾雅大人過去吧。」

「拜託嘍。至於我嘛……就做一下送行的準備吧。」

三人離開辦公室，艾德加領著克蘿諾雅去找菲歐娜。

「菲歐娜在哪裡呀？」

「今天的安排，是在自己房間用功到傍晚。」

雖然擔心打擾人家念書，然而克蘿諾雅是保險起見才要確認菲歐娜的身體狀況，因此她略微遲疑後就邁步前行。

「克蘿諾雅大人！」

原本該待在自己房間的菲歐娜，從走廊的另一端趕來。

菲歐娜是小跑步過來的，向來戴著的項鍊今天依然晃動。

她在克蘿諾雅面前停下腳步，優雅地說了聲：「好久不見。」

「好久不見。妳已經能用自己的雙腳跑步了呢。」

「啊哈哈……經過辛苦復健，再加上父親大人為我準備的藥劑，好不容易才能像普通人一樣活動。」

「復健很辛苦對吧？」

「是的！不過很有意思！現在每天都能活動身體，再累都不算什麼！」

站著說話也不方便，於是菲歐娜領著克蘿諾雅移動。

「那麼……您今天有什麼事嗎？」

「當然是來檢查菲歐娜的身體狀況嘍！」

「唉呀……狀況真的很好啦。我聽說，克蘿諾雅大人剛剛和父親大人他們聊得很開心喔。」

「——談話也很重要嘛。」

克蘿諾雅別開目光，菲歐娜笑了出來。

兩人來到菲歐娜的房間。

克蘿諾雅所知的菲歐娜房間，擺滿了治療用的魔道具與藥劑，不過現在看不見那些東西的蹤影，都是符合菲歐娜喜好的擺設，顯得十分清爽。

克蘿諾雅暗自為此高興。

「那是——」

此時她注意到放在牆邊的半身假人。

假人身上穿著帝國軍官學院特待班的制服。

「雖然或許是急了點，不過我聽說早一點準備會比較好！所以說，我絕對不是瞧不起入學測驗——」

「啊哈哈！嗯嗯，沒關係。我這個學院長不可能不懂吧？」

克蘿諾雅和鬆了口氣的菲歐娜一起走向假人。

「聽到妳報考我的學院時，我就在想要盡快來歐培海姆一趟。」

但是，克蘿諾雅的立場讓她非常忙碌。

何況菲歐娜的身體狀況已經穩定下來，伊格納特侯爵也不想勉強克蘿諾雅。

因此，最近克蘿諾雅都沒來拜訪。

「制服妳已經試穿過了嗎？」

「是的。由於細節需要調整，所以已經穿了好幾次。」

克蘿諾雅想像起菲歐娜穿上制服的模樣。

「應該會非常適合妳。」

她老實地說出感想，菲歐娜不好意思地搔了搔臉。

「不過，我還沒辦法想像自己成為學生的樣子。」

「咦？為什麼？」

「那個……因為截至今年春天為止，我一直待在房間裡……」

即使已經能和常人一樣活動，待在屋外的時間也非常短暫。

雖然她去過帝國軍官學院好幾回，也在帝都見過穿著制服走來走去的學生們。

「看見那些與同學們走在一起的學生，就讓我在想，自己能不能和他們一樣交到朋友。或許是因為親眼看見了無比熱鬧的帝都，讓我不禁有點畏縮。」

「沒問題的。菲歐娜是個好孩子，這點我很清楚。不過……對了。」

克蘿諾雅給了個建議。

「菲歐娜也試著想像一下，自己穿上制服，和朋友們一起走在帝都街頭開心地邊走邊吃的模樣。」

「放學不直接回家，不會惹人家生氣嗎？」

「嗯。我們並沒有禁止。不過，前提是別給人家添麻煩，還有不能損及學院的體面喔。」

聽到她這麼說，菲歐娜看著假人身上的制服，開始想像起來。

「菲歐娜，妳試著想像一些愉快的場面。不需要還沒入學就害怕。」

自己穿上這件制服，在廣闊的帝都一角和朋友們漫步——不久之前都還只是個夢的情景。

菲歐娜下意識地閉上眼睛。

眼底浮現的畫面裡，自己身旁有個長相、體格都不清楚的少年。

儘管少年的臉就像被霧氣遮住一樣模糊，菲歐娜依然覺得他就是連。

「～～！」

這樣的想像——不，妄想，讓菲歐娜覺得非常丟臉。

她從臉到脖子都染得通紅，不停搖頭。

「怎、怎怎怎怎麼了嗎？」

「什麼都沒有！請別在意！」
在妄想裡擅自讓救命恩人登場，腦中還浮現穿著制服和那位救命恩人在帝都散步的畫面，使得菲歐娜莫名地尷尬。
（擅、擅自想像不認識的恩人……好丟臉……）
當天晚上，菲歐娜再度夢見那位不認識的恩人。
而且，今後她偶爾還是會作這樣的夢。這讓菲歐娜深切體會到……她的表現似乎比想像中更符合自己的年齡。
另一方面，克蘿諾雅看了看自己的手錶。
「我差不多該走了。最後讓我像之前那樣看個診行嗎？」
她露出平和的笑容，向菲歐娜伸出手。
「當然。有勞了。」
得到許可的克蘿諾雅把手放到菲歐娜胸前，閉上眼睛，專注於手邊的感覺。
與體溫不同的些許暖意透過那隻手傳來，讓菲歐娜感到相當舒服。
「照這樣看來，不動用藥物應該也沒問題。妳的身體也有所成長，照理說不會再像先前那樣了，放心。」
說著，克蘿諾雅摸摸菲歐娜的頭。
接著，她又豎起食指。
「不過，要小心別人的惡意！因為，說不定會有人故意讓妳身上那股**特別的力量**失控喔！」

「做得到這種事嗎？」

「嗯……應該吧。」

看見菲歐娜慌張的模樣，克蘿諾雅輕輕一笑。

她倒也不是肯定會發生，只是提醒對方多注意。

「真是的！不要嚇人啦！」

「啊，可是不能大意喔？雖然魔王被討伐已久，但是或許還會出現類似魔王那樣的存在。到時候，他可能會用我們無法想像的方式做惡喔！」

「如果發生這種事，要面對問題的人好像不止我一個……」

「啊哈哈……嗯。實際上就是這樣。」

她終究只是為了提醒。

不過對於菲歐娜來說，克蘿諾雅這番話就像福音般有力。儘管嘴上說笑，她依舊將這番忠告銘記在心，決定今後要多加留意。

「這次的**最終測驗**，我會好好努力，絕不會掉以輕心。」

「啊！很快就是我們家的最終測驗了嘛！」

「是的。一想到漫長的特待班入學考終於要結束，就讓我稍微鬆了口氣。」

和一般的入學考試不同，帝國軍官學院特待班分成好幾個階段。

這是一場從春末持續到冬季新年的漫長戰鬥。此外，菲歐娜身為侯爵千金卻還是報考帝國軍官學院，除了從學院畢業有助於提升評價之外，也是因為學院長克蘿諾雅的方針讓學生能接受高水準教學。

「那麼——」

克蘿諾雅看向菲歐娜胸口。

「我給妳的這條項鍊，不可以拿掉喔。雖然妳的身體應該已經沒問題了，不過還是要以防萬一。」

「呵呵，因為有可能出現類似魔王的存在，對嗎？」

「就是這樣！所以說，最終測驗我也會支持妳的——但是不能說出去喔？我好歹也是學院長嘛。」

克蘿諾雅搔搔臉，露出一副做了壞事的表情轉過身去。

菲歐娜表示要送行，然而克蘿諾雅堅決不要，這似乎讓菲歐娜很不滿。

因此，她以感謝的話語代替。

克蘿諾雅和艾德加走出侯爵宅邸時，伊格納特侯爵已經等在門外。

他們穿越廣闊的庭園，朝外面走去。途中克蘿諾雅開口：

「話說回來，我去了一趟巴德爾山脈。」

「這倒是令人很感興趣。為了什麼？」

「事先安排的一處考場沒辦法用，巴德爾山脈是候選的替代地點之一，所以和其他候選地點一併確認，大概是這種感覺。」

克蘿諾雅緊接著又說：「但是巴德爾山脈好像不太適合當考場。」
「出於好奇問一下，妳為什麼覺得那裡不適合？」
「懸崖太多，加上聽說今年可能會非常冷……總覺得對考生來說太危險了。」
伊格納特侯爵聽完，點點頭表示：「難怪。」
「那麼，理事會那邊妳也是這麼說的？」
「嗯嗯。入冬前我已經看了許多地點，之後就是做選擇嘍。」
「要不要試著連選擇也全交給理事會？」
「啊哈哈，理事會諸君不是忙著派閥鬥爭嗎？」
「……這話實在有點刺耳。」
為什麼話題會轉到這裡，則是因為參與理事會的貴族們理所當然地也屬於各個派閥。
即使如此，為了維持特待班的公平，理事會還是有發揮功能。
所以克蘿諾雅沒特別抱怨，也沒有站到任何一邊。
「考場情報是機密，也因為這樣必須小心翼翼。」
帝國軍官學院的特待班，等於一畢業就會有燦爛的未來。
因此，為了保持公平，僅有少部分人會知道最終測驗的考場。除了運輸所需的魔導船乘員，只有被選為考場那個地區的領主會知道。別說考生的父母，就算是其他貴族或皇族也不會得到情報。
「話說回來，把剛剛那些告訴我沒問題嗎？」

「不用擔心。一來我沒有大聲宣揚，二來只是提到不會用的候選地點而已。」

克蘿諾雅在走出正門的前一刻停下腳步，轉身看向尤里西斯。

「我今年要離開雷歐梅爾，還好能在最後為菲歐娜看診。」

「喔？要去哪裡呀？」

「為了工作要去一趟**聖地**嘍。而且要待一年以上！一年以上！人家找上門時我很想拒絕，但是這項工作沒辦法啊……」

聖地幾乎就在艾爾芬大陸的正中央。

此地是主神艾爾芬信仰的中心，要向主神獻上祈禱的人會從世界各地聚集到這個中立地區。

「據說要重建銀聖宮的一部分。」

「喔，那棟可說是全世界神殿大本營的建築啊。畢竟它相當老舊，能理解。」

然而，克蘿諾雅既不是工匠也不是雕刻家。

為什麼要她出馬，則和銀聖宮的諸多聖遺物有關。

銀聖宮設下許多用來保護聖遺物的封印和結界，避免有人亂碰。

克蘿諾雅是為了撤掉並重新設置這些封印和結界，才會前往聖地。

「其他國家也有派人，雷歐梅爾不能不派啊。」

各國會將專人送往宣稱中立的聖地。

儘管充滿了政治意味，但是雷歐梅爾也有許多人信仰主神艾爾芬，基於種種理由不能無視這項要求。

「所以我不在的期間，理事會就是學院的最高負責人。」

「這倒是個好消息。那個只顧派閥鬥爭的理事會變忙碌，旁人看起來會覺得很愉悅。克蘿諾雅大人不妨趁這個機會好好休養。」

「嗯……是這樣嗎……」

侯爵這番話讓克蘿諾雅有些猶豫。此時她看向手上的錶，「啊！」了一聲。

「那麼，今天多謝款待！」

「嗯。返回雷歐梅爾時，請務必再光臨寒舍。」

於是克蘿諾雅離開侯爵宅邸。

當然，為了不引人注意，她穿上法衣並拉低兜帽。

她在城市裡漫步了一小時以上。

機會難得，所以她一邊欣賞風光明媚的街景，一邊往歐培海姆的魔導船乘船處移動。

她把錢投入魔道具售票機買了票，搭上預定在一小時後前往帝都的魔導船。

豪氣地選了個人艙房的克蘿諾雅，從窗戶望向歐培海姆。

她將頗受帝都貴族好評的街景烙印到眼底，同時回想這次的出差經歷。

連小弟真可愛啊。如果考場能選在巴德爾山脈就輕鬆多了——她腦中浮現的除了連的行為舉止，也有連的長相。

但是克蘿諾雅待在伊格納特侯爵宅邸時，完全沒提到連的外表。

伊格納特侯爵他們雖然想知道連長什麼樣子，但是克蘿諾雅來得突然，讓他們沒想到要問這件事。

克蘿諾雅不知道伊格納特侯爵等人的狀況，以為他們早就曉得連的長相，所以也沒提及。

完全沒考慮到這些的克蘿諾雅「嗯～」地伸了個懶腰，倒在大沙發上。

趁著旁邊沒人在看，她抱起沙發上的坐墊，甩掉腳上的鞋子。

「啊～不行了！睡覺！」

這聲宣告沒有要讓任何人聽到。

她揉了揉沉重的眼皮，擠出最後一絲力氣走向床鋪。

換好衣服之後，她為了避免遺忘要事而打開隨身記事本。

上頭把預定行程寫得清清楚楚，直到離開雷歐梅爾當天早晨都沒有空檔。對她來說，只有這段返回帝都前的時間是假期。

「嘎喔～！」

儘管這抵抗毫無意義，克蘿諾雅依舊對行程滿滿的記事本發出威嚇的叫聲。

「……我在幹什麼啊？」

覺得很蠢的她，躺到床上閉起眼睛。

可能是累積太多疲勞的關係，她很快就進入夢鄉。

八章　冬季來的指名委託

某個早晨，連來到冒險者公會。
一進門，已經很熟的櫃台小姐便詢問連：
「你是來確認信件的對吧？」
連點點頭說道：
「公會派人來男爵宅邸讓我嚇一跳，不過我馬上就看了收到的信。據說是指名我的委託，究竟是怎樣的內容呢？」
「關於這部分，我聽**凱先生**說，是護衛商人的任務。」
「凱？」
「咦？就是和連先生聊過好幾次的那位，您不知道嗎？」
很遺憾，連沒有印象。
應該說，他根本不記得有在冒險者公會裡問過任何人的名字。
「就是我啦，英雄閣下。」
連背後的某人出了聲。
於是連轉頭一看，發現一名年輕男子站在自己背後。

這名男子，就是連來到冒險者公會後第一個找他搭話的人。

「『凱先生』原來就是指你啊。」

「對啊。唉呀，不知道也是當然啦，畢竟我也沒自我介紹。所以說呢，大姊！接下來就由我直接告訴他吧！」

櫃台小姐點點頭，於是凱將連帶往能吃喝的座位。

凱的搭檔狼男在那邊等著。

「我聽到嘍。不好意思啊，英雄閣下。先前都忘了自我介紹。」

「不，請別在意。」

在連坐下的同時凱也坐了下來，然後慢條斯理地拿出地圖。

「想要拜託英雄閣下的工作呢，就像你聽到的是護衛任務。委託人是某位貴族寵信的商會，也就是所謂御用商人的商會。然後呢，那間商會派人來這裡。」

「所以，是要護衛那位御用商人的使者對吧？」

「是啊。**順帶一提，和他往來的貴族據說是英雄派**。」

哇——聽到這句話，連的表情瞬間變得很難看。

知道原因的凱微微一笑。

「我知道英雄閣下心情很複雜，但還是想拜託你。這趟行程是往返，為期預定一個月，怎樣？」

一個月可就有點長了。

連為難地開口：

「……很長耶。」

考慮到他目前借住克勞賽爾家的舊館而且身兼管理員，一個月實在太長。

金錢方面的條件似乎不差，然而連一點也不動心。

但是凱沒有放棄。

為了請連相助，他趕緊讓步。

「那、那麼去程就好！不用往返，你只要參加單程就算是幫了大忙！」

對方拚命挽留令人很不好意思，本事受到肯定也讓連覺得很光榮，不過他還是沒有點頭。

就算只有去程同行，單純計算也需要兩週再加上數天。

不管怎麼想，這份工作都不適合負責管理舊館的連。

「你這種說明方式，英雄閣下哪有可能答應啊？應該講得更詳細一點。」

這回換成狼男開口，他以非常有道理的言論在凱背後推了一把。

狼男露出白色犬齒而笑，旁邊的凱嘆了口氣。

「**梅達斯**說的沒錯。」

看見突然冒出來的名字讓連很疑惑，狼男笑著說：

「我的名字。沒想到會因為這樣讓我們兩個都自我介紹呢。」

狼男梅達斯自嘲地笑笑，說了句「請多指教」並伸手和連相握。

然後他用手肘頂了一下凱的側腹。

「這人每次都不把話說清楚，或者該講說明不足……我平常總是在提醒他。」
「呃，喂！不用特地講出來吧！真是的。」
凱用手拄著臉，顯得不太高興。
聽到搭檔埋怨，梅達斯無奈地笑了笑。
「別管這個打岔的傢伙。關於工作呢，預定路線大概是這樣。」
梅達斯的手指在準備好的地圖上滑過。
連對這條路線也有印象。
先前和莉希亞及拜斯等騎士巡迴各村時，才走過完全一樣的路線。
不過梅達斯的手指並未停在地圖上，而是一路向北切進巴德爾山脈。
連看見之後，眉毛瞬間跳了一下。
「沒進巴德爾山脈時不需要那麼多戰力，但是進了巴德爾山脈之後山路難走，魔物數量也會增加。我們希望英雄閣下在巴德爾山脈發揮戰力。」
連深切體會到，沒有輕率答應是正解。
（這樣更糟了嘛……）
隱藏區域有財寶不用說，光是想到確定會有一隻噬鋼石像鬼，就讓連有了前去的意願，但要他點頭依舊很難。
「話說，今年好像會非常冷，你們沒問題嗎？這種時候還特地走巴德爾山脈，我真好奇你們在想什麼。」

「我也覺得很詭異，但是商人那邊堅持要走這條路。」
「好像不硬走會趕不上期限。他們似乎請了知名鍛冶師加工得手的魔物素材。聽說日程已經定下，所以御用商人必須在對方指定的時間把東西送到。」
魔物素材並非產自克勞賽爾，而是從其他領地取得，克勞賽爾只是經過。
「如果趕不上交貨會怎樣？」
「那位知名鍛冶師的時間，已經排到數年以後。下次人家能幫忙加工大概要等上好幾年吧。貴族不想看見這種事，因此遲交可能危及御用商人的地位。」
「啊……………聽得出來事情比我想像的還要嚴重。」
「酬勞也比行情高出一倍以上，所以這門生意不壞。順利送到還有獎金喔。」
為了維持和貴族的關係，御用商人想來也是拚了命吧。
「即使這樣還是很難答應嗎？」
「……抱歉。畢竟我受到克勞賽爾家關照，這回請容我拒絕。」
凱認命地垂下了頭。
「我想也是……」
「這也沒辦法。反正我們本來就沒抱什麼指望，對吧？」
「是啊……梅達斯有其他工作無法參加，因此我才想帶個信得過的人一起去。我也試著問問其他熟人吧。」
這兩人也會各自接委託，分頭行動似乎並不稀奇。

「真的很抱歉。還讓你們特地來問我。」
「別在意！離上工還有將近兩週，只缺一個人應該很快就能找到啦！」
「喔～空檔意外地長呢。」
「唉，要看那些護衛的商人怎麼安排嘍。」
特別是今年氣候嚴寒，雪必然會下得很大。
今年巴德爾山脈迎來的冬季，恐怕會嚴酷得超乎以往。
不過，這種事凱應該也知道才對。
畢竟他夏天好像就和搭檔梅達斯巡迴各村運送魔道具協助過冬，今年冬天會有多冷應該已經聽到不想再聽了。
「難得來公會一趟，我請客，一起喝兩杯吧！」
「我還沒成年，請給我果汁就好。」
這麼說來，在雷歐梅爾成年好像是十四歲。
連一邊喝著送上來的果汁，一邊嘀咕：「我也長大了呢。」

◇　◇　◇　◇

拒絕指名委託後過了數天——
連原本也為冬季該去哪裡狩獵而迷惘，不過他其實沒什麼空閒離開舊館狩獵。身為舊館的管理員，他有很多冬季的工作要忙。
雖然還是有幾天會離開城市前往森林，但也只能調查魔物狀況，無暇狩獵。
要說是因為這樣也怪怪的，總之某天連碰上意料之外的騷動。
舊館屋頂的其中一部分，由於承受不住雪的重量而垮了。
「大概是少年搬進舊館之後，屋裡的熱傳到屋頂上吧。融化的雪結凍，上面又堆了新的雪，導致重量增加。」
聽到騷動趕來的拜斯說道。
從舊館玄關仰頭往天花板看去，有個能看見天空的大洞。
「平常我都會把雪掃下來……」
「哈哈哈！昨晚特別冷，這也是難免嘛！話又說回來，實在誇張，居然開了個這麼大的洞啊！」
「這可不好笑。」
「是啊。無論如何，非得修理不可。」
「要找工匠嗎？」
「找是要找，不過負責男爵家木工的熟練工匠不住克勞賽爾。得去遠方的村子叫他過來才行。」
一想到屋頂的洞要留到那個時候，連的臉不禁抽動。
不過，拜斯也沒打算放著舊館的屋頂不管。

「必須由我們應急呢。」

「啊，對喔。這樣就行了。」

所以說要做木工。

拜斯表示要向雷札德說明以及去倉庫拿需要的資材，於是暫時離開。

他一走，莉希亞就來了。在連面前吐著白色氣息的莉希亞問道：

「聽說你們要修屋頂，真的嗎？」

「是啊。要不然，雪可能就要堆進舊館裡面了。」

莉希亞噗哧一笑，身上白色大衣的衣襬隨著她的輕巧步伐晃動。

除此之外，從夏天生日宴會以後每天都戴著的髮飾也靜靜搖晃。它在日漸成熟的莉希亞秀髮上，顯得存在感十足。

「你會上屋頂對吧？」

「嗯，要不然沒辦法修理。」

「那麼……」

「不可以喔。」

「——我什麼都還沒說。」

不用問也知道。

以莉希亞的個性，從她感興趣的那一刻就猜得到。

「不可以上屋頂喔。只是旁觀應該無妨，但就算是這樣，雪和資材也有可能掉下來，所以麻煩先徵求雷札德大人和拜斯大人的同意。」
「……小器。」
沒多久，拜斯就帶著雷札德回到舊館。
「喔～」
雷札德一副悠哉的模樣。
「父親大人，我可以和連一起上屋頂嗎？」
「那還用說，當然不行。」
「真是的！父親大人也和連講一樣的話！」
「看來連做了很合理的判斷，雖然我本來就不擔心這點。」
雷札德無奈地苦笑。

忙完木工後已經過了中午，洗了個澡把汗水沖掉的連來到本邸餐廳。
因為雷札德邀他共進午餐。
「抱歉啊，連，又給你添了麻煩。」
「不，那是我的工作，而且拜斯大人他們也有幫忙。」
話又說回來，自己也好久沒做這種事了。上次記得是耶露庫庫襲擊村子之前，更早一點則要追溯到小時候和父親羅伊一起做木工。
連談起村裡的事，雷札德和莉希亞都聽得津津有味。

「……你還是想回村子嗎？」

莉希亞不禁脫口而出，因為連談起在村子的回憶時顯得很開心。

「要說不想回去是假的，但我自己如果不成長，或許還會給村子添麻煩。」

「可是——」

「更何況，我同時也感到慶幸。雖然不曉得這樣算不算出外幹活，但我在這邊冒險者公會賺到的錢，可以為村子買魔道具。」

既然能讓村子更富足，代表這種生活方式也沒有錯。

身為遲早要繼承村子的騎士之子，應該有為村子盡到一份力量。

「我這裡偶爾也會收到你們村子的報告喔。」

報告上說，多虧了連，今年冬天不會像往年那麼艱困。

特別是最近，從噬鋼石像鬼得來的報酬，幾乎全都用在村子的設施上頭。

魔道具帶來莫大的恩惠，村民們都很感謝連。

「道路經過整備，村民們的房子似乎也都煥然一新。替村子蓋圍牆一事好像也有了眉目。」

「父親大人！可是連……！」

莉希亞認為該顧慮到連沒辦法在村裡生活，因此開口想勸阻雷札德。

「不用在意。一切都是我自己決定的，而且我已經和雷札德大人商量過了。」

所以連不會後悔，也不覺得這個判斷有錯。

能夠讓父母與村民過上好日子，就是萬幸。

「莉希亞，妳似乎有些誤解，我可不是什麼都沒想就對連提村子的事喔。」
「這話是什麼意思？」
「意思就是，我也認為差不多該讓連回村子一趟了。」
雷札德突然冒出這句話，讓連和莉希亞都吃了一驚。
「我知道連離開村子生活的理由，也尊重他的考量。不過，剛才提到村子圍牆的事對吧？其中一項作業要在春天進行，但是人手不夠，所以我預定派些騎士過去兩週。」
雷札德的提議是，讓連加入派去的騎士陣容之中。
「就算只是形式上也無妨，我認為讓連以騎士身分回去一趟或許比較好。如果時間不長，連應該可以不用擔心。」
吃完飯後，雷札德先一步站起身，留了一句「你考慮一下」就離開餐廳。
（返鄉之後再回克勞賽爾，大概會讓舊館空著一個月吧。到時候還得提前多解決一些這裡的工作才行。）
思緒飄往故鄉的連，突然注意到自己的用詞有些不太對勁。
（「回」克勞賽爾啊。）
連的臉上，不知不覺間浮現微笑。
莉希亞看見他的笑容，開口說道：
「你很期待返鄉對吧？」
「這也是原因之一，不過還有另一件有趣的事。」

「另一件？」

她這一問讓連覺得很不好意思，於是笑著敷衍過去。

九章 他的提議，她的隱情

某天，少年少女們齊聚一堂。

地點是從帝都需要騎馬數天才能抵達的魔導船乘船處。

他們全都是參加帝國軍官學院特待班最終測驗的考生。

安排的魔導船是頂級貨。建造理念是「就算在空中碰上強大魔物，也要將考生平安地送到城鎮」。

在考生抵達目的地之前，就連周邊環境也要徹底管制。

只要搭上安排的魔導船，就算沒有雷歐梅爾引以為傲的帝城那麼誇張，也足以保障安全。

考場分成好幾處，以防萬一，各考場都有學院教職人員或帝都騎士待命。

危險分子混進來的可能性非常低。

在這樣的魔導船上——

「船長。」

做完所有確認之後，操舵室的船員呼喊船長。

「規定的確認、檢查都已結束。」

「那麼，啟航。」

魔導船的操舵室也和一般船隻不同，是個擺了許多魔道具的特殊空間。這艘魔導船更是特殊。為了這場必須確保公平而嚴格管制的考試，要到出發的前一刻才能確認目的地。

下達啟航命令的同時，操舵室中央的玻璃板狀魔道具上浮出航線，然而……

「什麼——？」

船長看見後大吃一驚。諸多船員也都愣住了。

「沒搞錯嗎？」

船長詢問附近的船員。

「應、應該沒錯！魔道具匠、魔導船管理師……還有帝國軍官學院的理事也都確認過了！」

船長拿起收到的報告書確認。

總數超過一百的各確認事項負責人，以及何時確認、和誰一起確認，報告書裡都記載得清清楚楚。

船長掃了一遍，看見是由數名船員和魔道具匠、理事一起確認的。

「你們幾個，真的沒搞錯嗎？」

「是、是的！」

「我們已經確認過好幾次！因為是冬天，我們還特地詢問過有沒有弄錯，對方回答，這種環境下才能看出考生真正的價值……」

船員們一開始也很驚訝，不過理事和魔道具匠都說航線沒問題，那裡就是事前決定好的考場。

「那就好。從現在起，我們將遵循規定的航線帶考生們前往目的地。」
船長終於接受了這個結果，向船員們宣告出航。
魔導船的爐子將魔石轉為動力開始上浮，很快就抵達乘船處上方高空。
「目標，巴德爾山脈。」
這句話一出，載著考生的魔導船便劃過天空。
目的地是七英雄傳說一代的最終舞台。
學院長克蘿諾雅已經明講不會當成考場的地方。

◇◇◇◇

數天前的早上，優諾將數封信送到雷札德的辦公室。
在辦公室幫忙雷札德的連和莉希亞，為了不打擾雷札德而壓低音量。
「這些信來自管理各村的騎士。」
「知道了，我這就確認。」
看著得到答覆的優諾離去之後，雷札德拆開信件。
信裡是受到大雪影響嚴重的各村向他陳情。
「……看來物資足夠，但是積雪好像壓壞了不少東西。」
並不是雷札德先前為過冬做的判斷出了什麼問題。

信中寫著，由於出現了其他自然災害，所以希望派遣騎士前去。

「雷札德大人，是舊館碰上的那種損害嗎？」

「看來是。老房子承受不住積雪而有所損傷。其他還有森林裡的樹木被壓彎、積雪堵住道路等諸多案例……畢竟這種事不等到實際降雪不會曉得啊。」

「也就是說，接下來要挑選騎士派往各村？」

「不錯。如果不快點採取行動，領民會很困擾。」

「既然如此，那我也來幫忙。聽了剛剛那些，讓我想起和莉希亞小姐一起去過的村子。」

「呃……和我一起去的村子？」

「那個村子附近的河川被堵住。如果降雪帶來類似的危害，那麼帶我同行應該派得上用場。」

「原來如此，是這麼一回事啊。」

連具備能單獨討伐D級魔物的實力，魔劍召喚術帶來的恩惠也讓他的力氣能夠勝過成年人。就算是一把普通的劍，在連手上也能輕易劈開大石。

雷札德想了一下後說道：

「老實說，如果你肯幫忙，自然是再好不過。但是，讓你這位大恩人特地跑這麼遠，會讓我過意不去。」

「請別放在心上。我承接雷札德大人的工作也不是今天才開始，對不對？」

連的意思是，自己已經接下了調查東方森林的委託，要雷札德不用顧慮。

「以防萬一，拜斯大人最好留在克勞賽爾。既然如此，由我去應該會比較適合。說起出遠門和野營，我也很習慣了。」

「嗯……」

「我的父母也沒禁止我幫忙這類工作，對吧？」

「是啊。反倒是羅伊說過，如果你主動說要幫忙，希望我能交給你處理……」

「那麼，請務必這麼做。類似這樣的工作，我也做習慣了。以前在村子裡時，我們就碰過類似的災害，我也曾經幫忙爸爸修理房子。」

別說什麼扯後腿，連在體力方面也凌駕於騎士之上，因此不會有問題。

雷札德滿懷歉意地低下頭，對連說：「那麼，就拜託你了。」

「……這一次，實在沒辦法說『我也要一起去！』了呢。」

「我的劍就是為了這種時候存在嘛。所以——」

「沒有要勉強你。只不過，真希望也有什麼我能做的事。」

如果有莉希亞在應該能帶給領民勇氣，但是今年的積雪狀況要以修繕為先。

當然，她也很清楚這點。

「父親大人，只是幫忙連做準備應該不成問題吧？」

「這是當然。」

「那個……莉希亞小姐，只是整理行裝我自己就做得到……」

「沒關係，純粹是我想幫忙。」

◇◇◇◇

到了傍晚，情況有些變化。

連在舊館整理行裝，雷札德一臉嚴肅地來找他。

「我原本在猶豫是否要通知你這件事，但最後還是認為該告訴你。」

說完，雷札德從懷裡拿出一張紙。

連接來一看，發現上頭是指名委託。

「指名委託嗎？」

和前些日子連回絕的一樣是指名委託，不過這次情況嚴峻。

讓連決定和騎士們一起前往各村的歷史性大雪，在降雪特別嚴重的巴德爾山脈引發了意外。

「巴德爾山脈內的一處堡壘，好像點燃了代表情況緊急的狼煙。」

這次的狼煙，推測是包含凱在內的冒險者們點的。

簡單來說，這次指名委託來自狼男梅達斯。

「在巴德爾山脈的中段，有個冒險者們也會使用的舊堡壘。一旦碰上類似這次的緊急狀況，就能躲進堡壘點狼煙求救。」

指名委託書上是這麼寫的。

（不過，那個堡壘……）

連也知道那個地點。

幸好，堡壘中有糧食，要取暖也不是做不到。

水只要把雪融了就能搞定，食物可以從適合食用的魔獸身上取得。

但是舊堡壘不能期待有充足的物資，一旦沒辦法取暖，很快就會凍死。

儘管連腦中閃過「所以才勸你們別跑這一趟」的念頭……

（白金羽毛那次受了梅達斯先生的關照。話雖如此，不過地點是巴德爾山脈，這種天氣沒辦法無視。）

他也知道，身為冒險者該對自己負責——然而人命關天，現在不是煩惱的時候。

（話說回來，不是還有個沒辦法無視的理由嗎？）

連想起某項情報，瞬間把方才的遲疑拋到腦後。

「雷札德大人，等待救援的冒險者裡有我認識的人。他在出發前說過，委託人是英雄派貴族御用商人的使者。」

聽到連這麼說，雷札德長嘆一聲。

他仰望舊館天花板，再次嘆氣。

「居然在這種時候來了麻煩……」

基文子爵一案（那個事件）才過沒多久，有所懷疑是應該的。

如今雖然和伊格納特侯爵有了交情，卻也不能什麼都不做。

「如果克勞賽爾家這時不盡力救援，讓人家找碴說是回敬春天的事，那可就不好了。」

一位男爵居然得為區區御用商人的使者顧慮這麼多，令連和雷札德不禁苦笑。
即使如此，春天那件事過去沒多久也是事實，因此絕對不能無視。
「非常抱歉。我該在回絕第一次指名委託時就報告的。」
「不，能接到報告當然是最好，但結果大概不會有什麼差別。」
原因在於——
「我與英雄派成員交手過，和英雄派往來密切的商人，不太可能老實聽從我的建議。既然工作內容扯到主人的前途，那位派出去的使者想來也不會聽。」
這話並不是安慰連。他們頂多說明今年冬季巴德爾山脈的情況有多糟，並且請對方更改行程，很難做到更多。
要是將御用商人的使者禁足或監視，應該會被當成敵對行為。
「無論如何，派遣騎士已經是既定事項。另一方面來說，我們巡視領內村子的行程本來就會一路到巴德爾山脈附近，所以也可以將戰力派往巴德爾山脈。」
這麼做是為了蒙受雪災的各村。
說穿了，冒險者該為自己負責，但是堡壘中不見得沒有其他遇難者。
這次救援行動是為了人命、為了領民，也是為了避免克勞賽爾家又牽扯進麻煩的貴族問題，因此還是採取行動比較好。
（狀況如此，也沒辦法推託了。）
連決定暫時忘掉對於巴德爾山脈的擔憂。

「前往巴德爾山脈的成員中，請將我算進去。」

「……唉，我就知道你會這麼說。」

本來已經要把巡視各村為領民服務的工作交給他，現在還得涉足巴德爾山脈，這趟出遠門勢必用掉一個月以上。

雷札德其實不想讓連花費這麼多時間的。

「繞點路而已。所以，請讓我也能保護自己的歸宿（克勞賽爾）。更何況……」

連搔了搔臉，接著說下去。

「如果這時什麼都不做，莉希亞小姐悲痛的表情可能會在我腦中揮之不去。」

「……你們逃離耶露庫庫那段時間的事嗎？」

「是的。我不希望再讓莉希亞小姐嚐到那種滋味。」

儘管這次委託和任何騷動扯上關係的可能性非常低，但是考慮到春天那件事就讓人不能等閒視之。

而且，為了對抗不講理的貴族權力，連正努力讓自己變得更強。

他不願意在此時逃避救援行動。

「若是D級也能簡簡單單就獨力討伐的你，巴德爾山脈或許不足為懼……」

「拜斯大人該留在克勞賽爾，還請將這件事交給我處理。」

雷札德考慮一會兒之後，提出折衷方案。

「不能接受指名委託。但是，你可以和其他騎士一同前往堡壘。」

「兩者之間有什麼差別嗎？」

「以冒險者身分行動時，你要對承接的委託負責。但如果是我給的命令就另當別論。就算要離開堡壘深入山中搜索，你也不用前往。」

在巴德爾山脈，從克勞賽爾領往堡壘移動的山道算是相對安全。

魔物比較少、地形也穩定，只要待在山道範圍就不太需要擔心雪崩。

雷札德打的主意似乎是，萬一碰上麻煩，連可以自己返回而不用理會冒險者。

「這麼說來，連，你有技能對吧？」

他一副突然想到的模樣說道：

「就算在這種狀況下，你的技能多半還是能發揮功用。除了勇氣之外，這應該也是你主動表示要幫忙的理由。」

「這……」

「啊，我並不是要你詳細說明自己的技能。」

確實，連認為木魔劍的自然魔法在巴德爾山脈應該也能發揮效果。這種能製造道路的手段，假如有個萬一也可以用來救人。

不過，和魔劍召喚有關的情報，連沒有告訴任何人。

雖然先前情況危急時莉希亞曾經目睹過，但是她並未追問連詳情，更沒對父親雷札德提起。

連之所以隱瞞能力至今，不過是小時候怕自己說溜嘴又想到遊戲劇情，才會選擇噤聲。

現在不太想公開的理由，還要加上自保。

「如果是像莉希亞那樣的聖女就另當別論，你今後最好也不要隨便告訴別人。談論能力的長處，反過來說也就等於宣揚自己的短處。」

對於雷札德的體貼，連深深地感謝。

◇◇◇◇

冬天日落得早，轉眼間窗外就已開始變暗。

連大致整理好行裝之後，莉希亞在自己房間——

「……已經沒問題了吧？需要的東西應該都準備好了才對。」

她回想著方才幫連確認過的行李，坐在窗戶旁的書桌前確認清單。

再來就是為連留一份備忘錄，像是準備的魔道具該怎麼使用。

莉希亞看著手上的筆，突然想到一件事。

「沒……沒關係。這次只是單純的備忘錄，不會像之前那樣。」

好一段時間之前，莉希亞為了把連帶來克勞賽爾寫了封信。

當時她在還沒被燒掉的艾希頓家裡寫完信，拜斯卻說：「簡直就像情書喔。」於是她收進懷裡，打算拿到外面扔掉。

一想起不曉得掉在哪裡的信偶然地到了連手上，就讓莉希亞滿臉通紅。

不過就像她說的一樣，這回只是單純的備忘錄，不用擔心。

可是，寫完魔道具使用方法等等之後——

「……要是過了很久還不回來，我會去找你喔。」

莉希亞用沒沾墨水的筆尖，留下些許痕跡。為了避免被看出來，這些痕跡淺到就算盯著看也很難辨識。

既不想被看出來又希望被看出來，只能說淘氣之中還藏了顆少女心。

隔天早上，連準備出發時——

就在大門外面……

「連，把手伸出來。」

雪花片片飄落，但是莉希亞毫不在意。

連老實地伸出手，莉希亞握住之後，她的指尖發出溫暖的光亮。

連感覺精神抖擻，全身都有用不完的力氣。

「神聖魔法嗎？」

「嗯。不過，不是要你逞強，別誤會喔。這是為了避免你受傷，用來讓你身體變得輕快一點的神聖魔法。」

莉希亞只是稍微幫了點忙，消除連身上累積的疲勞方便他活動。這點小幫助別說撐到巴德爾山脈，離開克勞賽爾之後能維持幾個小時都不曉得。

「謝謝。多虧了妳，我覺得自己能撐完這趟行程。而且……」

連看向腰間的短劍。
「還有妳給的護身符，所以不需要擔心。」
「呵呵，既然這樣就答應我一件事。」
莉希亞加重了握住連手的力道。
她看向連的眼神，帶有令人屏息的美麗決心以及緊張。
「絕對絕對不要逞強，好嗎？」
此刻她既是聖女，也是符合實際年齡的少女，脫俗而惹人憐愛。

九章

他的提議，她的隱情

十章 在白銀上起舞的少女

克勞賽爾家騎士與冒險者組成的隊伍，在這一趟冬季行軍讓人覺得十分可靠，完全不需要擔心碰到魔物。

而且這回大概是因為有連同行，帶了許多野營能使用的魔道具。

不過前往巴德爾山脈的路途受到降雪影響，比平常要多花上好幾天。

「……真的來到這裡了呢。」

聳立在眼前的白銀山峰。

以前看到時僅剩頂端覆蓋一層雪的山景，如今染成了一片銀白。由於時刻已近黃昏，還蒙上些許橘色。

銳利如劍的山巒起伏一如從前，只有自然的威勢更勝過往。

此刻眼前景色和逃亡時所見截然不同，無愧於遊戲時代最終舞台的地位，顯得十分莊嚴。

「積雪的量果然很不得了呢。」

聽到克勞賽爾家的騎士這麼說，連回答：

「途中經過的每個村子，好像都沒有這麼誇張。」

一行人並未把救援放到後面。

冬季行軍比夏季來得累，需要多花數日。途中他們有經過幾個村子，當時都有照預定行程作業。

途中還分出了幾名騎士，留在特別需要協助的村子。

連和騎士中特別精銳的幾名，只在趕往巴德爾山脈的途中為領民效勞。

這是遠行本來的目的，他們沒有半點輕忽。

「英雄閣下！」

稍遠處的冒險者團體之中，響起梅達斯呼喚連的聲音。

他們這群冒險者，是從克勞賽爾一路跟來這裡的。

「嗯？怎麼了嗎？」

連來到梅達斯面前，後者仰頭看向巴德爾山脈說道：

「山道積的雪比預期還要厚。某些地方好像連樹木都被雪埋住了。

「看來這段路會很辛苦。雖然想用魔道具或魔法處理積雪，但是一個不好有可能引發雪崩。」

「就像英雄閣下說的，那麼做會引發雪崩。到頭來，我們只能避開積雪前進。如果像有翼人（Harpy）那樣有翅膀就另當別論。」

奢求沒有的東西也沒用。

必須先思考自己能做什麼，於是其中一名騎士開口：

「各位冒險者，我提議先建立據點。」

梅達斯也附和：

「那麼，明天再出發吧。天色已經不早，據點建立好太陽就要下山了。」

騎士和冒險者之中，都有人覺得不甘心。

一行人昨天也有看見巴德爾山脈中段堡壘升起的狼煙，確認有人生存。

正因為如此，他們才希望盡快前去救援。

雖然晚了點，但有些事讓連很在意。

（可是……）

負責保護委託人的冒險者應該不止一個。這點在凱找上連的時候就聽他說過，所以不會有錯。

在這種情況下，無論雪下得再大，他們都不該完全動不了吧？

這個世界和前世不一樣，冒險者的體能非常優秀。

既然魔物不強，那麼職業冒險者會落得需要求救的地步嗎？這點令人存疑。

連將自己的疑問告訴騎士。

「雪很大這點一看就知道，但是冒險者會因此就無法行動嗎？」

「也是有很難採取行動的案例。雖說有魔物素材做成的裝備和魔道具，要下山應該是做得到，不過這次還有護衛對象在。」

騎士接著又說道：

「當然，就算有護衛對象也不見得做不到。既然預定穿過冬季的巴德爾山脈，照理說會找上經驗豐富的冒險者才對。」

「意思就是，他們自己下山也沒什麼好奇怪的？」

「對。或許是不想勉強行動而決定等待救援……也有可能出現了傷患，導致他們無法移動。」

「也就是碰上我們不知道的意外，對吧？」

「有這種可能性。我們也小心點吧。」

連回答：「我會謹記在心。」然後仰頭望向占滿整片視野的巴德爾山脈。

結束野營準備，大家圍著火堆吃晚餐時——

「通往堡壘的路線，就如先前告訴各位的那樣。我們必須一邊剷掉麻煩的雪一邊前進，抵達目的地預定還要兩到三天。」

首先梅達斯代表冒險者發言，接著騎士說道：

「要分成搬運行李的人手、剷雪開路的前衛。為了防備魔物出現，我希望事先安排好人選。

梅達斯兄弟，冒險者那邊就交給你了。」

「包在我身上。那麼隊伍怎麼排也得想一下。」

「我們想待在英雄小弟旁邊～」

「是啊。與其待在邋遢的臭男人旁邊，我寧可選擇可愛的小男生。」

女性冒險者們笑著打斷了梅達斯。

「喂喂喂！這麼討厭我們啊？」

「那還用說！」

大家都努力用玩笑

這個養精蓄銳的晚上，一行人就在祈求堡壘內眾人平安無事的情況下入睡。

◇◇◇◇

隔天早上一行人與朝陽一同出發，和第一天一樣沿路劃雪前進到傍晚。

這天行軍也順利結束，接著是第三天早晨。就在快要看到堡壘時，一行人來到架設在峽谷之上的漫長吊橋前。

橫向颳來的風雪讓視野變得很差，加上高度太高，令人看不見峽谷底部。

「下面似乎是休火山的一部分，以前好像流過熔岩。」

眾人搖搖晃晃地穿過吊橋時，騎士在連身旁說道。

儘管早已知曉，連依舊應了句：「原來是這樣啊。」並點點頭。

看見下方的峽谷，讓他想起某項情報。

遊戲時代，峽谷之下受到阿斯瓦爾的魔力影響，到處都是流動的熔岩。

沒有熔岩的踏腳處則有大量不死生物，是一處**瘴氣**瀰漫的深淵。

所謂瘴氣，就是從魔物屍體外洩的魔力密度過高，因而產生的氣體。

本質上是對人體有害的毒氣。
吊橋底下散落數不清的魔物屍體，不祥程度很符合一代最終舞台的地位。

通過吊橋之後約三十分鐘，他們漸漸靠近目標堡壘。
「諸君！我們走吧！」
梅達斯意氣風發地號令眾人，大家的腳步愈來愈快。
一行人走在雪深及膝的山道上，努力趕往堡壘。
（快到了。）
連回想方才看見的堡壘，擦了擦額前的汗水。
接著，前方的冒險者們突然停下腳步。
走在最前面的梅達斯舉起一隻手，吸引了眾人目光。
「有魔物。」
但是，不在附近。
梅達斯指向遠處，頭上的獸耳輕輕晃動。
「堡壘有可能正遭受攻擊！動作快！」
梅達斯猛然奔向前去，冒險者們隨即跟上，後面的連和騎士互看一眼。
遠方傳來的魔物叫聲不止一種，還聽得到人和魔物交戰的聲音。
風雪再起，周圍視野變得很糟。

「連兄弟！注意不要逞強！」

「好的！我知道！」

連回應騎士之後，看向眼前的魔物。

有來到這個世界後已經見慣的魔物，也有來到這裡之後首次看見的魔物。大量魔物成群結隊，圍住不遠處的堡壘。

連起先還為了護衛商人的冒險者團隊健在而高興，但是——

（為、為什麼……？）

風雪之中，還有十來個沒見過的少年少女在堡壘周邊戰鬥。

「是、是誰？」

「不曉得，但是要小心！」

少年少女們看見冒險者們之後有些驚慌。

「唔……我們也不清楚狀況，不過這就來幫你們！」

梅達斯則是出言安撫。

看見冒險者與騎士和魔物交戰，驚慌的少年少女將注意力轉回魔物身上。

少年少女之中也有些人會使用魔法。有人噴出火球、有人以勝過風雪的氣流切割魔物外皮。

在這個世界，唯有天生具備技能的人可以運用魔法，因此它不是什麼能隨意揮灑的力量，不過這些施展魔法的少年少女個個運用純熟。

（如果是這樣，應該不太需要——）

就在連閃過這個念頭時，風雪變得更大了。
他注意到，風雪之中還有人在遠處孤軍奮戰，而且那人周圍有許多魔物。
「我去幫那邊的人！」
「了解！再說一次，千萬不可以逞強！」
「好的！大家也要保重自己！」
連對騎士說完，便趕往落單那人身旁。
這附近的雪不像先前那麼深，還沒到膝蓋。
不過依然足以蓋過腳踝，因此連發揮超群體能，像風一樣往前飛奔。

在風雪彼方奮戰的人，是一名少女。
連剛以鐵魔劍砍倒企圖從背後襲擊少女的魔物，她就轉過頭來。
「——你是？」
「我是來救援各位的！」
明明還在戰鬥當中，少女的聲音卻清晰得不可思議。
不過，風雪讓人看不清她的長相。
相對地，連十分驚訝。
因為看見了黑髮隨風雪飄揚的她，以雙手施展魔法的模樣。
少女同樣感到驚訝。

……這人的魔法，好厲害啊。

……這位援軍的劍，好厲害。

彼此都在暗自心驚的同時，不斷放倒湧上來的魔物。

算不得什麼苦戰。兩人的戰鬥能力遠在魔物之上。

（這些人真有本事，但他們為什麼會來巴德爾山脈？）

連的劍，兼具威猛與拜斯教出來的堅實，沒有任何魔物能夠接近。

兩人自然而然地將背後交給彼此。

劍圍之內由連處理。

稍遠處，少女施放的冰刃貫穿魔物身軀。

兩人戰鬥的英姿，流暢得就像戲劇一景。

……這是怎麼回事？感覺打起來好順手。

……為什麼？他好像比我還了解我自己。

兩人注意到時，魔物只剩下一隻。

連的劍與少女的魔法，幾乎在同一時間貫穿了牠的身軀。

看見周遭新雪被魔物鮮血染成深紅，少女明白戰鬥已經結束。
她精疲力盡地說：
「結束了呢……」
然後一屁股坐在雪上。
「妳沒事吧？」
「不、不好意思……！我是第一次碰上這麼多魔物，一想到戰鬥已經結束了，就不禁鬆懈下來……」
少女嗓音宛如清流般澄淨，語氣則感受得到她的拚命。
方才相當於背靠著背作戰，因此連先轉過身來。
他伸出手想拉起少女，這才發現風雪已在不知不覺間平息。
也因為這樣，他總算能將少女的全貌納入視野。
「啊……謝謝你。」
「哪裡，不用在意。」
她壓倒性出眾的外貌，足以讓周邊充滿殺伐氣息的景色為之一變。
令人聯想到黑曜石的秀髮，宛如璀璨寶石的五官，配上此地雪景，讓她看起來就像雪精靈。
即使是和莉希亞朝夕相處的連，也不禁覺得這名少女有種脫俗的美。
少女看著連伸來的手。
就在兩人手相碰的瞬間——

「……怪了？」

「……咦？」

少女所戴的項鍊，彷彿迸出了電光。

由於短暫到會令人以為是錯覺，所以兩人並未特別放在心上，只是有些納悶。

連看向那條項鍊，心頭浮現疑問。

（那是**破魔項鍊**。）

七英雄傳說裡頭也有登場的裝備類魔道具。外觀和遊戲時代一樣，照理說不會認錯。

（為什麼會戴那種**沒用的裝備**啊？）

破魔項鍊是七英雄之一製作的魔道具，全世界都找不到幾件，相當貴重。

但是它的性能與貴重程度不成比例，而且破魔項鍊沒有放出電光的效果。

剛剛應該是錯覺。

少女一站起身，連就鬆開了手。

「太好了！看來你們這邊也沒事！」

梅達斯靠了過來。

他拍掉禦寒衣物上的雪走到兩人面前，開口詢問少女：

「聽那邊的人說，妳好像是他們的領袖。」

低下頭的少女本來似乎想問梅達斯和連是誰，不過梅達斯先開了口，所以她只是靜靜地聽。

「抱歉，希望妳可以告訴我，為什麼像你們這樣的少年少女會成群結隊跑來這麼危險的地方？」

「……還請先告訴我，這邊這幾位是克勞賽爾家的人嗎？」

看見在梅達斯之後來找連的克勞賽爾家騎士，少女出言確認。

大概是看見騎士們裝備上的紋章了吧。

「我等受當家老爺之命，前來救援此地的冒險者。」

聽到騎士的嚴肅回應，少女認為對方沒有說謊。

可能是安心了吧，她臉上浮現些許笑意，輕聲說：「太好了。」

「看樣子，這裡交給各位會比較好。」

於是梅達斯退後半步，將場面交給騎士處理。

騎士也明白他的意思，開口詢問：

「恕我冒犯，請問妳是？」

「啊……抱歉方才忘了先報上姓名。」

容貌出眾的少女聽到這一問，才回過神似的轉向騎士。

她挺直身子，以非常優雅的動作向騎士致意。

如果這裡是晚會會場，她的婉約柔美無疑能夠擄獲所有異性的心。

「——我叫……」

她接下來所說的，令在場所有人大吃一驚。

就算連是稀世智者，恐怕也猜不到會有這次的相遇。

「我叫菲歐娜。歐培海姆領主——尤里西斯．伊格納特的獨生女。」
那動人雙唇所吐露的名字，帶給眾人無比強烈的衝擊。

十章

在白銀上起舞的少女

十一章 受困的考生與倒下的冒險者

簡樸的灰色石磚，以及用同樣材料建造的牆壁、天花板，迎接眾人到來。手指若從牆上滑過，會有種既粗糙又潮濕的觸感。窗戶很小，如果少了按照固定間隔插上的火把照明，就算在白天也會顯得陰暗。一行人的腳步聲，在毫無裝飾可言的堡壘內迴盪。

「我叫梅達斯。這次救援行動中，負責指揮克勞賽爾家騎士以外的冒險者。」

菲歐娜領著一行人前進，梅達斯在她旁邊簡單地自我介紹。

這時候，菲歐娜誤以為連是冒險者。

如果將梅達斯所說的話照字面解釋，那麼將並非騎士裝扮的連當成冒險者也是難免。

「為什麼像你們這樣的少年少女會來巴德爾山脈？」

菲歐娜回答時並未停下腳步。

「我們是考生。數天前來到這個堡壘避難。」

「妳說考生？」

「對。這裡是帝國軍官學院特待班最終測驗的考場。」

聽到她的解釋，梅達斯吃了一驚。連和騎士們也都一臉驚訝。

「沒想到，居然是那間學院引以為傲的特待班……」

「哈哈！喂，梅達斯！別失禮嘍！」
其他冒險者調侃梅達斯。
「我、我知道！不過饒了我吧！我實在學不會怎麼和貴族說話……話說回來，你們也自我介紹啦！」
梅達斯催促其他冒險者。
然而，冒險者們面有難色。
「我就免了。之前護衛貴族大人時，人家嫌我應對沒禮貌。」
「我也不用了。對於鄉下冒險者來說，最好和那間學院的考生保持距離。」
「如果向人家父母要酬勞，大概能領到不少錢，但是我們這種程度的冒險者和大貴族扯上關係，通常只會惹來麻煩。要是人家把遇難的事也怪到我們頭上，我可受不了。」
冒險者有冒險者自己的理由，就算對方是貴族，他們也不想自我介紹。
「但是我也沒打算放著不管。如果這些考生不干涉我們，那就護送一下。」
「也就是互不干涉。如果是這樣，我們也可以保證安全。換句話說，不干涉就是報酬。」
正如方才某人說的，考生們的父母或許會支付不少酬勞。
但是，在場的冒險者們都知道掌權者有多強大。
要是人家來找麻煩，他們可受不了。換句話說，為了自保他們寧可隱瞞身分。
特別是菲歐娜·伊格納特的存在，讓他們更不想多說。
「我明白了，那就這麼做。」

菲歐娜大概也知道貴族有多麼不講理，所以點頭同意。

梅達斯邊走邊道歉，她只是友善地笑了笑。

「不過，既然能參加特待班考試，這場雪應該不足為懼，不是嗎？」

帝國軍官學院是雷歐梅爾首屈一指的名校，能進特待班的人才更是寥寥無幾。

以特待班為目標的考生，實力應該比鄉下冒險者更強。

因此，就算碰上此地的異常氣候，應該也不至於需要避難才對吧？梅達斯言下之意是這樣。

「我們的體力不如成年人。如果這種異常現象只有數天，或許還能應付。然而我們決定避難時，已經在山裡走了至少一週。」

對於身體尚未發育完全的他們來說，在冬季行軍太過嚴苛。

即使數天之內能夠勝過在克勞賽爾周邊活動的冒險者，時間拉長之後也會變得連野營都難以做到。

「更何況，**出現的魔物多到不可思議**，導致我們必須消耗額外的物資。」

梅達斯很快就說：「或許是你們年紀小，所以容易被盯上。」

但騎士有不同看法。

「我們經過的路沒什麼魔物，或許山裡的魔物都集中到那一邊了。」

另一方面，連則是暗自思索。

（特待班的考試確實很難，最終測驗更是高難度的象徵……不過……）

考試會在學院指定的地點舉行，要求考生走完規定的路線。

主要是對考生的體力、忍耐力、應變能力，以及分組之後展現的協調性等各方面進行評估。
因此，照理說考官也會在場。
（就這個狀況看來，考官恐怕不在。再怎麼說也只是考試，不該這麼亂來。）
氣候異常到就連習慣野營的冒險者也會求救，即使是名校入學考，考官也不該丟著考生不管。
考生裡還包括國內外貴族與他們的親屬，一個不好會釀成大問題。
既然如此，考官人在哪裡？
「注意到了嗎？」
走在連身旁的冒險者，以帶了些自嘲的語氣說道：
「這次事件不尋常，背後搞不好有一個呼吸就能把我們這種人殺掉的掌權者。考生裡面有各派閥貴族的關係人士，這種情況還敢下手，代表事態嚴重。」
「大家的態度突然變得不太一樣，也是因為擔心這點對吧？」
「是啊。雖然知道這樣很沒禮貌，但是我們也愛惜自己的小命。」
前方菲歐娜瞄了兩人一眼，停下腳步。
她在通往大廳的門前站定，開口說道：
「來到這座堡壘避難的我們，曉得裡面有人時鬆了口氣。」
不過她說歸說，臉上卻毫無喜色。
門一開，大家就明白理由何在。

大廳裡鋪了簡單的寢具，包含凱在內的冒險者、看似護衛對象的商人，全都躺在地上。
他們痛苦地喘著氣。
「凱，你怎麼了！」
梅達斯慌慌張張地跑到搭檔身邊。
前來救援的其他冒險者們，也隨後趕赴而至。
「如各位所見。待在這座堡壘裡面的人，每一個都虛弱到連路都走不動。」
方才冒險者話中的擔憂，變得更有說服力了。
騎士們也和連有同感，但他們並未失去冷靜，而是詢問菲歐娜：
「伊格納特小姐。如果妳還知道什麼，請務必告訴我們。我們是看見那些人點燃的狼煙才從克勞賽爾趕來的，並不清楚狀況。」
菲歐娜點點頭。
「和我一起參加考試的考生裡，有人懂醫術。診察之後發現，他們體內的魔力似乎有異常增加的現象。」
她臉上有了些許陰霾。
不知為何，感覺她的嘴唇也有點顫抖。
「診察結果，他們的症狀很像**容器破裂**。」
聽到這話，騎士不由得驚嘆。
「魔力超出身體容許量，進而化為毒素侵蝕身體的疾病，對吧？我還以為天生魔力多的孩子才會有這種症狀……為什麼會出現在成年冒險者身上？」

「……很遺憾，我們找不到原因。不過，容器破裂是一種天生魔力愈多愈容易死亡的病。那幾位看起來沒有生命危險。」

容器破裂的症狀，和以前莉希亞罹患的疾病似是而非。

連沒有學過醫，就算聽了解釋也搞不懂，不過大致上來說，兩者差在會不會危及性命。

另外，容器破裂基本上一出生就會罹患，這點也可以說是症狀上的差異。

根據診察冒險者們的人表示，侵蝕他們身體的大量魔力已漸漸穩定下來，過一陣子應該就能恢復原狀。

「所以，最近的狼煙是我們點燃的。」

菲歐娜露出有些哀傷的笑容。

騎士思索了一會兒，決定先去看看倒下的冒險者們，於是他向菲歐娜低下頭。

「雖然還有些事需要思考，不過我們該先確認冒險者們的狀況。容我之後再和各位商量下山的事。那麼，恕我先告退了。」

說完，騎士轉過身去。菲歐娜見狀，輕聲呢喃：

「我又借助了克勞賽爾家的力量呢。」

緊接著，她也走進大廳。

此時發生一件事，讓先前的緊張感瞬間蕩然無存。

「實在太蠢了。之後得要求多加點酬勞，否則這樣子根本不划算。」

和連同行的女冒險者唉聲嘆氣地說道。
她和另一名女冒險者互看一眼，然後轉向連。
「反正今天要在這裡過一晚，趕快決定好睡哪個房間吧。」
「是啊。反正那邊的事交給男人們就行了。」
說到這裡，兩人靠向連。
「和我們睡同一間怎樣？」
連先是吃了一驚，不過很快就用不太高興的語氣說道：
「那個——麻煩別在這種時候亂來。」
別說被誘惑了，兩人在這種狀況之下還毫無緊張感，只讓連感到厭煩，因此他乾脆地拒絕。
然後伸直雙手，把兩名女冒險者推開。
對於連的冷淡態度，她們只是笑了笑就離開現場。
連「唉……」地嘆了口氣，這才發現不對。
剛剛走進大廳的菲歐娜，不知何時已經苦笑著站在門邊。
「那、那個那個……」
「保險起見必須先聲明，我和那兩個人之間毫無關係喔……？」
「不、不用擔心！我看得很清楚……！」
時機真是不巧。
幸好，沒讓菲歐娜誤會，但是氣氛有點沉重。

（糟糕。這下子實在很難自我介紹。）

連對於菲歐娜來說雖然算得上救命恩人，但是這時候自我介紹似乎也不太好。

他原本就沒打算來個熱情的問候，可是這樣的相遇方式不禁讓人覺得有點糟。

這種非常時期，鐵定會讓菲歐娜腦袋一團亂。

連不希望造成額外的混亂。

（先和大家商量一下，另外挑個場合吧。）

何況菲歐娜誤以為連是冒險者，冒險者和考生之間又已經約好互不干涉。

總而言之，連決定不在這時候自介。

之後就是在這微妙的氣氛之下自己該怎麼做……

「伊格納特小姐！我有些事想和妳商量……！」

出現了意料之外的救星。

一名女性考生來找菲歐娜，而且握住了菲歐娜的手。這名考生不停地偷瞄連，看樣子她要商量的內容不太方便被旁人聽到。

「那麼我先告退了。」

連轉身背對菲歐娜。

「啊……冒險者先生！非常感謝你剛剛來幫忙！」

她對連的背影深深一鞠躬，表達發自心底的謝意。

◇◇◇◇

剛剛那名考生在擔心一件事。那就是這場最終測驗的結果。

這場測驗，要說關係到他們考生的前途也不為過。

儘管如此，他們卻躲進這座堡壘，還得到前來救援的冒險者與克勞賽爾家騎士相助，對此深感不安的人似乎很多。

（這樣算違反規則嗎？）

傍晚過後，聽到這些話的連在堡壘的餐廳裡思索。

他拿在外面烤的肉當早了點的晚餐，同時聽坐在旁邊的騎士繼續說下去：

「畢竟考生們必須靠自己展現價值嘛。但是，我總覺得不太對勁。」

「不對勁嗎？」

「是。我記得決定特待班測驗使用的場地之後，當地領主會接到聯絡。考試期間為了避免外人介入，會封鎖當成考場的地區。」

但是，目前看來這裡並未封鎖。

不僅如此，甚至有冒險者在考試開始之前就來了。

「意外的可能性應該是零吧。」

「情況確實非常可疑，但你為什麼能肯定呢？」

「因為特待班考試的管理體制相當嚴密。可能是第三者動了某種手腳。」
「咦？嚴密到不該有意外的管理體制，居然讓你覺得有第三者介入……？」
「先不談派閥，手握強權的貴族不難找嘛。」
騎士露出一言難盡的苦笑。
此時別的騎士開口：
「再不然就是皇族？」
「伊格納特侯爵家的千金在這裡耶？為了什麼？」
「皇族實在不太可能參與。話是這麼說，但我也不覺得英雄派會出手，很難想像他們會找伊格納特侯爵的麻煩。就算想要陷害我們克勞賽爾，這麼做的代價也未免太大。」
這番話的危險性讓連收起笑容。
「而且那位學院長不在雷歐梅爾，出意外也不是沒有可能。不曉得是什麼地方被人逮到漏洞。」
克蘿諾雅不在雷歐梅爾這事，連也是第一次聽說；不過他心想反正不會和自己扯上關係，因此沒多加理會。
「無論如何，我們的護衛任務照舊。」
方才解釋考生不安理由的騎士說道。
「不管原因是什麼，這時候都不能無視那些考生。這件事真的會替當家老爺帶來麻煩，所以我認為，就算有考生不願接受協助，我們也該強迫他們下山。」

而且這次有菲歐娜．伊格納特在，必須盡可能慎重處理。

緊張感和使命感讓大家神情嚴肅，但還是有一名騎士對連苦笑。

「話又說回來，還真是令人吃驚對吧，連兄弟。」

「伊格納特小姐的事嗎？」

「沒錯。」

「喔，我也很驚訝啊。」

「我也是。沒想到會在這種場合遇上被自己救了一命的人對吧？」

確實如此，所以連只是邊吃肉邊苦笑。

「女冒險者纏上來那一幕也被她看到了，關於這點各位怎麼想？」

「……連兄弟，這塊肉也很好吃喔。」

「我推薦這塊，還請務必品嚐。」

儘管沒講明白，卻聽得出他們在安慰自己，讓連在心裡流下了淚水。

雖然對方沒真的以為自己讓女性陪睡，卻也因此錯過了時機。

「我原本打算自我介紹的，就因為那樣沒了機會。」

「留到下山應該也行。等那位冷靜下來之後，應該還有機會交談。」

「你們果然是這麼想啊。」

「幸好，伊格納特小姐似乎以為連兄弟是冒險者。冒險者們實在表現得太過無禮，所以她應該不會來問連兄弟的名字吧。」

「啊………冒險者和考生之間有了隔閡嘛。」

也因為這樣，從明天起自己應該不會和她扯上什麼關係。

連也拜託騎士們別提到自己的名字或用英雄稱呼自己。在這種狀況下，他不希望嚇到菲歐娜。既然有可能帶來不必要的混亂，就該暫且避免自我介紹。

順帶一提，連自己也還沒做好心理準備。

「我沒有報上姓名，之後因此遭到伊格納特侯爵責怪的可能性……」

「伊格納特侯爵那種身分的人，應該不至於這樣就生氣。雖然這樣講像是挾恩圖報，不過他的千金曾因為連兄弟得救，我想只需要說：『在巴德爾山脈時，我們以冷靜下山為優先。』就好。」

「但是，如果人家向我們問起連兄弟的名字，可就沒辦法保持沉默了。」

只不過，這種可能性應該非常小。

無論如何，他們決定先觀察狀況。其中一名騎士和大家提起今後的行程。

「關於明天的行程，和冒險者們商量過後，必須先讓幾個人下山才行。」

「因為來堡壘避難的人很多，需要增援對吧？」

都是為了讓包含菲歐娜在內的考生們平安下山。

「看來需要。否則倒下的冒險者當然不用說，想安全帶考生們下山都沒辦法。到時候，要多帶些派得上用場的魔道具過來。」

「連兄弟也同行應該比較好吧。」

「是啊，連兄弟明早就下山吧。要是你受了傷，在克勞賽爾等待的大小姐會很難過的。」
最後開口的騎士打趣地說道。
但是連搖搖頭。
「我應該能成為戰力，所以會留下。我要待在包含伊格納特小姐在內的考生們旁邊護衛他們。」
部分騎士面有難色，但連說的很合理。
到頭來，決定連也留下。
明早天一亮，數名騎士會和部分冒險者先行下山，把留在山腳的戰力和魔道具帶上來。
他們會再度點燃狼煙，盡快和山腳的人取得聯繫。
大多數戰力會留在堡壘裡，因此這邊不需要擔心。
（需要救援的人太多，不這麼做人手不夠。）
所以這次沒有硬是分批，而要先做好萬全的準備。
等到連和菲歐娜下山時，應該會比現在更安全吧。
遇難的考生裡除了菲歐娜之外，還有不少出身於國內外貴族的少年少女，因此菲歐娜以外的人也得小心應對。
「倒下的人裡有些症狀嚴重，大家一起下山時還得多注意才行。」
「不，似乎過幾天就會穩定下來。不過，聽說在那之前別亂動比較好。而且天氣這麼寒冷，要把人帶出去也很難，一不小心可能會喪命。」

騎士們這番話讓連很感興趣。
「現在是怎麼治療他們的？」
「好像是用伊格納特小姐的**技能**看顧喔。」
這裡沒有別人做得到，症狀也沒辦法用藥劑解決。
就在旁聽的連心想「是什麼技能呢？」的時候，另一位騎士開口：
「我們打算接下來就把計畫告知伊格納特小姐，連兄弟打算怎麼辦？」
連不方便一起去找菲歐娜。
「我打算先養精蓄銳，為接下來幾天做準備。」
他說完便起身離開，走向堡壘內自己分到的房間。

抵達房間之後，連打開包包，拿出照明用魔道具。
但是他不曉得該怎麼使用，因此趕緊打開莉希亞給的備忘錄。
「啊……原來如此……」
嘴裡這麼嘀咕的連，把那張備忘錄對著暖爐的光看，發現有些像文字的陰影。他看見的那些陰影，正是莉希亞偷偷留下的訊息。
『……要是過了很久還不回來，我會去找你喔。』
連拚命解讀那隱隱浮現的文字後，看見莉希亞偷偷寫下這種東西，讓他臉上不禁有了笑意。
「發現這些字……是好是壞啊？」

莉希亞藏起這段訊息是事實，所以很難判斷。

為此煩惱的連，想起莉希亞先前沒處理掉那封很像情書的信，又笑了出來。

「如果不該看到，代表莉希亞小姐和信或許有些奇妙的緣分……」

連這麼說完，把魔道具的光亮調弱，然後躺到床上。

他看著朦朧的燈光，想起留在克勞賽爾的莉希亞，心頭不可思議地有股暖意。

◇◇◇◇

克勞賽爾男爵宅邸的庭園，莉希亞仰頭看著寒冬的天空。

吐出來的氣都是白色，披肩沒遮住的白皙肌膚有點冷。剛洗過澡的她，身上熱度逐漸被冬季的嚴寒奪走。

莉希亞一直盯著天空，看不下去的優諾開口說道：

「這樣對身體不好喔。」

但是莉希亞依然望著天空。

「沒事。天氣涼爽，很舒服。」

「……這樣啊。」

優諾站到莉希亞身旁。她看向莉希亞的側臉，少女的五官依舊那麼精緻端正。至於表情……

雖然不到無精打采，平常那股英氣卻不怎麼明顯。

但是，莉希亞看起來不是在擔心連。
優諾「咦？唉呀呀？」地有些疑惑。
「怎麼了嗎？」
「我還以為，大小姐是因為擔心連少爺才跑到外面來的。」
「我擔心連？為什麼？」
「您問為什麼？因為現在的巴德爾山脈很危險啊。」
「要說不擔心那是假的。但是，我對連的擔心可沒大家想得那麼誇張喔？」
她一副理所當然的語氣。
優諾問「為什麼？」之後——
「那還用說？」
莉希亞微微一笑。
「因為我比世上任何人都清楚，連很強。」
要經歷多少事，才能在這個年紀有這樣的語氣和表情呢？
面對說出這種話的莉希亞，優諾實在沒辦法將她的語氣和表情形諸言語。
「原來如此。我問了個蠢問題嗎？」
「嗯，就是這樣喔。」
莉希亞微笑著說道。片片雪花從空中飄落。
優諾覺得不能放任她繼續待在外面，於是把拿來的外衣為莉希亞披上，說道：

「差不多該進去了吧。」
但是，這麼一來就搞不懂莉希亞無精打采的理由了。
優諾跟在莉希亞後面，暗自思索。
莉希亞說自己不像大家想的那麼擔心，會無精打采應該有其他理由……
「啊。」
儘管優諾想到某種可能，卻沒打算說出口。
主要是為了莉希亞的名譽著想。
「妳剛剛說什麼？」
但是，優諾的聲音傳進了莉希亞耳裡。
雖然優諾搖了搖頭表示「沒什麼」，莉希亞卻在頓了一頓後再次詢問：
「不需要隱瞞吧。怎麼了嗎？」
「不、不是啦……我在想，莉希亞小姐與其說是擔心，不如說是因為連少爺不在而覺得寂寞……」
莉希亞的臉頓時僵住。
儘管她立刻裝出乾笑，不過很明顯是被說中了。她的臉漸漸紅了起來。
相對地，試著維持笑容的優諾則是冷汗直冒。
「我剛剛沒聽清楚，妳可以再說一次嗎？」
「……我剛剛是問，睡前要不要喝點茶？」

「謝謝。既然妳都問了，那就來一杯吧。」

她們將剛剛那幾句話當成沒說過。

兩人走向莉希亞的房間，各自佯裝平靜。

進房間之後，優諾就像剛剛說的那樣開始泡茶。

這時優諾注意到。明明已經是冬天，莉希亞床上卻有一條白色連身裙。

她對那件連身裙有印象。正是連初夏送的那件。

大概是為了排解寂寞拿出來的吧。

一想到莉希亞抱住那件連身裙的模樣，就讓人覺得好可愛。

「～～！」

注意到優諾發現此事之後，莉希亞裝出來的平靜終於崩解。

已經忍不住……應該說，認為實在瞞不住的她——

「……要、要保密喔？」

臉頰染得通紅，害羞地這麼說道。

◇◇◇◇

隔天早上，按照計畫去搬救兵的一行人下山了。

『英雄閣下！有你在真是幫了大忙！』
當時，梅達斯這麼說道。
『不好意思。關於我的名字和「英雄閣下」這個稱呼……』
『唉呀抱歉。雖然不知道理由，不過畢竟是英雄……畢竟是你的請求。抱歉剛剛一時疏忽。』
他背著搭檔凱，帶著發自心底的笑容下了山。
原本去搬救兵的只有少數人，但是梅達斯堅持要帶自己的搭檔離開。凱的身體狀況特別糟，所以他很擔心倒也能夠理解。但是一來這時候不該勉強搬動凱，二來這麼做會拖慢求救的速度，因此其他人都勸阻梅達斯。
然而，梅達斯還是要帶凱下山。
『真是個傻子。』
『……覺得搭檔死了也無妨就隨他高興吧。』
即使其他冒險者冷言冷語，梅達斯仍舊沒放在心上，就這麼帶著凱離開了。
他的舉止不禁讓連皺眉，但連還是盼望他們能盡快帶救兵回來。
一早外出狩獵的連在中午過後回到堡壘，留守的騎士們出來迎接。
「喔！這還真是不得了啊！」
「這些夠吃一個月呢！應該不用再擔心食物了吧！」

連將堡壘入口外頭放下扛著的魔物。
「那位御用商人使者的治療情況怎樣了？」
先前提過，菲歐娜會以技能治療倒下的人。需要治療的人裡，就有那位御用商人的使者。
「按照伊格納特小姐的說法，似乎很順利。」
連聽到以後點點頭表示：「那就好。」
「處理請交給我們。」
騎士們主動表示要幫忙處理連獵回來的魔物。
連把剩下的工作交給他們，自己走進堡壘，到設備簡單的浴室把汗沖掉。

他脖子上掛著毛巾走出來，通過讓冒險者們躺下休息的大廳前。
門偶然地在這時開了。
「——！」
一臉倦容的菲歐娜從中出現，正好撞上了連。
此時，破魔項鍊並未出現先前那樣的反應。
連雖然感到疑惑，但無從確認。
「對、對不起！」
「哪、哪裡哪裡！我才該說抱歉！」
互相道歉的兩人都沉默不語，各自別過頭去。

數十秒後，受不了這陣沉默的連，開口打算解釋日前的事。
「那個——！」
「那個——！」
兩人的聲音重合。
彼此同時看向對方，視線因此交錯。
「請、請說……？」
抵擋不住沉默的連擠出這句話。
菲歐娜停頓了一下，戰戰兢兢地退後半步才開口：
「……我聽說，冒險者先生是從克勞賽爾來的——」
她很快又慌慌張張地打住。
「真是抱歉！我們明明講好互不干涉的！」
「不用在意。可是，為什麼會問起我住的地方？」
聽到連回問，菲歐娜儘管有些猶豫，最後還是下定決心開了口：
「我的恩人在克勞賽爾。聽說各位是從克勞賽爾來的，所以我想問問你們有沒有見過那個人。」
菲歐娜沒說是救命恩人。
理由在於，她的父親尤里西斯出於某種原因要隱瞞她的病。
「我原本想詢問騎士，不過今天大家好像都很忙，我怕打擾到他們。而且……你和我的恩人年齡似乎很接近……」

菲歐娜微微低下頭，雙手祈禱似的在胸前疊合。

相對地，連則是再度考慮是否該報上姓名。不過——

「……不。剛剛那些還是請你忘掉吧。」

菲歐娜深深低下頭。她感到很後悔，收回了自己講出的話。

她大概是擔心，打破和冒險者之間互不干涉的約定會影響其他考生下山。

「真抱歉。這麼一來和打破互不干涉的約定沒兩樣對吧？」

「不，沒這回事！回問的人是我，請別放在心上！」

連回以微笑，菲歐娜連連道歉後離開了現場。

◇◇◇◇

「該休息了。」

晚上，回到堡壘內房間的菲歐娜，躺在不怎麼軟的床上。

身體累積的疲倦，令她轉眼間就落入夢鄉。

儘管這張床睡起來很不舒服，她卻作了個好夢。

夢中的她，身在萬里無雲的帝都。

先前，克蘿諾雅造訪歐培海姆的侯爵宅邸時，菲歐娜曾依她所言想像過自己的學生生活。

這天晚上的夢裡，身旁有個少年。

和那時不一樣的地方在於，少年的臉不再模糊。

『今天真是暖和。』

『嗯，讓人不禁想繞路。』

就連他的聲音，菲歐娜也認得出來。

朝陽從小窗照進室內，睜開眼睛的菲歐娜從床上坐起，思索方才的夢。

「……為什麼……會這樣呢？」

她硬是讓還有些迷糊的腦袋運轉，想要趁著夢的內容還鮮明時，回想夢中所見的少年。

連長相也不知道的救命恩人在夢中出現，並不是第一次。待在歐培海姆的侯爵宅邸時，她就作過好幾次這樣的夢。

每一次對方的臉都模糊不清，也聽不到聲音。

不過，這次長相和聲音都一清二楚。

而且——

「為什麼，會出現冒險者先生的臉呢？」

夢中所見的救命恩人，不可思議地正是菲歐娜口中那位「冒險者先生」。

因為彼此交談過，他給人的印象造成了影響嗎？

自己大概是擅自把救命恩人的模樣代換成別人了吧——一想到這裡，她就認為自己很愚蠢，有種貶低了救命恩人的感覺。

此時菲歐娜還不知道，她在夢裡沒有認錯人。

◇◇◇◇

菲歐娜在夢裡見到「冒險者先生」的兩天後夜裡，即將換日的時刻——

「該換班了，連兄弟。」

「了解。」

來到堡壘外的騎士，對站在這裡守夜的連說道。

連立刻回到堡壘之中。他走向放在玄關的暖爐，溫暖冰冷的雙手。

（要不要喝點溫熱的東西呢？）

想到這裡，他便往堡壘內的廚房走。

來到堡壘之後，連已經去過不少次。

他穿過沒什麼隔熱效果的冰冷通道，伸手去推坐鎮前方的木門。

門隨著會讓人起雞皮疙瘩的低沉聲響開啟，於是連繼續前行。

「……啊。」

「……啊。」

連碰上正好待在裡面的菲歐娜，當場愣住。

菲歐娜站在流理台前，一個人洗著餐具。

連向她點點頭，拿起銅製單手鍋準備煮開水。

走到老舊的爐灶旁一看，火已經生好了。

「冒險者……先生？」

前天那次互動後，菲歐娜和連就沒再交談過。

他們沒有避開對方，只是當前狀況下沒什麼能夠談話的空閒。

菲歐娜盯著連打量。

「——果然，就是冒險者先生。」

「那個……我怎麼了嗎？」

「沒、沒事！什麼都沒有！只不過那個……我自己對某些事在意而已……！」

她愈說愈小聲，連沒聽清楚。

因為先前那場夢而動搖的菲歐娜低下頭，雙手在胸前合十擺出祈禱般的姿勢，讓腦袋好好運轉。

「和前天……還有昨天作的夢一樣……為什麼冒險者先生會在我夢裡……？」

她的呢喃並未傳進連耳裡，連見狀只能尷尬地苦笑。

連起先還在想這種狀況不曉得會持續多久，結果沒幾秒菲歐娜就抬起頭問道：

「剛剛突然不說話，真的很抱歉。呃，冒險者先生也要用嗎？」

菲歐娜來到連面前說道。

她同樣拿著單手鍋。

「如果方便的話。我想在睡前喝點溫熱的東西。」

「我也是！洗完餐具之後，我想泡點茶。」

「所以才生了火嗎？一起煮開水沒關係吧？」

「嗯，當然。」

連接受菲歐娜的好意，從旁邊的水瓶倒了兩人份的融雪水。

他將單手鍋放到爐灶上，聽著火星彈跳的聲音。

（……好尷尬。）

兩人就這樣沉默下來，令人渾身不舒服。

但是，菲歐娜遵守和冒險者們講好的互不干涉約定，之後沒再主動找連說話。

當然，連也沒輕率開口。他沒有適合開口的話題。

所以兩人幾乎同時走向餐具櫃。他們拿起幾個裝了茶葉的小瓶子，透過香氣尋找喜歡的茶葉。

（連這種東西都運進來了嗎？）

除了緊急糧食之外，他們似乎還在克勞賽爾家的指示下運了其他東西進來。

主要是為類似這次的狀況（承接委託的冒險者或騎士進駐堡壘）做準備。也多虧如此，才讓他們有餘力來杯茶。

就在連將手伸向裝茶葉的小瓶子時——

「啊，抱歉。」

「哪、哪裡！不該怪冒險者先生一個人，我也有錯……！」

偶然地，兩人的手指在小瓶前碰上。

彼此選中相同的茶葉，讓他們藏不住臉上的驚訝。

「如果不嫌棄，讓我來泡？」

承受不住這種尷尬氣氛的連問道。菲歐娜客套地回：「可以嗎？」

「不曉得合不合妳的喜好就是了。不過這裡很冷，去暖爐那邊吧。」

為了避免菲歐娜受涼，連趕忙這麼提議。

兩人離開廚房，坐到隔壁大廳的暖爐前。

用保存狀況顯然不佳的茶葉泡的茶，倒進再怎樣都沒辦法說昂貴的茶杯裡。

溫熱的蒸氣與紅茶的甜香飄出。

「啊……真好喝。」

菲歐娜說道，熱氣自唇邊溢出。

「泡得遠比我好喝，嚇了我一跳。」

「我還差得很遠……咦？伊格納特小姐也會自己泡茶嗎？」

「不久之前，我的身體都還很虛弱，陪我說話的侍女教過我。不過……該說我笨手笨腳嗎……」

菲歐娜苦笑著低下頭，以杯子遮掩自己的害羞。

「吃藥時配的茶也很重要，所以我自己也想學。一方面也是想趁著身體還能動的時候活動一下，因此試著努力過……但是只能泡出實在算不上好喝的茶。」

「泡茶真的很難對吧？不過，為了吃藥嗎？」

「對。我的藥好像配茶服用會比配水容易吸收。」

連點點頭。

「喔，用上**魔物素材**之後，果然藥也會不一樣呢。」

「似乎是。啊哈哈……雖然我這種外行人完全不懂就是了。」

母親米蕾優曾經告訴過連「吃藥要喝水」。

據說是因為服藥時配的飲料，有可能導致藥效產生變化。

雖然並非所有的藥都會這樣，純粹只是基本原則。

「不過既然是配茶，就算藥苦了點感覺也能用茶蓋過去呢。」

「呵呵。和你猜的一樣，有比較容易入口。」

兩人聊著聊著，手裡的杯子已經空了。

注意到這點的菲歐娜說道：

「我來收拾。」

「不不不！再怎樣也不能把事情丟給侯爵千金啊！」

「畢竟是冒險者先生幫忙泡的茶，這點小事還請別放在心上。至少收拾善後讓我來。」

菲歐娜語氣平和，卻有種不管連怎麼爭辯大概都不會退讓的堅定。

連滿懷歉意地離去後，菲歐娜走向廚房。

「不可思議。為什麼和他說話會那麼自然呢？為什麼會那麼合得來？」

菲歐娜一邊想著連一邊洗杯子。

接著……

「——怪了？」

她突然發現一件事，不禁浮現疑問。

「我……明明完全沒說過藥有用到魔物素材……」

她旋緊水龍頭，滿心疑惑。

離開廚房的她，一邊思考方才的疑問一邊在堡壘中走動。

然後，連日在夢裡見到「冒險者先生」一事閃過腦海。

「這種事，怎麼可能……」

她腦袋裡突然冒出某個猜測。

「唉呀，伊格納特小姐。」

在堡壘裡巡邏的騎士，從數步之外向菲歐娜搭話。

「我想您差不多該去休息了。明天一早就要出發喔。」

明白這時候熬夜會給別人添麻煩的菲歐娜，打算回自己房間。

「——那個！」

不過，她似乎突然下定了決心，開口叫住對方。

◇　◇　◇　◇

數天過去，考生們看來也習慣冒險者了。

但是，雙方沒有任何交流，一直遵守第一天的互不干涉約定。

這段尷尬的團體生活，就在某天宣告結束。

傍晚，騎士和冒險者們回到堡壘。

他們個個神情疲倦，但為了讓還留在堡壘裡的人下山，依舊絞盡力氣踩著積雪的山路上來。

許多原先待在山腳的人跟著上山，下山所需的裝備、魔道具也更為齊全。

「不好意思，梅達斯先生呢？」

連在離堡壘入口不遠的大廳詢問剛抵達的騎士。

按照騎士的說法，梅達斯只在羊皮紙上留言就離開了。

理由是「凱的身體狀況還是不太好」。

當時騎士和其他冒險者都在休息，在其他人想到要攔阻之前，兩人已經像霧氣一般消失無蹤。

「不要臉的傢伙。硬是只把自己的搭檔背下山，簡直就是個人渣。」

「那些傢伙根本不講什麼道義。就算再怎麼愛惜性命，也不該背棄英雄閣下他們啊。」

「就是嘛。以後還是別和他們合作比較好，我連他們的臉都不想看到。」

冒險者們聽到之後紛紛責難梅達斯他們。

「騎士先生們也這麼想吧？這邊情況危急，都是多虧了騎士先生們關照我們這些冒險者。他們那樣根本是忘恩負義吧。」

「以我們的立場不便多說什麼。實際上，我們也有要仰仗各位的地方。」

「你這樣講就又繞回來啦。」

「是啊。大家都是互相幫忙，你這樣講我們也很不好意思啦。」

「──不管怎麼說，英雄閣下。」

一名冒險者把手搭到連肩上。

附近沒有任何考生，所以他毫無顧忌地用「英雄」稱呼連。

「我們會奉陪到底。何況噬鋼石像鬼那一次，還欠了年輕人的恩情嘛。」

聽到這番話，讓連安心不少。

◇◇◇◇

天一亮，眾人吃完早餐後，在堡壘外望著朝陽。

「連兄弟，總算可以離開了呢。」

騎士對連說道。有同感的連應了聲：「是啊。」

冒險者們的代表梅達斯不在，因此由騎士們統一指揮。

「那麼，出發吧！」

騎士一聲令下，原先留在堡壘裡的人，全都踏上積雪頗深的山路。

這些考生都在名校——帝國軍官學院的特待班入學考撐到最後一關，個個優秀。

即使如此，他們依舊見識到了大人與自己的體力差距。

騎士與冒險者們明明一下山就趕回堡壘，卻在積雪山路上領頭前行，沒露出半點疲態，讓考生們相當驚訝。

連瞄了他們一眼，暗自吐了口氣。

（總算……）

儘管碰上意外導致停留時間比預定行程來得久，不過總算能卸下肩頭重擔。

在下山之前都不能掉以輕心，因此連打起精神。

「……？」

突然——臉上有種感覺，讓他停下腳步。

似乎有陣既冷又熱的風吹過。他以手指滑過臉頰，試圖尋找那陣風的餘韻。

錯覺嗎？連皺起眉頭。

簡直就像風雪之中混進了火花一樣……

「連兄弟？」

菲歐娜不在附近，所以騎士沒什麼顧慮。

「不好意思，我似乎有點鬆懈。」

「哈哈，畢竟終於要下山了嘛。有點鬆懈也是難免的。」

連拍打臉頰，讓自己振作起來。

（可別大意喔。）

在送考生下山之前，絕對不能疏忽。

他看向後方的考生們。

……馬上就能回去了呢。

……嗚，面對區區魔物居然搞得這麼難看……

……我們是不是不及格啊？

放心、焦躁、不安。

總數與人數相同的情緒糾結迴盪，此時先前有過的某個念頭自連的腦海浮現。

（到頭來，還是沒看見考官呢。）

偏離常軌的最終測驗，以及照理說該負責以防萬一的考官。最終測驗所需的日數早已超過，這部分實在可疑到了極點。

但是不管怎麼說，還是盡早下山為妙。

先不提學生們的體力難以支撐，那些症狀近似於容器破裂而倒下的人雖然沒有喪命，體力上的消耗卻也不能無視。

離開堡壘之後走了一段時間，吊橋出現在眾人眼前。

第一次看見那條吊橋的考生們，個個神情緊張。在巴德爾山脈這種高地，要過一座暴露於風雪之中的吊橋，光是在旁邊看就會讓人感到恐懼。

「各位騎士，考生們得由我們領過去才行。」

「嗯，就這麼辦吧。」

數名冒險者和騎士走在前面，考生們則是藉助其他大人的力量緊隨於後。

聽到冒險者不客氣地說出：「走嘍，抓住扶手或我們的衣服。」一名少年考生露出傲慢的笑容。

「不需要。你以為我們是什麼人？」

「這還真是抱歉。高貴的名校特待班考生，應該不會怕這種吊橋吧？」

「那當然！別瞧不起人！」

冒險者走上吊橋之後——

那名跟著踏上吊橋的少年，因為腳下的不規則搖晃而畏懼不前。

從踏板縫隙可見的峽谷底部，遭到風雪遮蔽。

即使如此，他依舊明白這種高度一旦摔下去就完了。

少年順從求生本能停下腳步，讓看不下去的冒險者握住他的手。

「我才不需要……！」

「知道啦知道啦。不過，要是你摔下去會讓我們很困擾。其他手上沒拿東西的考生，也都找大人領你們過橋吧。」

冒險者出乎意料的溫柔，讓看在眼裡的連笑了出來。

由於還有一些冒險者沒有辦法自己行走，幾乎所有大人（包含騎士在內）都伸出手牽著考生。

連決定也仿效他們。

考生只剩下菲歐娜，還有先前找菲歐娜商量最終測驗結果的少女。其他考生都已經有人帶領了。

連不知自己該幫哪一個才好，不過考慮到菲歐娜的身分，或許她該交給騎士……連是這麼想的。

「可以麻煩你嗎？」

先前找菲歐娜商量的少女走向騎士這麼說道。

剩下的連和菲歐娜四目相視。

「冒險者先生，方便請你幫忙嗎？」

「這樣好嗎？伊格納特小姐應該也想請騎士幫忙吧？」

「不。我**從一開始**就想麻煩冒險者先生。」

「……如果想找冒險者，那麼我去拜託大人也……」

他這麼提議，是因為覺得找大人帶領比較能讓菲歐娜安心。

不過聽到這句話之後，菲歐娜先是愣了一下，隨即噗嗤一笑。
「沒這回事。我是想請你幫忙。」
菲歐娜有些害羞，將戴著手套的手伸向連的大衣。
連每走一步，她輕輕捏著的衣襬就會被牽動一下，讓連知道菲歐娜就在後面。

連一隻腳踩上吊橋的踏板。
很快地，他的第二隻腳踩了上來，緊接著菲歐娜也上了橋。
吊橋「嘰、嘰」地晃動。
（應該沒問題吧。）
其他的冒險者、騎士、考生們，也繼續前進。
少年少女帶著不安的聲音隱約傳來。
不過，就在連背後抓著他大衣的菲歐娜，卻完全沒表現出這種樣子。
不久前還臥病在床的侯爵千金，照理說根本沒經歷過這種事。
「？怎麼了嗎？」
注意到連轉向自己的菲歐娜，此刻看起來和過橋前沒兩樣。
「恕我冒犯。因為伊格納特小姐看起來一點也不害怕。」
「我不要緊喔。因為現在有冒險者先生保護，而且——」
菲歐娜平靜地說道：

「以前我每次醒來，都不曉得能不能撐過那一天。和那段日子相比，沒什麼好怕的。」

她走在吊橋上，回憶過去那段辛酸的日子。

不知不覺之間，連的大衣已不再繃得那麼緊，說明菲歐娜與連的距離稍微拉近了點。

就在已經開始有人通過吊橋時，約在吊橋中央處——

連和菲歐娜突然停下腳步。

「……剛剛那是什麼？」

「剛才的風……」

彷彿能凍住一切的寒風，以及令人聯想到戰火的熱風。

兩人就像看見鏡中的自己一般，以同樣的動作摸臉。為了弄清那陣不可思議的風是否存在，他們再三確認。

接著，連注意到了新的異狀。

視野角落的峽谷底部冒出**紅光**，令他輕輕倒抽一口氣。

「握住我的手。」

連的聲音裡充滿緊張與危機感，菲歐娜聽到後點了點頭，沒多問理由。

她毫不遲疑地將自己的手放上去，他也毫不遲疑地用力回握。

先前的電光並未出現。

「跑！動作快！」

連立刻拔腿飛奔，並且大聲警告騎士與冒險者們。

待在橋上的每一個人，全都被連急切的模樣給嚇了一跳。看見他這麼慌張，大家都開始用跑的。

異狀幾乎就在同時造訪。

熱浪。

從峽谷底部湧出的熱浪混著風雪，撲向吊橋上的一行人。耀眼的紅光，從峽谷底部照亮了吊橋。

「喂！出了什麼事？你們冒險者應該知道吧？」

「這種事我哪知道啊！知道很危險就別管那麼多，快點跑！」

不肯輸給熱浪的風雪，轉眼間就已包覆周遭一帶。

吊橋晃動。

原因並非風雪。

「這、這也是最終測驗的一部分對吧？告訴我是！就是這樣吧？」

「嗚……絕對不能停下腳步！絕對不行！」

考生和騎士心急如焚。

此刻，已經沒有任何考生還在意不穩的吊橋與周遭景色。

臉上感受到的熱浪、紅光……不規則的晃動，讓他們只想盡快脫離這條吊橋。

從峽谷底部冒出的火焰漩渦在空中扭動、蛇行。

漩渦沿路灑著火焰，不斷逼近。當連和菲歐娜注意到時，已經連反方向也冒了出來，數道散發強烈存在感的漩渦朝他們靠近。

「凍結吧！」

菲歐娜伸出手，對火焰螺旋釋放比風雪更冷的寒氣。

暫時被削弱的火焰漩渦迅速恢復原有威勢，很快就再度撲向兩人。

火焰漩渦持續增加，對兩人發動攻擊。

……不，目標不是他們兩個。

（這火焰……**簡直就像是盯上她一樣**。）

無論是方才的火焰漩渦，還是新出現的火焰漩渦，仔細一看都是對準了連……不，應該說菲歐娜。

為了躲避結合了熱浪與風雪的狂風，連和菲歐娜拚命奔跑。

兩人距離吊橋彼岸，只剩一小段。

但是，連不得不停下腳步。

「……咦？」

他聽到菲歐娜氣喘吁吁的聲音。

彷彿有股不可思議的壓力令兩人鬆手，甚至撼動了空間——或者該說是世界。

連沒有一絲大意。堅決不肯放手的他，把菲歐娜的手握得更緊。
即使如此，他們還是放開了手。風雪似乎化為具有意志的魔物，一陣紅色的風從兩人之間吹過。
那陣風帶走了菲歐娜的身軀。
她飄上空中，越過吊橋扶手，簡直像是有股隱形的力量要強行帶走她。
遠處傳來鮮明的破裂聲，仔細一看才發現是飛濺的熔岩。
（什麼——）
連從中感覺到某種存在。
遠比耶露庫庫最後叫出的噬魔怪更為凶惡。
「伊格納特小姐！」
「嗚……冒險者先生……！」
連伸出手。然而，唯有指尖稍稍掠過。
「這……到底是怎麼回事啊……！」
連沒有半點遲疑，自己也投身空中。
起先連想以木魔劍的自然魔法救下菲歐娜，但一看見她背後逼近的火焰漩渦便打消了主意。
火焰漩渦就像要包住菲歐娜似的從四面八方湧來，即使使用自然魔法也會被燒成灰燼。
於是他改為召喚盾魔劍。
他明白，如果不這麼做就保護不了菲歐娜。

「恕我冒犯，還請原諒——！」
連在半空中把菲歐娜摟進懷裡。
憑空出現的魔力盾裹住連和菲歐娜，從逼近的火焰漩渦之下護住兩人。
「拜託……凍結吧！」
菲歐娜也施展了魔法。她和方才一樣施放寒氣，抑制撲向魔力盾的火焰。
這段期間，兩人依然在墜落，頭下腳上地摔向谷底。
「連——兄弟！」
騎士的聲音傳來。但是，他們也無能為力。
連注意到，穿越吊橋的冒險者們換成了騎士，將考生們一個個帶離現場。
他自己也忙著應付火焰漩渦。
看見魔力盾瀕臨崩毀，他倒抽一口氣。
（嗚——明明就連噬鋼石像鬼的突刺，都能正面擋住好幾次啊！）
明明沒直接碰到火焰，周圍的熱浪便已把魔力盾削弱到這種地步。
「冒險者先生！」
先出現的火焰漩渦正中吊橋，焚燒兩人先前所在的位置。
火焰漩渦就這麼炸開，將吊橋分為左右兩截。
吊橋順從重力垂下，方才還在擔心兩人的騎士連忙抓住吊橋。
橋上已經沒有考生。在冒險者與騎士們的活躍下，考生們都已過橋，抓住橋身的只剩幾名騎士和冒險者。

（火勢這麼凶猛，自然魔法的藤蔓也會被燒斷……！）

那麼，後方——通往堡壘那一端的吊橋呢？

（行得通。如果能抓住它，靠我的力量應該撐得住才對——！）

後方沒有火焰漩渦。

這麼一來，就能伸出藤蔓抓住橋身。

至少比摔到谷底來得好。

就算火焰漩渦一樣會燒到那裡，也只能到時候再說。

「伊格納特小姐！我一定會把妳平安送回去！所以請妳相信我！」

連拚命呼喊。

「……好的！」

菲歐娜看見他的側臉，立刻給了答覆。

「一切交給冒險者先——！」

她話還沒說完，從前方、左右、谷底出現的火焰漩渦，已經和飛濺的熔岩將周遭染得一片紅。

連幾乎就在同時施展自然魔法。

「給我趕上啊……！」

連一邊擔心抓住吊橋的那些騎士，一邊為了保護菲歐娜而揮動木魔劍。

擔心菲歐娜會害怕的連看向懷中少女，發現她雖然緊抿雙唇，卻還是堅定地抓住自己的手臂。

十二章　在深紅所覆的白銀山峰

回到堡壘的連和菲歐娜，登上堡壘頂端。
如果沒用自然魔法抓住吊橋，兩人大概會被谷底的熔岩流燒成灰燼。
所以，為了保護菲歐娜只能這麼做。就算知道這麼一來又得回到堡壘，性命還是比較重要。
「……對不起。都是我不好。」
「哪裡，錯不在伊格納特小姐身上。」
儘管連表示體諒，菲歐娜依舊顯得十分懊悔。
明明錯不在她，但是把連拖下水、害連身陷險境，依舊令她感到自責。
菲歐娜的高尚品格讓連肅然起敬，同時他也把心思放到今後的事上頭。
（剛剛雖然勉強撐過去了，但接下來才是問題。）
一脫離吊橋，連就開始尋找附近有沒有能下山的路。
但是，周圍的熔岩流讓他明白做不到，這也是認命回堡壘的原因。
（通過吊橋的人應該都沒事才對……希望抓住吊橋的那些人也平安。）
其他人走的路線，應該不會有什麼問題。
如果熔岩按照連所知的地形流動，理論上登山道不至於出事。

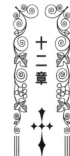

但是，連和菲歐娜能下山的路就不多了。只剩下需要多繞一大圈的路能走。

說穿了，他們現在還無法確定，留在這裡等待救援是不是最佳選擇……

（如果不採取行動，這裡搞不好也會被熔岩淹沒。）

站在堡壘頂端，可以親眼看見山脈景觀逐漸改變。完全感覺不出熔岩流有要平息的樣子。

說不定，熔岩和火焰會來到堡壘周邊。

「冒險者先生。我們……」

待在這邊無法指望別人趕來救援，這點菲歐娜也注意到了。

「我想，我們只能另找別的路下山。」

「……我也有同感。」

要離開巴德爾山脈，姑且還是有好幾條路可走。

連指向某個方位。

「最近的路，是往那個方向走。」

那條路通往的地方，是以前的基文子爵領地。

不過，下山所需時間比起克勞賽爾領這一側來得多。

（要是這樣還不順利，就得選**非常麻煩的路**了。）

從菲歐娜等考生進來的路也可以下山。

但是連不想這麼做。走那條路下山很花時間，要在這個情況異常的巴德爾山脈裡多待一陣子。

連嘆口氣說道：

「意外也太多了。該不會是有心人做的吧？」

聽到這句話，菲歐娜顯得有些疑惑，於是連補充：

「好比說，派閥鬥爭的一環。」

「啊，原來如此。」

菲歐娜點點頭，她認為連的疑問有道理。

不過，她很快又搖了搖頭。

「或許不是單純的派閥鬥爭。冒險者先生記得過橋前那個讓大人費心關照的男生嗎？他是英雄派上級貴族的繼承人喔。」

連很快就明白這幾句話的意思。

「伊格納特小姐也在，因此不至於搞派閥鬥爭……更不該做這種事，對吧？」

「嗯。當然我無法肯定，但是這麼做對彼此來說都沒什麼好處。」

或許還是有基文子爵那樣的貴族，不過就算是英雄派，照理來說也該保有一定的底線。皇族派也不太可能挑菲歐娜在的地方亂來。

那麼，是誰做出這種事？

（學院長不在所以出了意外？不，真要說起來，應該是看準學院長不在吧。）

伊格納特侯爵還在，不是什麼人都能輕易引發這種騷動。

雖然也可能是權力不下伊格納特侯爵的人出手——

（恐怕是**其他勢力**。）

好比說……企圖讓魔王復活的那些人，試著在這裡做某些事。

雖然已經思考到了這裡，但這時候就算要找犯人也不會有什麼結果。總之為了自保，應該先脫離巴德爾山脈。

「盡快離開巴德爾山脈吧。做好準備之後，我們立刻出發。」

「好的！我這就去確認行李！」

中午沒過多久，因此能夠趁著天色還亮採取行動。而且目前熔岩流到處都是，就算到了晚上應該還是很亮。

兩人達成共識，必須趁著還能走時盡量走。

就在他們準備回堡壘時，菲歐娜突然停下腳步。

「——」

她按住自己的胸口。

因為胸口突然不明所以地跳了一下。

「伊格納特小姐？」

「沒……沒事！什麼都沒有！」

不過只有一瞬間。

菲歐娜原本還擔心身體是否回到服藥前的狀態，不過看起來完全沒有。

她立刻拍拍自己的臉，露出動人的微笑。

令人聯想到天使的傾國之笑。

◇◇◇◇

他們選了條還沒被侵蝕的路下山。

巴德爾山脈周邊的地形逐漸遭到侵蝕。蔓延到地表的熔岩流順著銳利的山稜不斷往下，將周遭染得一片紅。

離開堡壘兩天後的早晨——

連天剛亮就醒來，正在準備早餐。

「冒險者先生，早安。」

「啊，早安。」

從帳棚出來的菲歐娜以帶有睡意的聲音開口，連轉頭看向她。

「早餐準備——」

「不好意思，今天又是我晚——」

兩人都在途中停住。

連不知道菲歐娜為什麼停下來，但是他停下來的理由很簡單。

（……是呆毛。）

從菲歐娜先前的舉止，難以想像她會露出這種破綻，而連似乎看見了。剛起床的菲歐娜頭上……恐怕是髮旋所在處，豎起一根可愛的呆毛。該告訴她嗎？不過這麼做好像會讓她很尷尬。

連擠出笑容，決定假裝沒看到。

「請用，雖然很單調。」

「哪、哪裡！已經算得上大餐了！」

菲歐娜也打起精神走向火堆，吃起連準備的簡單早餐。

在火堆旁坐下的菲歐娜，捧住裝了湯的杯子。

（又晃了一下。）

菲歐娜每喝一口湯，呆毛都會跟著晃動。

覺得盯著看很失禮的連，很快就轉過頭去。

相對地，這回則是換成菲歐娜看著連。連微微歪著頭，一旁的菲歐娜不斷偷偷打量他。

連一看向菲歐娜，她就別開目光。

還坐著的她稍微縮起身子，安靜地喝湯。

「我先去做出發準備。現在還不需要趕時間，伊格納特小姐請慢用。」

看見連起身，菲歐娜一時之間想叫住他。

然而少女儘管向他的背影伸出手，卻還是縮了回去。

「謝——謝謝你！」

然後以有些驚慌的聲音回答。

連在帳棚中整理為數不多的行李，沒過多久……

「——呼。」

他鄭重其事地點頭，將餐具裝進包包。

連伸出雙手摸自己的頭——摸到了翹起來的呆毛。

一根不輸菲歐娜的呆毛。

「就當成平手吧。」

雖然彼此根本沒在較量，他仍舊用一股神祕的堅持把頭髮壓下去。

接著，帳棚外響起菲歐娜「原、原來我也有嗎……！」的驚訝聲音。

看來她也見到了映在某種東西上的自己。

◇◇◇◇

「……糟糕。」

到了仰頭望去能看見滿天星斗的夜晚，一個人坐在火堆旁的連突然驚醒。

他回想睡前的事。

決定今天在這附近野營後，他將地面的雪踏實，忙著架設兩人份的帳棚。

晚餐後，連要疲憊的菲歐娜去休息。
所以連該負責守夜，不過他似乎也累得打起了瞌睡。
「沒關係的，冒險者先生。」
一旁傳來菲歐娜的聲音。
連往聲音來處看去，發現本該已經睡著的她坐在火堆前。
「冒險者先生睡覺時，沒有什麼魔物來襲。」
「……抱歉。我身為護衛居然睡著了。」
連一道歉，菲歐娜便搖搖頭。
「該道歉的人是我。想必昨天晚上冒險者先生也在顧著火堆吧？可能就是因為這樣……所以今天才會顯得有點想睡。」
「不用在意，這是我的工作。」
「不。情況特殊，請讓我也幫點忙。」
菲歐娜露出笑容。
身穿禦寒衣物的她抱著腿縮成一團，大概還是有點冷吧。
手邊有個冒熱氣的木杯子，飄出淡淡茶香。
接著她似乎想到了什麼，把木杯子遞給連，然後拿火堆上的小型單手鍋倒茶。
「伊格納特家的傭人，有一些曾經在帝城工作過喔。」
「喔……真不愧是伊格納特家呢。」

「——不過，這些傭人喝到我泡的茶就會苦笑。」
這話聽了讓人不曉得該怎麼安慰她。
但是，連沒有不喝茶的選擇。
雖然菲歐娜不好意思地說：「如果不好喝就倒掉。」不過連只是若無其事地笑了笑就把杯子拿到嘴邊。
（……嗯。）
提神醒腦。
這紅茶該怎麼說呢？非常澀。
「很好喝喔。」
「騙人的吧？冒險者先生的眉毛剛剛抖了一下。」
「只是習慣而已，不要放在心上。好喝是真的。」
「那個……聽到你這麼說雖然讓人很高興，但是真的不要勉強喔？要是吃壞肚子就糟糕了……！」
實際上，連的確沒有覺得不好喝。
看見他又喝了一兩口，讓菲歐娜感到既抱歉又開心。
「距離下山，應該還剩兩天吧。」
沉默一會兒之後，菲歐娜開口。接著連回答：
「我想也是。這些時間應該夠抵達基文子爵領——咦？現在問這個好像有點晚，不過稱呼那裡『基文子爵領』對嗎？」
連之所以提出疑問，是因為已經沒有基文子爵。
那次事件後基文子爵必然失勢，不過他先一步自盡了。
「呃……現在是交給皇族管理，恐怕……？」
「……為了好懂，就暫且稱它為基文子爵領吧。」
連搔了搔臉，菲歐娜則是瞇起眼睛。
他們並未對當前狀況感到悲觀。
菲歐娜仰望滿天星辰閃耀的夜空，火光照亮了她吐出白色氣息的側臉。
「伊格納特小姐真是堅強呢。」
「咦？怎麼突然說這種話？」
「如果是我誤會的話還請原諒。回想起來，在吊橋出事的時候，伊格納特小姐好像沒露出半點害怕的樣子。」
「呵呵。如果是這件事，理由就和之前講的一樣喔。」
那堅定的笑容和沒有半點懼意的聲音，彷彿在證明連感受到的堅強並沒有錯。
「我先前說過，堡壘裡的人症狀和容器破裂很像，對吧？」
儘管她似乎在轉移話題，連依舊立刻點頭。
然而，她並非轉移話題。這麼說確實有其用意。
「我以前就罹患過容器破裂。嚴重到以魔法治療為業的人、藥師、魔道具匠都表示沒辦法醫治，據說過去找不到前例。」

（……所以才會戴那條項鍊啊。）

破魔項鍊就是為此存在。

那種項鍊，原本是七英雄之一為了隱藏同伴氣息所做的。

透過抑制七英雄的強大魔力，欺騙包含魔王在內的種種敵人。

大概是利用抑制魔力的效果，讓菲歐娜的身體盡可能舒服一點吧。

「父親大人為我準備的治療用魔道具、藥劑，只有在身體狀況好時能讀的一整櫃書，不用別人扶就沒辦法自己坐上去的椅子，還有能夠從窗戶看見的一小片天空。我當時的世界，就只有這些東西。」

如果沒人攙扶，甚至連挪動身體都有困難。

頂多只能自己從床上坐起來、飲食。

就連這些事，也僅限身體狀況好的時候才做得到。

視野所及的天空，只有窗戶可見的範圍。

此刻眼前的景色，如果讓一年前的菲歐娜看見，大概會被當成一場夢吧。

「不過，有一天父親大人和傭人們的樣子變得很奇怪。」

「很奇怪？」

「對。該說突然和我保持距離嗎……有一天，大家突然都不肯正眼看我。」

菲歐娜當時以為，自己活不了多久了——然而那是個誤會。

當天晚上，菲歐娜在不知情的狀況下，服下了某種藥物。
似乎是為了避免菲歐娜空歡喜一場，因此伊格納特侯爵選擇保密。
他和傭人們之所以樣子變得很奇怪，只是因為在祈求藥有效，才會和菲歐娜保持距離。
（她說的藥，應該是用竊狼素材做的吧。）
儘管菲歐娜沒有明講，連依舊能夠肯定。
「睜開眼睛時發現自己還活著，讓我鬆了口氣。今天有人扶的話站得起來嗎？我能一個人坐起身嗎？我還能自己進食多少次呢——當時，我在心裡祈求上天實現這些微不足道的願望。不過，我很快就發現身體的狀況不太一樣。」
醒來之後，身體異樣地輕。
視野裡的一切都閃閃發亮、色彩繽紛，感覺好耀眼。
「身體不會痛了……感到不可思議的我，儘管旁邊沒人攙扶，卻還是想從床上起來，結果跌在地板上。頭還碰到地板腫了起來，臉也撞腫了。不過，就只是這樣。儘管只是難為情地在地板上爬……我依舊頭一次開心得流下了眼淚。」
原先望著天空的菲歐娜，轉頭看向連。
那雙眼睛裡的神祕光芒，讓夜空裡閃耀的星辰都成了路邊小石頭。
如果連不是連，菲歐娜本該一死。
如今她拚命活下去的模樣，無比可敬。
她無所畏懼的理由，解釋得一清二楚。

「所以，我現在什麼都不怕。和那些日子相比，這點程度不過小意思。」

她再次強調。

「更何況，現在只要**想到下山以後的事**，**我就能努力下去**。」

這句話說得很小聲，也沒明講是哪件事。

她此刻的呢喃意義重大。話中藏著「也是為此努力」的堅強意志。

雖然剛剛的呢喃沒讓連聽到，但是她覺得這樣就好。

「一定要平安下山。**我答應妳**，絕對會把妳送出巴德爾山脈。」

脫口而出的話語以及連堅定的眼神，貫穿了菲歐娜的心。

「真的，**就和他們說的一樣**……真的很溫柔呢。」

菲歐娜依舊用小到連聽不見的音量低語，然後輕輕地笑了。

接著——

「……」

她緩緩伸出手，放到自己胸口。

看見菲歐娜做了個深呼吸，讓連覺得不太對勁。

「妳沒事吧？是不是身體不太舒服……」

「沒、沒有！我沒事！」

菲歐娜連忙否認，氣色也足以說服別人她真的沒事。

她佯裝平靜，露出和先前沒兩樣的笑容，自然到讓連以為方才的異狀是錯覺。

「再睡一下吧。我沒問題的。」

雖然剛剛打起了瞌睡，不過應該還能多撐一下。

連表現出他的體貼，菲歐娜稍微猶豫之後，說了聲：「抱歉。」

「那我就恭敬不如從命，先去休息嘍。」

菲歐娜站起身來再度道歉，這才離開火堆旁邊。

她回到自己的帳棚，放下入口處的布簾。

就在同時，她猛然跪倒。接著就此躺下，雙手摀著胸口，閉上眼睛。

一股強烈的痛楚流竄全身。

「……為什麼突然……在這種時候……」

菲歐娜一邊忍耐痛楚一邊同時壓低呼吸聲，避免被連發現。

她拚命以雙手摀自己的嘴，阻擋抑制不住的呻吟。

◇◇◇◇

天一亮，兩人立刻拔營啟程。

周圍的雪和前幾天相比，已經減少許多。

儘管大雪的影響依舊可見，但是熔岩流到處都是，導致雪受熱融化。

也因為這樣，連原本以為下山會很順利——

（……糟透了。）

通往基文子爵領的路，就在連眼前斷了。

陡坡下方被熔岩流淹沒，甚至有些熔岩濺起。

（就算是伊格納特侯爵企圖讓阿斯瓦爾復活時，也沒這麼誇張。）

雖說不該將遊戲和現實混為一談，但當前狀況實在太惡劣。

途中，連試過用木魔劍的自然魔法造出一條路；菲歐娜也試過用冰魔法凍住熔岩開路。

不過，樹根和藤蔓裡所當然地被燒光了。

「果然，熔岩流的魔力好像變濃了。」

熔岩流就如菲歐娜所說的一樣蘊含魔力，即使用菲歐娜的魔法將熔岩流凍住，也會在數秒之後繼續逞凶。

簡直像是具有生命的熔岩流在對抗冰魔法。

「這就表示，它恐怕不是自然現象。」

「我也這麼想。這種狀況，感覺像是要把我和冒險者先生逼到無路可走。」

再加上吊橋那件事，要當成自然現象實在不太合理。

照這樣看來，回頭另找別的路大概也不是好選擇。

通往堡壘的路要不是已經斷了，就是會在抵達之前消失。

（根本已經無路——不，倒也不是無路可走。）

已經沒時間讓他們選怎麼下山了——不，或許從一開始就沒得選。
「我還知道另外一條路。」
「另外一條路……能從那裡下山嗎？」
「可以。毫無疑問。」
就是連所知的隱藏區域。
問題在於，那裡是否存在於這個世界上。
首先，一定會出現噬鋼石像鬼，再加上隱藏區域周遭環境，讓連先前一直避免往那裡走。
「那條路有D級魔物，十分危險。如果沒辦法抵達那個地方，或許留在堡壘等待還比較好。」
「不。」
菲歐娜苦笑著說：
「冒險者先生應該也明白，我們已經無法期待外界的救援。」
如果在吊橋分別的其他人還活著而且順利生還，想必他們已經下山了。
騎士和冒險者們下山之後說不定會求救——或是一下山就掉頭回來救援連和菲歐娜。
然而，他們做不到。
如果不通過吊橋，要抵達兩人所在的堡壘側就得越過峽谷，但是這麼做並不實際，四處流竄的熔岩也愈來愈凶猛。
（話雖如此，卻也沒辦法指望救兵從其他路線過來。）

說穿了，如果救兵有辦法過來，連和菲歐娜自己就能下山。

也就是說，要是兩人選擇等待，恐怕會在援軍趕到前死於熔岩流。

「走吧。雖然危險，但是除了走冒險者先生知道的路之外，我們似乎也沒有其他方法能活命了。」

既然等待也會被熔岩流吞噬，那就只能往危險的方向闖一闖了。

十三章　白銀與深紅

隔天早上──

（到底為什麼會變成這樣啊？）

究竟是誰為了什麼目的製造這種狀況？離開堡壘之後，連已經想過很多次。

（吊橋的火焰都瞄準了伊格納特小姐……看起來是這樣。既然如此，這場最終測驗的異變，恐怕全都是衝著她來的。）

那麼，表示問題早在考生們還沒抵達時就已存在。

至少，在魔導船來到此地之前就有了安排。

參與者之中，應該有人具備足夠的權力和智慧，能趁學園長克蘿諾雅・海蘭德不在時對那間名校出手。

然而，連腦中的知識都和這場騷動扯不上關係。

如果這場騷動原本就會發生，那麼在遊戲裡應該也能打聽到情報才對。

（對喔，前提不一樣。）

不知道會有這種狀況是理所當然的。

在遊戲原本的故事裡，菲歐娜已經死亡，也沒有能拯救她的事件。

需要從別的出發點思考。
好比說……沒錯。
（奪走菲歐娜．伊格納特的性命，能夠讓某些人得利。）
連想到那些企圖讓魔王復活的人。前些日子他也考慮過這部分。
或許是那些人想奪走菲歐娜的性命，藉此讓伊格納特侯爵不再相信雷歐梅爾，進而引發騷動。
（令人不解之處在於，假設事件和他們有關，把巴德爾山脈變成現在這樣就顯得很不可思議了。）
巴德爾山脈當前環境的惡劣程度，遠非遊戲時所能相比。
再過幾天，恐怕整片白銀山峰都會蓋上一層紅黑色的熔岩。
但是，如果做得到這種事，照理說遊戲中也該出現相同的狀況。
（伊格納特侯爵應該也會這麼做才對。）
這麼一來，七英雄傳說的主角一行人就沒辦法搗亂。
伊格納特侯爵可以順利復活阿斯瓦爾，向雷歐梅爾露出獠牙。
很難不讓人認為與菲歐娜有關。
連看向落後自己半步的菲歐娜。
「伊格納特小姐，我有些事想請教。」
「嗯，什麼事？」

感到疲憊卻還是努力往前走的菲歐娜，微笑著回答連。
「先前妳照顧過堡壘裡那些倒下的人對吧？當時用的是什麼樣的技能啊？」
「呃、呃……」
看見菲歐娜吞吞吐吐，連回過神來。
「抱歉。技能不方便告訴別人對吧？」
他很後悔自己基於好奇問出這種問題。
「真的很抱歉……父親大人交代，不可以告訴任何人……」
面有難色的菲歐娜顯得很過意不去，但她似乎還是想給連一個答案。
她在加上「但是」之後，拐了個彎說道：
「我除了施展過的冰魔法之外，還擁有**干涉他人魔力的能力**。」
菲歐娜給的答覆，是連也沒聽過的技能。
「就是靠那個治療冒險者們疑似容器破裂的症狀對吧？」
「如你所言……如果我的容器破裂也能這樣抑制就好了，但是它對自己的身體沒有效果。」
連很感興趣地點點頭，再度邁開步伐，邊走邊思考。
菲歐娜擁有特別的力量，這次騷動可能就是受到這種力量影響。
但是——
（黑幕知道伊格納特小姐的技能——感覺也不太像。）
舉例來說，如果那些倒下的冒險者是黑幕為了對菲歐娜下手而特地安排的，那麼只要菲歐娜決定照顧他們，就會在巴德爾山脈停留。
這或許也是黑幕企圖的一部分，但總覺得哪裡不對勁。
（要把考生們引向堡壘應該做得到，但如果只是要殺了他們，用不著繞一大圈。何況伊格納特小姐也不見得會為了治療而留在堡壘裡。）
那是菲歐娜自己的選擇，沒人強迫她也沒人拜託她。
這麼一來，就不知道為什麼要折磨護衛御用商人的冒險者了。
如果冒險者們沒碰上考生，一切都是白費力氣。從冒險者們的狀況看來，像是黑幕認為有這麼做的必要。
黑幕有某種目的，打算抵達堡壘之後再殺他們嗎？還是說，原本打算在抵達堡壘之前就殺掉他們，卻因為某些理由殺不了了呢……
如果不是這樣，整件事兜不起來。
不過，連突然有了個想法。
（────）
他望著天空苦笑，有種「真虧自己想得到」的感覺。
說到被引來這裡，連也是一樣。
將些許異樣感串在一起，就會抵達有可能的真相。
「我有一件事想和妳商量。」
連轉向菲歐娜。

◇◇◇◇

又走了數十分鐘，菲歐娜，停下腳步。

她把手放在脖子到胸口一帶，調整呼吸。連不曉得出了什麼事，只看見她不斷喘氣，身體狀況好像很糟。

「妳還好嗎？」

「啊、啊哈哈……抱歉。或許是有點累了。」

她擠出笑容，但是滿頭大汗。

實際上，她自己也覺得是因為疲倦，沒辦法說明得更清楚。

就在她打起精神要繼續往前走時——

「兩位！我們好擔心啊！」

狼男梅達斯從枝頭積雪的樹木後現身。

（——果然。）

梅達斯一臉打從心底鬆了口氣的表情，走向連和菲歐娜。

但是，他每接近一步，連就遠離一步。

連護著菲歐娜後退，眼睛始終盯著梅達斯。

「……和冒險者先生說的一樣呢。」

「絕對不要離開我身邊。還有，應對請交給我來。」
菲歐娜點點頭。
連早上對她說：『我有一件事想和妳商量。』就是為了讓她也提防這種狀況。
梅達斯則是一臉驚訝地開口：
「你、你們怎麼啦？」
「理由不說你就不明白嗎？」
「你在講什麼啊？難道說，救援太晚讓你們很不爽？這點真的很抱——」
梅達斯還沒說完，就被打斷了。
「真虧你找得到那麼方便的御用商人呢。」
連舉起鐵魔劍，做好戰鬥準備。
梅達斯見狀，認命地停下腳步。
他的身段依然柔軟。
「真是不簡單。看來你的腦袋比我想像中還要好。」
梅達斯原先友善的臉，此刻露出了卑劣的笑容。
看見那張臉，讓連和菲歐娜產生明確的敵意與排斥，兩人蓄勢待發。
「御用商人的使者也是你的同夥嗎？」
梅達斯露出白色犬齒，得意地說道：
「是啊，當然嘍。」

「我就知道。噬鋼石像鬼大概是因為缺乏食物才會遷徙，那也是你安排的吧？為了測試我的戰力有多強。」

聽到連這麼說，梅達斯回答：

「對了一半。實際上，就算你死了也無妨。要是你死了，我們馬上就能重新挖出基文子爵的騷動加以利用。」

「你當時沒想過從背後攻擊我嗎？」

「當時有個身穿法衣的女子在吧？我以為她是伊格納特侯爵為你安排的護衛，所以才沒動手。到頭來依舊不曉得她的身分，早知道她不是護衛，我當時就該出手的。」

看來他一直小心翼翼地隱藏蹤跡，尋找取連性命的機會。

「延到今天是個正確的選擇，畢竟把你也拖下水了嘛。」

儘管覺得很火大，連依舊在想——

（很多事情，這下子都串起來了。）

如果連在對付噬鋼石像鬼的時候戰死，他大概就會利用連的屍體。知道連在那裡奮戰的人，除了梅達斯以外只有一批實力不足的冒險者，非常湊巧。

（他大概會把年輕冒險者（目擊者）們也殺光，偽裝成我遭到某個貴族或貴族的部下綁架後殺害吧。）

要重新挖出基文子爵騷動加以利用，連的死非常適合。

一旦把連的死亡偽裝成英雄派的復仇散播出去，克勞賽爾家不用說，伊格納特家也會牽扯進去，發展成以血洗血的派閥鬥爭也不足為奇。

說不定，莉希亞也會以聖女之軀投身復仇。
此外，如果菲歐娜在巴德爾山脈喪命，雷歐梅爾帝國毫無疑問會嚴重分裂。
「之所以特地引我進巴德爾山脈，是打算找個地方殺了我嗎？」
「沒錯。其實——」
「原本打算由你的搭檔先收拾伊格納特小姐，然後從吊橋兩端圍殺我們對吧？即使我接下一開始的指名委託，也只是順序不同罷了。」
聽到這幾句話，梅達斯揚起眉毛。
「但是你們做不到。因為你的搭檔不知為何倒下了。」
「……你的腦袋真的很好耶。」
「而且吊橋那邊發生的事不在你們計畫之中，沒錯吧？」
「那麼，表示那出自你或你保護的少女之手？怎麼辦到的？害得我們費了一番工夫找你們耶。」
「這個嘛，天曉得嘍。」
連可以肯定，梅達斯不清楚菲歐娜的力量。
梅達斯的目標就只有殺掉連和菲歐娜。
他本身並不具備讓巴德爾休火山噴發與製造凶惡火柱的力量。
除了梅達斯他們之外，巴德爾山脈還有別的東西存在。這點得到了證明。
「你的搭檔怎樣了？還沒好嗎？」

連這麼一問，凱就從他背後某棵樹的陰影中露臉。
「多謝你的關心啦。」
看見他現身，連轉身護住菲歐娜。
「我也有話要對那個女的說。都是妳靠太近才害得我身體出問題，不可原諒。不過，也是多虧了妳的照料，才讓我注意到妳的力量。」
連只知道，菲歐娜的力量能夠影響他人的魔力。
按照凱剛剛的說法，就變成菲歐娜的存在導致他產生那種症狀。
當然，周圍的冒險者和御用商人也一樣。
「本來想早早把考生們殺光的，都怪這個女人。」
凱忿忿地接著說下去：
「在那之後的事，我到現在還記得一清二楚。一看見那個女人，就有一股從來沒感受過的痛楚流竄全身。就是因為這樣，我才不得不返回堡壘。」
接著梅達斯跟著嘆了口氣。
「本來打算和凱聯手殺掉你，結果到吊橋還是沒看見他，令我非常疑惑。抵達堡壘發現凱真的倒下，嚇了我一跳。也因為這樣，為了重新安排計畫，我得先下山一趟等搭檔恢復。真是的……全都搞砸啦。」
即使凱沒倒下，他們也打算用狼煙把連引過去。
不過諷刺的是，狼煙卻真的變成求救了。

到頭來，雖然把引連到堡壘的計畫沒有改變，卻讓梅達斯大吃一驚。
（看來御用商人和他的使者真的只是被利用而已。）
在離開克勞賽爾之前，連他們姑且還是有確認過御用商人是否真的存在、使者是不是真的。如果是冒牌貨，他們當下就會有所懷疑。
莉希亞常去那間店的老闆也說認得那位商人，看來不會有錯。
換句話說，和凱、梅達斯合作的人裡，也有地位不低的。
（——好啦。）
聽了這麼多，連不用再問就能肯定。
梅達斯和凱這兩個人，下手對象並非單一派閥，甚至會殃及整個國家，這讓連無法考慮其他選項。
連皺起眉頭，凱在他面前冷冷地拔劍。
「所以說呢，計畫改變。我們必須確認菲歐娜．伊格納特的力量——」
梅達斯一手拿劍，另一隻手拿著法杖。
然而，連開口的那一刻，兩人都停下了動作。
「在你們身上某處，**應該烙有魔王教的記號吧**。」
兩人彷彿全身凍結似的停住不動。

連看著他們，接著說道：

「與魔王有關的力量，受到伊格納特小姐的影響而失控。最先失控的凱，將魔力傳染給周圍的人，才會有那種結果。」

聽到連這幾句話，凱和梅達斯同時愣住。

（梅達斯之所以身體沒出狀況，大概是裝備的魔法防禦效果比較好吧。）

可以想見，此刻凱之所以沒事，八成也是因為換了裝備。

（……話又說回來，成為連以後還是第一次提到呢。）

在這之前，凡是「企圖復活魔王」之類的言論他都會含糊帶過。

多半是因為連自己不太願意提及。他下意識地想避免像言靈那樣，因為提到而扯上關係。

說出「魔王教」這個詞，讓連不禁流下冷汗。

「冒險者先生！你說魔王教……！」

「我也只是聽說過，不過看來就是這樣。想必就和字面上一樣，是一群支持魔王的傢伙吧。」

老實說，他原本還在猶豫是否該說出剛剛那些話。

如果炫耀知識只能嚇唬對方讓自己爽，就該避免這麼做。

但是從連的角度來看，必須查出是誰基於什麼目的引發這場騷動。

一切都是為了今後著想，為了思考自己該怎麼做。

另外，也是趁機回敬一下對手，誘使他們動搖。

「看來不止女的，兩個都得帶回去。」

「我知道，所以別把人殺掉嘍，凱。」

「交給我吧——上！」

凱大踏步前進，手中高舉的劍往連砍去。

一看就知道，這個男人的強度和克勞賽爾其他冒險者截然不同。

手握鐵魔劍的連瞬間就已明白，於是挺身擋在菲歐娜前面——就在同一時間，周遭一帶迸出鑿穿耳膜的巨響。

各個地方的熔岩流變得更為猛烈。

「……咦？」

彷彿受到影響似的，躲在連背後的菲歐娜身子突然抖動，然後緩緩蹲下。她抱住自己的上半身，呼吸紊亂。

看上去像是熔岩流愈猛烈，她的身體狀況就愈糟。

「為什麼……在這種時候……」

菲歐娜倒在地上，痛苦地喘息。

（難道是容器破裂？）

能參加最終測驗，代表她的病應該已經完全治好，頂多只差一點點，沒想到會再度發作。

連擔心地看向菲歐娜，但是——

「抱歉啦！這種狀況沒辦法手下留情！」

「之後再告訴我們那種不可思議的力量是什麼吧！」
逼近的兩人究竟有多強呢？
連根本來不及思考這件事，只能在倉促間用盾魔劍保護自己和菲歐娜。
連製造的魔力盾三兩下就已粉碎，代表梅達斯和凱的力量就是這麼強大。
儘管是同時面對兩人，但這只能說明他們造成的衝擊比噬鋼石像鬼更強。
情況對連來說非常不利，然而他並未放棄，堅決抵抗。
連一邊用重塑的魔力盾護住自己和菲歐娜，一邊揮動鐵魔劍。
「該死！好麻煩的技能啊！」
「哼，但是撐不久！」
「是啊！不可能一用再用的！」
正如兩人所言，就這麼纏鬥下去，連的魔力遲早會耗盡。
「凱！動手！」
梅達斯吼道。
他的搭檔凱在離連稍遠處高舉手中的劍，得意地笑了。
「見過戰技嗎！英雄老弟！」
凱的劍裹上一層白光。
就在梅達斯粉碎魔力盾的瞬間，凱的劍朝連砍去。
「這傢伙……！」

連平舉鐵魔劍阻擋，凱劍上光芒卻奪走了他的身體能力，彷彿經過魔法強化的力量遭到削弱一般。

連的架勢也顯得弱了幾分。

「呼……呼……」

即使雙手顫抖、疲憊到喘氣，連依舊持續奮戰。

「你……明明是魔王教徒，居然學了聖劍技！」

「啊？真無趣，你居然知道啊。」

連擠出「當然知道」的無畏笑容。

聖劍技——光落。

藉由裹在劍上的魔力弱化對手的魔法防禦，進而造成傷害的戰技。使用方便，遊戲時代連也受過不少關照。

（代表他至少是**劍豪**啊！）

所謂劍豪，就是比劍聖低一階的稱號。

光落被視為要有劍豪水準才能使用的劍技，證明凱是劍豪級。

難怪那麼強。連擦掉臉上的汗，暗自這麼想。

畢竟他們打算兩個人完成計畫，強也是理所當然的。

「梅達斯！再一次！」

情勢顯然不利。

這種「護盾」碎掉就製造新護盾」的戰法一定撐不久，連也一清二楚。
必須找到運用木魔劍或盜賊魔劍作戰的方法，否則保護不了菲歐娜。
就在連這麼想的時候——
「……咦？」
他感受到一股令臉頰刺痛的熱浪，不禁環顧周圍。
「你還有空看別的地方啊！英雄閣下！」
「想放棄得說出來才行啊！這麼一來就不用挨皮肉痛啦！」
兩人再度逼近，熱浪也變得更強。
即使處於單方面挨打的狀況，連依舊分心去注意那股氣息。
「差不多該結束啦——給我睡一會兒吧！」
就在凱像方才那樣大吼的同時——
暴風……染成深紅的火焰風暴。
除了愈來愈凶猛的熔岩流之外，另有一陣突如其來的風掀翻了凱的身體，讓他摔在雪地上。
嚷著「剛剛那是什麼啊！」的他試圖起身，卻不再那麼遊刃有餘。
從他腳邊冒出的火柱直沖天際。
「……這是怎——」
凱還來不及問，整個人就已消失無蹤。和字面上一樣，從這個世界上消失了。
可能是灰飛煙滅了吧，冒出火柱的地方什麼也不剩。

「凱……？你去哪裡了……？」

梅達斯當場愣住。連完全沒理會他，扛起了菲歐娜。

不能留在這裡。

儘管情勢瞬息萬變，連依舊冷靜地護著菲歐娜逃離梅達斯。

沒多久，周遭大地開始噴出熔岩。

數道從地面冒出的火柱高聳入雲，朝梅達斯撲去。

「這火焰……難道說——」

梅達斯似乎發現了什麼，一臉恍然大悟的表情。

他看見先一步退開的連之後，試圖追上去。

但是路被火焰堵住，灼熱從前後左右——全方位湧來。

「……」

他不禁自嘲……

自己和凱的存在，不過是強大存在現身前的開場表演。

烈火焚身之際，他想了很多。

例如，即使追隨魔王，也只能成為前戲的存在。

例如，名字留在傳說裡，自己無從對抗的存在。

一切都化為雲煙，從自己手底下消失無蹤。
最後一刻，梅達斯的腦袋不可思議地清晰，想通菲歐娜的力量後，笑了。
「難怪那個女的會吸引魔物、讓大家的魔力發狂。」
臨終所見景色，只有無邊無際的深紅。

「——原來那個女的，身懷**傳說之力**啊。」

耀眼的深紅淹沒視野，讓人還來不及感受到痛和熱就已徹底死亡。
那些火柱，乃是超越人類智慧的熱能結晶。

十四章 墮落的炎帝

菲歐娜還在昏睡。她的呼吸狀況沒有平復，持續惡化。

途中，連餵她喝了身上的回復藥，但是完全看不出有任何改善。

原本想先停下腳步確認她的身體狀況，但是周圍的火焰和熔岩不允許。

火焰和熔岩彷彿盯上了連身邊的菲歐娜。

儘管三不五時就差點摔倒，連依舊一邊拚命奔跑一邊思考。

（已經只剩那裡……）

連原本還在猶豫是否要去那裡——當初預定的隱藏區域。

位置在山脈內部，因此只要熔岩和火焰追上來，兩人就會死於非命。

即使如此，他依舊沒有時間遲疑。

面對持續逞凶的火焰和熔岩，連確定沒有其他地方可逃。

他只能祈禱隱藏區域還沒被火焰和熔岩淹沒。

幸好，隱藏區域距離不遠。

連擠出殘餘的力氣，拚命從樣貌改變太多的景色中找路，同時氣喘吁吁地加快腳步。

「……冒、險者……先生……」

聽到菲歐娜斷斷續續地呼喊自己，還在喘氣的連回過頭。
用「馬上就能下山了」鼓勵少女。
「……對……不起。」
看起來十分痛苦的菲歐娜不斷道歉。
再三重複的隻字片語，直到她不知不覺失去意識才打住。

一定要救她。
突然的超常現象，彷彿在嘲笑下定如此決心的連。
『——』
在強烈頭痛流竄的同時，疑似某人說話聲的聲音在他腦中迴盪。
很快地，菲歐娜脖子上的破魔項鍊便粉碎飛散。
在連的背後，原先靠項鍊效果抑制的龐大魔力試圖顯露其真面目。
聲音完全聽不出是男是女。
就連它在講什麼也聽不清楚。
連背著菲歐娜，忍著頭痛邁步。
「——、——」
再次聽見同一個聲音時，連感受到了遠非先前所能相比的頭痛。
彷彿在為菲歐娜的魔力得到解放而欣喜。

緊接著，紅色的風撲向連背上的菲歐娜，她的身體飄到半空中。
紅風罩上火焰，裹著菲歐娜不斷往前。
「該死……什麼跟什麼啊……！」
視野模糊的連向空中伸出手，依舊碰不到。
頭痛隨著菲歐娜遠去逐漸平復，就在熔岩流即將淹到腳邊時，連再度邁步。
他拚命奔跑，追趕被帶走的菲歐娜。
（這條路是……）
連此刻所走的，正是通向隱藏區域的路。

前進一會兒之後，他發現原本該有的巨岩已經碎了。
理論上打碎那塊巨岩之後，就能通往連所知的隱藏區域，此刻這條路已經暴露在他眼前。
遊戲時代，也是要調查那塊巨岩才能前進。
調查時，會出現以下的訊息。
『後面好像有什麼東西。要破壞嗎？是／否』
玩家們都會先選破壞試試。
接著因為看見後方的開闊空間而大吃一驚。
「火焰是沿著這條路往前的……嗎？」
連看見和遊戲時代一樣的景色，輕聲嘀咕。

這個通往山脈內部的空洞，中心有一道疑似古代遺跡的石階往下延伸。
連踩在腳下的階梯，寬度足夠讓五人並行。
兩端都有扶手，外側卻什麼都沒有。
只有深不見底的黑暗——照理說該是這樣。
此刻，大空洞處處可見蠢蠢欲動的火焰。
從底層冒出來的火焰，一下形成弧狀、一下像蛇一般舞動。
遠處的石牆，能看見熔岩在自身重量牽引下流瀉而出。
儘管周遭景色如此危險，連走下階梯的步伐仍舊沒有半點迷惘。
拋下菲歐娜一個人逃走的念頭，從未在他腦中浮現。
「走吧。」
連跑下階梯。
為了和她一起離開這座巴德爾山脈。

一會兒後，在這條宛如洞穴的通道盡頭，連看見了夢幻般的景色。
不可思議的是，此處沒有火焰或熔岩，仍舊是他所知的模樣。
咚——每當連邁步，腳步聲就會在空間中迴盪，礦物則有如漣漪般隨聲音發出光亮。
偶爾還能見到光像彗星一樣朝某處飛去。
藍、紫、深紅等各種顏色的光，帶給觀者前所未見的美麗。

這個地方的名字叫做「星瑪瑙地下道」。整座洞窟都是帶有條紋的玉髓，以及近似滿天星的閃亮美景。

（如果這不是遊戲場景，賺錢應該會很輕鬆吧。）

星瑪瑙並非什麼有特殊力量的寶石，價值不菲是因為它很美。

這種礦物稀少到研究員會拿它如何成形當研究主題，但是此處的岩壁、地面、天花板上滿滿都是。

連持續向前奔跑，沒有一刻停步。

他沒空調查這裡是否藏有寶物。

在連的腦袋裡，只有菲歐娜的安危。

通過星瑪瑙地下道之後，就是比方才那段階梯還要寬敞的大空洞。寬敞到足夠把連生長的村子裝進來。

抬頭往上看會發現，高度大概有在東方森林看見的大地裂縫兩倍。

這座大空洞也一樣，地面、牆壁全都是星瑪瑙。

再加上開闊程度遠非先前所能相比，會讓人有種跳進宇宙的錯覺。

和方才通過的星瑪瑙地下道不同，連在這裡看見異樣的景象。

「……怎麼會……變成這樣？」

最底層地面的中央，有個**連**不認得的東西。

約有連和菲歐娜身高相加再翻上好幾倍那麼高的巨大深紅晶簇，坐鎮該處。
被帶走的菲歐娜就在晶簇之中，而且失去了意識。
下方星瑪瑙地板帶有深紅光芒。這些光亮都是異樣景象的一部分。
原本以為只在外面逞凶的火焰，從大空洞的天花板灑下。
（火焰落在星瑪瑙地板上，導致地面發出紅光……？）
這些紅光遭到晶簇吸收，逐漸填滿其中。
每當光亮被吸取，菲歐娜的臉就會痛苦地扭曲。
唯一值得慶幸的地方，恐怕只有菲歐娜身上看不見半點傷吧。
……看到這一幕，連不禁懷疑和某個傳說的存在有關。
此外，他也怪自己太愚蠢，先前居然都沒想到。
『……咕嚕。』
突然，連的右方傳來魔物鳴叫聲。
他想到這個隱藏區域必定會有一隻的噬鋼石像鬼。剛剛的叫聲，就是屬於這種魔物。
這隻個體比連先前打倒的那對來得小，大概還年輕吧。
但是模樣不太對勁。
牠癱在地上，金屬表皮就像遭到火烤般處處融化，看起來對連有所提防。
大概是被掉進大空洞的火焰傷到了吧。
『咕嚕……嚕……！』

聽著牠氣若游絲的威嚇，讓連心裡一陣難受。
令人不忍看的外表、有氣無力的叫聲。
仔細一看，噬鋼石像鬼的體液沾濕了地面。連無言地舉起鐵魔劍指著牠。
噬鋼石像鬼見狀，『嘎！』地叫了一聲。
「……我知道。你很害怕對吧？」
但是，一聽到連溫柔的聲音，牠就垂下了頭。
牠粗重的喘息在寒冷下染成一片白，彷彿已經接受一切……不，就像在懇求對方將自己從痛苦中解放出來一樣。
「……對不起。」
連沒辦法拯救噬鋼石像鬼。話雖如此，但他也無法坐視這隻瀕臨死亡的魔物遭受折磨。
鐵魔劍貫穿噬鋼石像鬼的胸口，呼吸在一瞬之間停止。那雙在擺脫痛苦之際望向連的眼睛裡，能看見寬慰與感謝。
送完噬鋼石像鬼最後一程，觸摸牠的屍體之後——
從魔石流入手環的熟練度，讓盾魔劍升級了。
連高興不起來。就算對方是魔物，方才的畫面依舊在他腦中揮之不去。
即使如此，連還是甩了甩頭。
「我這就……去救妳。」
他驅策沉重的雙腳，看向菲歐娜所在的晶簇。

[NAME]

連・艾希頓

[職業] 艾希頓家　長男

[技能]

■魔劍召喚 Lv.1 0／0

■魔劍召喚術 Lv.3 1899／2000

透過使用召喚出來的魔劍獲得熟練度

等級 1：可以召喚「一把」魔劍。

等級 2：手環召喚期間，得到「身體能力UP(小)」的效果。

等級 3：可以召喚「兩把」魔劍。

等級 4：手環召喚期間，得到「身體能力UP(中)」的效果。

等級 5：*************************。

[已習得魔劍]

■木魔劍 Lv.2 1000／1000

可以進行相當於自然魔法（小）的攻擊。
攻擊範圍會隨著等級上升擴大。

■鐵魔劍 Lv.2 1652／2500

鋒利程度隨等級提升。

■盜賊魔劍 Lv.1 0／3

一定機率隨機搶走攻擊對象的物品。

■盾魔劍 Lv.2 0／2

張設魔力障壁。效力隨等級提升，
能夠擴張生效範圍。

踏出一步，試圖接近。
『——余已等候多時。』
有個聲音。來自連眼前的晶簇。
晶簇呼應這個聲音閃起紅光。
地下空間充滿了連從未體會過的強烈壓迫感，他的腳無視他的意識，釘在地上無法動彈。
毫無疑問，自己會死。
全身下意識地發抖，冒出大量冷汗。
發自心底的聲音停不下來，呼吸極度紊亂。
『這名使余之力覺醒的黑色少女，余再三呼喚她前來。』
這個不曉得屬於誰的聲音，連很快就猜到是誰。想一想吊橋的異狀、凱和梅達斯臨死前的景象，猜不到才奇怪。
連聽著激烈到讓人嫌吵的心跳，明白自己面對這個聲音有多麼無力。
『其他一切都想不起來。余為何在此、余是何者——全都想不起來。』
雖然沒在遊戲裡見過阿斯瓦爾，但是回想外面的火焰之後，就會覺得這個答案很自然。
那團晶簇，大概就是魔石。
那塊魔石，恐怕一開始就擺在那裡。
照連的推測，伊格納特侯爵應該是得知星瑪瑙地下道的存在，然後將阿斯瓦爾的魔石搬到外面去了。

剩下不明白的部分，只剩菲歐娜的力量究竟是什麼。
沒有什麼復活儀式，只靠一名少女就能對傳說中的龍帶來這麼大的影響，毫無疑問是稀有技能。
連鼓起勇氣。
為了將她帶離這片巴德爾山脈。
「你是紅龍阿斯瓦爾。高傲的龍。」
『……是啊。余乃阿斯瓦爾……高傲的火龍領袖，渴望戰鬥者。』
阿斯瓦爾的聲音接連響起。
每當這個聲音使得空氣、身軀搖晃，連的心臟就會用力跳一下。
（全都串在一起了。）
吊橋上的騷動，讓阿斯瓦爾的魔力在山脈中蠢動。
阿斯瓦爾的魔力產生火焰喚醒休火山，令巴德爾山脈的狀況為之一變。
一切都源自名為菲歐娜的少女。
現在連明白，菲歐娜會覺得身體不對勁，也是受到阿斯瓦爾之力的影響，
對梅達斯和凱來說，等於整個計畫都是因此而毀。
『為了殺掉邪惡魔王，以待更強者到來，余不得不戰。』
阿斯瓦爾的聲音有所改變之後，周遭立刻出現異狀。
星瑪瑙地下道開始搖晃。

耀眼的紅光填滿魔石，晶簇發出沉重的聲響浮起。
從天而降的火焰，就在魔石填滿那一刻消失。
「請等一下！魔王已經死了！打倒你的勇者盧因，也打倒了魔王！」
『休得胡說……余未死。余存在於此地，即是證據。』
可能是處於特殊狀況下吧，阿斯瓦爾完全不聽別人解釋。
為了藉由菲歐娜擁有的神祕特殊力量，讓牠的身軀得以顯現。
就在連的面前，阿斯瓦爾的魔石開始放出紅光。
光芒刺眼。源自本能的恐懼，令連無比焦急。
於是，連拚命拔起被恐懼釘在地上的雙腳，順勢撲向前去，試圖在紅龍完全復活之前打碎魔石。
紅風與紅光沒有讓連靠近，反而將他狠狠地彈到牆上。
『——弱者啊。若要礙余的事，可千萬不能忘。』
光芒之下隱約可見的輪廓，徹底化為現實。
阿斯瓦爾的四足之軀隨著劇震顯現，長頸與長尾因復活的喜悅而舞動。
高高在上的大嘴噴出烈火，轉瞬間融化了滿是星瑪瑙的牆壁與地板。
此情此景，宛如建造於巨大火山之中的武鬥會舞台。
滴落的液態星瑪瑙也導致地面融化，許多地方覆上一層熔岩。牆上更有源源不絕的熔岩流溢出。

紅光消失的那一刻，紅龍的雙眸緊盯著連。

『你面前乃是炎之王。**唯有勝過余的火焰，方可將此身焚燒殆盡。**』

比挺立於荒野的獅子更為莊嚴。

阿斯瓦爾身帶紅光，顯得神聖而肅穆。

遮蔽身軀的深紅鱗片多處剝落，藏在鱗片之下的肉身早已腐爛。

強而有力的雙眸，也有一邊遭受重創失去神彩。尾巴被砍斷不說，張開的雙翼也能看見翼膜上有許多洞。

阿斯瓦爾毫無疑問是以不死生物之軀降臨現世。

沒進行儀式，只用菲歐娜的力量與存在為媒介，有所殘缺。

在阿斯瓦爾胸口露出少許的魔石之中，能看見如嬰兒般縮成一團的菲歐娜。

「我是連．艾希頓！侍奉此地領主的騎士之子！還請您聽我解釋！」

到這個地步，如果對方還願意聽，反而令人難以置信。

但是，阿斯瓦爾拍動的雙翼突然停住了。

『——艾希頓？』

嘴角溢出火焰的牠，話音中帶有疑問。

『為什麼……**這幾個字讓余有種懷念的感覺。**』

「……咦？您聽過我的姓氏……嗎？」

『余什麼都想不起來……但是……』

阿斯瓦爾不知為何滿腔怒火。

牠在很多事都想不起來的狀態下，於口中蓄積火焰，撼動整個世界。

巨軀由四隻腳支撐，長長的頸部彎成弓型。

頭部長出的兩根角——一根斷了所以毫無反應，但剩下那根角散發紅光。

『你這等弱者說出那個名字，讓余不快。』

龍頭一扭，噴出火焰。

超越人智的火焰蔓延而來，熱度凌駕於這片令人聯想到火山的空間之上。

呈扇狀擴散的烈焰，轉眼間就已來到連的面前。

「什——」

彷彿整個世界都停住了。

但是連意外地冷靜。面對熊熊烈火，他深吸一口氣。

「你要睡到什麼時候啊！紅龍！」

他高舉木魔劍，藉由牆上長出來的藤蔓脫離地面。

閃耀的火花自阿斯瓦爾身上浮出，一陣超高溫的風加速吹向連。

阿斯瓦爾就連施展魔法都堪稱超常現象，這頭傳說巨龍身上的一切都殘酷無比。

『模仿蟲子，真是可笑。』

「可笑的是誰啊！不但變成魔石，還為了求戰而不惜搶一個女孩子回家的你，和我相比——誰才可笑啊！」

身在空中的連，眼前景象開始晃動。

壓倒性的熱不斷逼近，彷彿隨時都能把連燒成灰燼。

「對付你這種傢伙就該不擇手段！想說我卑鄙就隨便你！」

在連伸出的手前方，盾魔劍之力顯現。

超越人智的火焰撼動空氣，伴隨著巨響逼近。

就在火焰和盾魔劍接觸的前一刻，連緊張地嚥下口中唾液。

（只要一下就好！能稍微撐一下就夠了！）

緊接著，火焰碰上盾魔劍產生的障壁。

如連所願，魔力障壁並未瞬間毀壞。

連將牆上的藤蔓和樹根當成踏腳處，順著牆奔向阿斯瓦爾，縮短彼此距離。

「若是趁現在就還——碰得到！」

可能因為身軀龐大或剛醒來不久，阿斯瓦爾動作遲鈍。

本來想跳到阿斯瓦爾頭上把鐵魔劍刺進去的連，看見牠身上的高熱之後輕輕咂嘴。接著連換了個方法，用力擲出鐵魔劍。

『嘶——』

鐵魔劍避開堅固的鱗片，刺進剝落處的腐肉。

儘管鐵魔劍相較於阿斯瓦爾的巨軀又小又短，但是連使勁一擲讓劍刺得很深，衝擊甚至影響到周圍的肌肉與鱗片。

『……該死的蟲子，竟敢侮辱余。』

話說回來，不死生物會比生前弱，這是連已知的情報。

不過，光是如此無法對抗傳說級的強度。

儘管這只是連的猜測——

（要構築阿斯瓦爾這種存在，只靠她不夠。）

現在的阿斯瓦爾力量確實非常強大，但如果換成了傳承裡的阿斯瓦爾，連根本毫無機會。

因此擲出鐵魔劍之後，連和阿斯瓦爾保持距離，並且思考對策。

第一種可能，阿斯瓦爾的傳承或許有不實之處。

另一種可能，阿斯瓦爾化為不死生物的過程並不完美。

連認為是後者。

阿斯瓦爾胸口稍稍露出的魔石內側，閃了幾次紅光。

每當光芒閃爍，菲歐娜就會痛苦地縮起身子發抖。

恐怕阿斯瓦爾是在吸收她的魔力等力量吧。

（沒時間了。）

阿斯瓦爾張開雙翼。

儘管千瘡百孔的翼膜看起來十分悽慘，散發的深紅光輝仍舊令人畏懼。
彎成弓形的強壯身軀一抖，雙翼猛然拍動。
那壓倒性的強大，令人忍不住要笑出來。
阿斯瓦爾輕而易舉地用風壓吹翻遠處的連。
『化成灰吧。』
牠在口中蓄積超越人智的烈焰，準備朝下噴出。
「抱歉，我暫時不打算死！」
被風吹走的連，再度擲出重新召喚的鐵魔劍。
嫌棄自己沒新招的他，瞄準阿斯瓦爾的眼睛。
無聲的咆哮迸發，烈焰隨之揮灑。
氣勢洶洶的壓倒性強者阿斯瓦爾，身上火焰愈發凶猛，在鐵魔劍碰到自己之前就把它給融化了。
連猛然撞上星瑪瑙牆壁，抓住藤蔓的手微微顫抖。
阿斯瓦爾得意地笑了。
『弱者絞盡腦汁的模樣，余並不討厭。甚至覺得有點可愛。』
如果有旁觀者在場，或許會覺得連已經夠努力，甚至可能會有人懷疑阿斯瓦爾沒資格被稱為傳說。
但是，阿斯瓦爾才醒來沒多久。

理論上判斷力會隨著時間恢復。
更何況，納入魔石之中的只有菲歐娜，讓阿斯瓦爾成為阿斯瓦爾的魔力壓倒性地不足。
所以魔石裡的菲歐娜才會痛苦地扭動身子。
想來是阿斯瓦爾強行吸取她的魔力。
『……？』
話雖如此，不過希望確實存在。
強行吸取菲歐娜力量的阿斯瓦爾，腳邊突然晃了一下。
遮蔽巨軀的鱗片逐漸掉落。
就連腐肉也出現液化現象，使龍鱗沾上了汙穢。
「身體承受不住自己的力量嗎？」
據說當年是被七英雄打倒的阿斯瓦爾，本來該是連望塵莫及的傳說存在。
連之所以能像這樣和牠對抗，都是因為阿斯瓦爾並不完整。
儘管還是不知菲歐娜的力量為何、對阿斯瓦爾造成了怎樣的效果，才會形成現在的狀況——
（幾乎沒有記憶的失控……果然不完整啊。）
面對眼前的微小希望，連不斷深呼吸。
情況不允許他拖下去。
一來菲歐娜很危險，二來連自己有可能喪命。
『余的身體竟不聽使——嘎！』

阿斯瓦爾這回吐出的並非火焰，而是漆黑的鮮血。

但牠恐怕還是不會停。記憶缺失嚴重、忘記生前榮耀而精神異常的紅龍，打算戰鬥到這副身軀衰亡為止。

『……冒稱艾希頓的愚蠢賤民啊，你堅持要那麼厚顏無恥嗎？』

「隨你怎麼講。不管怎樣，我都要把她救回來。為了救她，即使對手是你，我也不惜一戰。」

喘息已畢的連，堅定地看著阿斯瓦爾。

「自己毀掉過往榮耀的你，實在讓人看不下去。」

阿斯瓦爾知道艾希頓雖然令人驚訝，但是連沒打算多問。

重點在於該怎麼打倒那隻怪物。

接近會遭受熱浪重創，鐵魔劍又很難砍進去。話雖如此，自己卻沒有遠程攻擊的手段。

『弱者啊——余並不討厭你這種不要命的人。』

聲音消失。

地下空間充滿讓眼前一切產生扭曲的濃密魔力，唯有坐鎮火焰中央的阿斯瓦爾清晰可見。

遠處滴落的熔岩停在半空中，接著逆流似的被吸往上方。

就在這時——

屏息以待的連眼前，阿斯瓦爾頭上存在感格外強烈的部位——沒斷的那一根角熠熠生輝。

上頭的紅光變得更為耀眼，遠非方才所能相比。

或許就是那根角，強化了阿斯瓦爾的火焰與熱度。

如果把角打斷可以降低周身熱度，說不定就能抵達封住菲歐娜的魔石所在處。

看見連思索的模樣，阿斯瓦爾冷笑。

『永眠吧。』

消失的聲音回歸，扭曲周遭的濃密魔力爆發深紅光芒。

風暴與爆炸引來熔岩與火焰，一道深紅高牆以阿斯瓦爾為中心產生，範圍遍布整個地下空間。

連無處可逃，也不覺得能靠盾魔劍擋下來。

判斷力恢復，又得到了菲歐娜之力，阿斯瓦爾釋放的力量無疑便是傳說。

即使變為不死生物讓牠弱化到遠不及生前，釋放的烈焰依舊讓噬魔怪相形之下成了火柴棒。

然而，情況有了變化。

某種力量凍住連的周圍，散發琉璃色光輝的冰塊包住了他。

深紅高牆被擋住了。

「這是——」

冰塊融化殆盡。

原本足以造成嚴重燙傷的蒸氣，被隨之而生的寒氣抵銷。

連驚訝地看向阿斯瓦爾的魔石，仔細打量封在裡面的菲歐娜。

『請你……快逃。』

有那麼一瞬間，她的眼睛似乎睜開了。

她的眼神彷彿這麼說，在連心中掀起軒然大波。

不過僅此而已。她痛苦地縮成一團。

「要丟下妳逃跑，我做不到。」

而且，阿斯瓦爾的模樣也不太對勁。

『咕……喔……這是……怎麼回事……嗚……』

阿斯瓦爾面容扭曲，巨軀晃動。

牠痛苦地呻吟，半毀、腐朽的龍鱗不斷撒落。

連順牆而行拉近距離，避開熔岩回到地面，然後和先前一樣狂奔。

魔石內的菲歐娜還有意識。

知道她也在拚命抵抗，讓連決定賭上性命救她。

（可是，該怎麼辦才好？）

在這短暫的時間之內，連為了後續攻勢壓榨自己的腦袋。

他考慮過用盜賊魔劍搶回菲歐娜，但是偷竊之力看機率，無法保證生效。真要說起來，要從阿斯瓦爾身上奪走魔石或菲歐娜，相當於竊取內臟，以盜賊魔劍的性質而言應該做不到。

（果然，只能試著對那根角下手。）

阿斯瓦爾的角，恐怕比連想像的還要堅固。

上頭澎湃的力量鮮明可見，若用鐵魔劍砍下去，怎麼想都會是自己倒楣。

必須想辦法壓制阿斯瓦爾，並且以對他有效的力量攻擊那根角。

（……這麼剛好的力量要去哪裡——）

努力讓腦袋運轉的連，突然睜大了眼睛。

「——我有。」

唯一一種因為傳說巨龍淪為不死生物而得以生效的力量，就在連的**腰間**。

『——』

高聲咆哮的阿斯瓦爾舉起前肢，往連前進的方向砸下。

角依然閃閃發亮。

熔岩包圍的舞台猛然搖晃，熔岩流化為浪潮湧來。

連輕輕一跳，但龍頭早已對準他躲避的方向，朝連噴出無情的龍焰。

看見足以燒穿熔岩流的龍息，連造出自然魔法的藤蔓後伸手一抓，瞬間來了一個迴旋。

他靈巧地在空中轉換方向，試圖躲避灼熱龍息。

「嗚……」

掠過他臉頰的，只是一陣熱風。

即使如此，難以言喻的劇痛仍舊讓連面容扭曲。

接著紅龍一爪拍向地面，令熔岩流高高濺起。

飛散的一切，都是一碰到就能讓身體融化的熱能結晶。

在凶猛的高溫之中，連一邊躲避如雨灑下的熔岩，一邊拚了命地前進。

阿斯瓦爾張開雙翼，放出紅色閃光。

它隨心所欲、肆無忌憚地撲向地下空間。

「嗚……」

紅色閃光帶來的熱浪與熔岩攔在連面前，熔岩流自背後湧來。

面對紅龍的包圍網，連縮了一下，踏腳處瞬間小了一圈。

連承受著來自包圍網外的高溫，深吸一口氣。

儘管熱氣讓肺呼痛，他仍舊以讓氧氣遍布全身為優先，嚥下了口中唾液。

『只會等死的你，還能做什麼？』

「當然是——」

連高舉鐵魔劍，對準擋在面前的一切。

「這麼做！」

魔劍劈落，仿效阿斯瓦爾以力量開路。

揮劍產生的風壓掃開熱浪，鐵魔劍砍中地面時造成的衝擊，將熔岩分割成左右兩邊。

連沒有半點遲疑，投身於這條還有餘溫的路。

他一手拿出為這個時候保留的回復藥並喝乾，把空瓶甩向熔岩。

周圍的火焰漩渦朝連撲來。

只要碰到就會在瞬間被焚燒殆盡的灼熱奔流。

連沒有放緩腳步，把一切堵在盾魔劍創造出來的一瞬間。
阿斯瓦爾再度展翼，揚起龍頭。
『匍匐於地，灰飛煙滅吧。你將連影子也不剩。』
阿斯瓦爾的頭高高在上，噴出扇狀擴散的烈焰。
面對扇狀龍息，連不退也不躲，加速衝向阿斯瓦爾。
『真是愚蠢。沒想到你只曉得前進。』
「說我蠢？抱歉，我可是玩真的！」
躲開會燒成灰，退後會連影子也不剩。
既然怎麼做都要灰飛煙滅，也只能勇往直前豪賭一把。
用盾魔劍抵擋攻擊，以鐵魔劍製造風壓。
他不是閉著眼睛消耗魔力，一切都是為了接下來的那一瞬間。
『迎接你的末日吧——弱者。』
連笑了，臉上沒有半點懼色。
「你在保護自己的身體，我一清二楚。」
連已經看出來，阿斯瓦爾一直小心翼翼對待那不完整的身軀。因為牠始終留在同一個位置，從未嘗試移動。
再次噴出的龍息向連逼近。
這一噴是為了消滅連，熱度恐怕足以瞬間蒸發一切。

「要沉眠的是你！給我再一次——落入真正的永眠！」
連進一步壓榨盾魔劍，源源不絕地注入魔力。
即使做出這麼多努力，也只能爭取不到一秒的短短一剎那。
烈焰轉眼間就燒掉了連的盾。
盾在接觸的瞬間化成光粒子，只是輕輕一碰就足以讓一切變為灰燼。
但是，連賭命爭取到的這些許空檔，比龍息改變角度要快上一點點。
連腳蹬大地，沿著阿斯瓦爾的身軀向上衝，猛然一跳。

緊接著——
突然產生的寒氣，奪走了連的目標——阿斯瓦爾頭部附近熱結晶的能量，使得那一帶的高溫緩和下來。
為了回應菲歐娜的意志，連毫不猶豫地衝進熱浪之中。
得到菲歐娜之力保護的連，拚命抵抗足以令人失去意識的高溫。
最後，他抵達阿斯瓦爾的頭頂。
「對付你這隻不死生物，聖女（莉希亞小姐）的力量應該有效！」
連從腰間拔出莉希亞贈送的護身短劍。
刺進阿斯瓦爾的角。
『————』

明顯與先前不同的悲痛哭喊，在地下空間迴盪。

莉希亞（聖女）封進這把短劍裡的魔力，逐步侵蝕巨龍汙穢的身軀。

連認為角是重要器官，實際上似乎也如他所料，那根角對阿斯瓦爾來說是產生力量的重要部位。

帶有白色聖女莉希亞魔力的劍刃，直接刺在上頭。

『咕喔……！為何這種破銅爛鐵——能傷到余的角…………』

承受劇痛的阿斯瓦爾猛然一甩頭。

阿斯瓦爾周身的閃耀紅風瞬間銷聲匿跡，巨軀上頭的紅鱗一片片掉落。每當甩著尾巴扭動的阿斯瓦爾撞上牆壁，就會有大片星瑪瑙飛散。

儘管只要一次撞擊就能對連造成重大傷害，他卻毫不畏懼。

在他看來，一旦錯過這個機會便再也救不回菲歐娜。

「再來……！」

於是他以插在角上的短劍為支點，鞭策瀕臨極限的肌肉。

菲歐娜放出的寒氣雖然已經消散，角受到短劍傷害的阿斯瓦爾身上熱度卻也減弱了不少。

身上的灼傷還在。

但是沒死。只要還能戰鬥，對現在的連來說就已足夠。

『——！』

阿斯瓦爾更用力地抖動、搖晃。牠伸出前肢想抓住連，卻碰不到。

或許因為牠是不死生物。或許因為牠的力量不夠維持身軀。

如果沒有蘊藏莉希亞魔力的短劍，現在的連想傷到阿斯瓦爾都難如登天。

連雙手使勁，用短劍往角上猛戳。每當傷口產生，便有嚎哭聲迴盪。

『啊──────』

每當阿斯瓦爾吶喊、咆哮、啼哭，角上就會噴出紅黑色體液。

牠將頭部對準地面，企圖把連送進熔岩流之中。

「還差一點……！」

頸部如鞭甩動。

熔岩流就在眼前。熱浪不斷逼近，要把連沉進火焰裡。

可是──角上產生的裂痕，終於。

「啊啊啊啊啊啊啊！」

遍體鱗傷的連大吼一聲，角上裂痕遍布，深紅閃光伴隨著鮮血溢出。

角徹底斷了，或者該說它的根部碎了。

斷面散出碎屑和鮮血。

因為深紅閃光而睜不開眼的連，和脫離頭部的巨大龍角一起飛到半空中。

同一時間，莉希亞灌進短劍裡的魔力也耗盡了。

『咕──喔──』

衝擊與痛楚以斷角處為起點，襲擊阿斯瓦爾的全身，巨軀轟然倒下。

散落的鱗片與形成漆黑霧氣的飛濺體液放出蒸氣。
阿斯瓦爾以沙啞嗓音說出：『你……』憤怒地想要起身。
巨龍稱之為弱者的少年，連，逼近那顆露出些許的魔石。
他走到阿斯瓦爾試圖抬起的身軀……那露出些許的魔石旁邊，召喚鐵魔劍。
「還沒……完！」
連命令他那副像是齒輪少了潤滑油而僵硬的身體，將鐵魔劍砸向封住菲歐娜的魔石。
阿斯瓦爾昂首嚎叫，龍焰亂噴。
連一再重擊阿斯瓦爾的魔石，堅決不停手。

只想著破壞魔石的第二擊。
看見魔石後因為菲歐娜還活著而鬆口氣的第三擊。
聽著阿斯瓦爾的哀嚎，但絕不掉以輕心的第四擊。
在第五擊時，鐵魔劍應聲粉碎，阿斯瓦爾的魔石也碎了。
『————』
阿斯瓦爾的咆哮撼動了整個地下空間。
溢出的熔岩流來勢洶洶，前所未有的劇烈搖晃，使得頭頂如雨灑下的岩石將其數量、大小變為更進一步的威脅。

魔石中蘊藏的魔力撫過連的臉頰。

這股失去歸宿的魔力纏上了連的手環，甚至是整隻手臂。

「嗚……居然在最後關頭！」

連的一隻手臂因此嚴重灼傷。

表皮染成了暗紅色，一旦勉強使力就會帶來劇痛。

他用沒事的手臂護住灼傷的那隻手時，手環自顧自地發出光芒。

上頭的水晶浮現文字。

・炎魔劍（等級1：1／1）

用一隻手臂當代價得來的新魔劍。

連硬是抱起菲歐娜，讓她擺脫阿斯瓦爾。

她輕輕睜眼，看向連。儘管從那虛弱的眼神看得出還沒完全清醒，不過她毫無疑問正看著連。

「……冒險者……先生？」

「抱歉，我來晚了。」

冷汗直冒的連，裝出一副沒什麼大礙的模樣，抱著菲歐娜遠離阿斯瓦爾。

現場安靜得令人毛骨悚然。阿斯瓦爾伸長脖子僵住不動，像是已經死亡，但並非如此。連的本能察覺有危險，因此他在奪回菲歐娜的那一刻就已決定逃跑。

「……對不起。」

連拔腿往外跑，菲歐娜在他懷裡流淚道歉。

「我……其實——」

「不需要道歉……這不是任何人的錯。這種事，沒人能料到。更何況妳保護我很多次，不可以道歉。」

少年溫柔的聲音打動了菲歐娜的心，眼淚再度奪眶而出。

為了盡可能緩和連的痛楚，菲歐娜把手放到他灼傷的手臂上，驅使自己殘餘的魔力。

用令人感到舒服的寒氣，裹住他的手臂。

連輕聲道謝，看向一條與來時路不同的新路。通往外面的路。

（總會有辦法的。）

阿斯瓦爾的角已經被連打碎，魔石也遭到破壞，所以力量極度弱化。

受牠影響的熔岩流也漸漸平靜下來，應該逃得掉才對。

『呼……呼——』

但是，阿斯瓦爾還在這片地下空間。

碎了角、沒了魔石的阿斯瓦爾，已經數分鐘之前僅剩的些許知性也蕩然無存，身體腐壞的程度愈來愈嚴重。

牠的眼睛放出藍光，嘴巴噴出的不再是火焰而轉為瘴氣。每當阿斯瓦爾踏出一步，地面就會冒出腐臭和瘴氣。
就算是不死生物，在魔石都被打碎的狀況下，照理說也該死透的……
那全身腐壞卻還是持續移動的模樣，讓人想到牠生前的強悍。
（必須想辦法出去——）
連的腦袋裡，只想著要離開現場。
菲歐娜此刻已經能靠自己站立，正扶著連往前走。
「不好意思，讓妳看見這麼丟臉的模樣。」
「不。你是我所認識最勇敢的人。」
菲歐娜也走得很辛苦，但狀況還是比連好。
可能先前的衰弱都來自阿斯瓦爾的影響吧，隨著阿斯瓦爾的弱化，她也漸漸恢復原本的活力。
「嗚……」
「冒險者先生！」
連一步沒踩好，搖搖晃晃地往前倒。
在旁攙扶的菲歐娜趕緊撐住連。
視野幾乎一片黑暗、意識也已模糊的連，輕聲說：「妳快逃。」
但是，菲歐娜堅決不肯。
即使腳步變得比方才在旁邊攙扶時更慢，依舊努力往前走。

菲歐娜回過頭去，看見阿斯瓦爾逐漸逼近。
沿路散發瘴氣的腐爛身軀令人作嘔，墮落的傳說依然可怕。
「嗚……別過來！」
菲歐娜造出冰牆，但是爬向兩人的阿斯瓦爾毫不在意。
理應十分堅固的冰牆被輕易突破，彷彿從一開始就不存在。
『喔喔喔喔喔喔喔喔──！』
持續靠近的阿斯瓦爾不斷將前肢砸向地面，讓菲歐娜膽戰心驚。
星瑪瑙化為石塊撲向連和菲歐娜。
菲歐娜不斷用冰牆擋下，卻讓阿斯瓦爾在短時間內拉近距離。
「……！」
就在巨大前肢終於要碰到兩人時，菲歐娜和剛剛為連擋下龍息時一樣，用堅固厚重的水晶狀冰塊遮住連和自己。
前肢帶來的衝擊使得菲歐娜摔倒在地。她臉頰擦到地面，流出鮮紅的血。拚命求生的菲歐娜並未注意到，**她的血一碰到連就由紅轉黑**。
「連──不。冒險者先生。」
菲歐娜爬向一同倒下的連，不斷說：「對不起。」
冰牆之外，傳來阿斯瓦爾再三猛砸的聲響。
阿斯瓦爾雖然失控，但是力氣遠比和連交戰時弱，打破菲歐娜的冰需要時間。

「等到冰塊碎了，我會再包住你一次。」

臉頰已被鮮血和淚水沾濕的少女，將連的頭放到自己腿上。

「為了讓你回克勞賽爾，我一定會阻止那頭龍。」

她道了已不知是第幾次的歉後，頭一次伸手撫摸連的臉。

「……我們明明已經約好了，真的很抱歉。把你牽扯進這種事，真的真的……很抱歉。」

菲歐娜仔細地為他擦汗，輕聲訴說對於他捨命解救自己的感謝。

終於，冰牆出現巨大裂痕。

「——真的很感謝你，在堡壘為我著想。」

最後，有句話她無論如何都想說出口。

「雖然只有大約一年，但是多虧有你，讓我能在最後活得像個人。」

想著最後要再看連一眼的菲歐娜，轉過頭去。

但是，她不願流著眼淚道別，硬是擠出微笑。這麼一來，就能把在他身邊迎接死亡當成一種幸福。

……嗯。已經沒事了。我撐得住。

所以，這次真的得結束了。

「再見了——**連公子**。」

菲歐娜說出道別的話語，眼眶裡的淚水緩緩流過她的臉。

◇◇◇◇

連回過神時，發現自己身在一處陌生的迴廊。
地面鋪上了黑色大理石，非常寬敞。
左右兩側是多扇間隔相等的美麗彩繪玻璃窗，窗外一片黑暗，可能正值夜晚。挑高的天花板上有奢華的吊燈，照亮連前行的路。
往前走了一段時間後，出現一道巨大的門。
門上雕有複雜的圖案，連試了好幾次都打不開。
不過，就在某件事發生之後，門突然開了。
『……明明已經約好了，真的很抱歉。』
先是聽到菲歐娜的聲音，接著門上響起「喀洽」的解鎖聲。
門自己敞開，邀連入內。
呈圓筒狀的牆壁上，同樣是彩繪玻璃窗。這裡比起迴廊更顯奢華。
玻璃上描繪的似乎是戰爭，莊嚴，而且具有讓人屏息的壓迫感。
踏入房間裡，可以聽到腳步聲在室內迴盪。
連聽著這陣令人寂寞的腳步聲，注意到房間中央有個台座。

台座上插著一把漆黑長劍。

周圍散發濃密的魔力，景色晃動不安。

連走向那把劍。背後傳來關門聲，但是他沒放在心上。

自己為什麼在這裡？這裡是什麼地方？他拋開這些念頭，只關注漆黑長劍。

『——真的很感謝你，在堡壘為我著想。』

某處響起菲歐娜的聲音。

聽起來像是近在身旁，又像遠在別的世界。

『雖然只有大約一年，但是多虧有你，讓我能在最後活得像個人。』

菲歐娜哀傷的話音，讓連急著要趕回她身旁。就在他思考該怎麼回到外面時，眼睛卻下意識地看向漆黑長劍。

不可思議的是，連總覺得那把劍在對他說話。

『再見了——連公子。』

連聽著菲歐娜的聲音，走近漆黑長劍。

他注意到手環在發光，於是往手環看去。

・？？？？（等級1：1／1）

和耶露庫庫交戰時，受到莉希亞魔力影響所顯現的魔劍，標示與此刻一樣。

那麼，這把漆黑長劍也是類似的存在嗎？這把劍是不是與菲歐娜隱藏的力量有關係？她體內也有魔石嗎——連稍微想了一下。

然而，總覺得不太一樣。

連冷靜地回想，剛剛聽到菲歐娜說話聲之後響起的疑似開鎖聲。

雖然有可能是她的力量對連產生作用，但是沒有受到她體內魔石影響的感覺。

那麼，代表這把漆黑長劍一開始就屬於連——這也就是說……

（還是搞不懂啊。）

連先是懷疑自己體內有魔石，但很快就笑著拋開這個蠢念頭。

「什麼都行。只要能幫助她就好，把力量借給我。」

連握住漆黑長劍，濃密的魔力源源不絕流入體內。

遍體鱗傷還能行走，本身就很不可思議。但是除此之外，還有一股從未體驗過的滿足感流竄連的全身。

身體得到滿足的感覺持續了一陣子，在結束的同時，漆黑長劍也消失了。

連的背後傳來開門聲。

和先前不同，門後是耀眼的光亮。他本能地明白可以回到原來的世界，於是邁步走向光明。

他自然而然地想到炎魔劍。

「出來吧——炎魔劍。」

一聲令下，連沒戴手環的那隻手——方才還握著漆黑長劍的那隻手……
蘊藏火焰的直劍，理所當然地順應召喚而現。

・炎魔劍（等級1：■／1）

隨著連離門愈來愈近，炎魔劍的外觀逐漸改變。
裹住劍身的火焰緩緩變色，劍身也逐漸伸長。
連繼續往前走，劍柄尺寸也變了，先前從頭到尾都是銀色的劍身與劍柄，轉為沒有一絲瑕疵的金色。

・炎■劍（等級1：■／1）

來自漆黑長劍的一切力量，被炎魔劍逐步吸收。
現象隨著足音進展，炎魔劍化為長度和連身高差不多的長劍，映在手環水晶裡的名字換了一個。
映出的名字是，**炎劍阿斯瓦爾**。

來到充滿光亮的門扉之前，連感受到了身上的痛楚與疲憊。還有魔力幾近枯竭帶來的頭痛。遺忘的手臂灼傷也痛了起來，要他做好前往現實的心理準備。

不過，他已經取回了足以活動的力氣，手裡還有黃金魔劍。

雖然方才這段時間的現象令他有所疑問。

「……算了，沒差。」

既然和菲歐娜的力量有關，那麼直接問她就好。

「先打贏這一仗——這才是重點吧。」

等一切結束。等打倒失控的阿斯瓦爾。再詢問她身懷怎樣的技能吧。

連勇敢地走向光明。

◇◇◇◇

菲歐娜護著連，不斷以冰魔法擋下阿斯瓦爾的攻擊。

她也到了極限。阿斯瓦爾的強壯前肢逐漸接近。她能肯定，下一次自己就會抵擋不住而喪命。

但是，菲歐娜沒死。

「……咦？」

顫抖的她，被連摟進懷裡。

逼近的前肢，被連手中長劍放出的火焰彈開。
阿斯瓦爾被震退，菲歐娜輕聲問道：
「……連……公子？」
絕望的深淵有了天翻地覆的變化。
仰頭看向連的黑髮少女，顫抖著等待他的回應。
「——是。抱歉說得晚了點，我就是連‧艾希頓。」
眼淚自菲歐娜臉上滑落。淚水奪眶而出的她看著連，露出疲憊的微笑。
她還是第一次有這種感覺。
菲歐娜緊盯著連，注意力全放在摟住自己肩膀的他身上。
「我……早就知道了……！還在堡壘的時候，我就知道你是連公子……！」
「呃，為什麼會認出我？」
「呵呵……因為，我沒說過我的藥有用到魔物素材呀？」
那一天、那一晚，連在喝茶時說溜了嘴。
「所以我在想，說不定……然後從偶然經過的騎士口中問到了你的名字。」
「哈哈……原來如此。看樣子是我的疏忽。」
「不，不對！就因為這樣我才能認識你！而且你是為我著想，打算下山之後再告訴我，這些我都自己問出來了——！」
正如騎士對連所說的，菲歐娜詢問時他無法說謊。

不過，在得知原委後，菲歐娜選擇尊重連的考量和體諒。
她打算像連考慮的一樣，等到下了山比較冷靜之後再說。
因此菲歐娜拜託騎士，不要把自己主動詢問的事告訴連。
明明是體諒別人，實際上卻是人家體諒自己，連知道後嘆了口氣。
「在道歉之前，請先讓我遵守約定。」
「約定？」
連對菲歐娜笑了笑，讓少女下意識地盯著他看。
「嗯。因為我已經答應過，絕對會把妳送出巴德爾山脈。」
阿斯瓦爾昂首飛起，沿途散發瘴氣。
『嘰————！』
瘴氣雖然會被連放出的特殊火焰淨化，阿斯瓦爾卻在高空張開牠腐爛的身軀，噴出扇狀瘴氣。
連沒有躲避，也沒用菲歐娜的冰魔法或自己的盾魔劍擋下。
而是使盡全身力量將炎劍阿斯瓦爾往上一揮。
產生的烈焰撞上阿斯瓦爾的瘴氣，從中心點散發的深紅波紋擴散到整片空間。
菲歐娜無法動彈。
看見比自己小的少年展現出不符合年紀的強大，令她忘記了一切恐懼。
她不願把目光從一再解救自己的英雄身上挪開，連一瞬間都不行。

「……好厲害。」
最後，連手裡的炎劍阿斯瓦爾贏得勝利。
當火焰開始撲向氣若游絲的阿斯瓦爾時，牠掙扎地拍動雙翼，試圖逃離逼近的火焰。
『——！』
持續飛翔的阿斯瓦爾在空中大吼一聲，就這樣把地下空間的天花板撞出了一個大洞。
阿斯瓦爾身軀的中心散發深紅光芒，空洞的眼睛裡同樣有著深紅光輝。
刺眼的光照在連和菲歐娜身上。
連仰頭看去，只見阿斯瓦爾張開雙翼，高高揚起牠的長頸。
從天而降的雪花與周遭的熱氣，都被牠嘴邊的深紅光球吸了過去。周遭的火焰、熔岩也都被吸往空中。
最後整座巴德爾山脈都開始搖晃，呈現令人聯想到天災的異常景象。
失去理智的不死生物阿斯瓦爾，擠出了最後一分力量。
生前強大到被稱為傳說的牠，此刻因為不完整的復活而變得脆弱。
賭上所有的一擊，堪稱神乎其技。
這一發賭命的攻擊，理論上能摧毀整座巴德爾山脈，奪走連和菲歐娜的性命。
既然如此，也就和一開始沒兩樣，只有一條路可走。

「我要結束這一戰。」

深紅光球吸盡一切。

將聲音也吸收的光球離開了阿斯瓦爾，靜靜落向地面。

連高舉炎劍阿斯瓦爾，牢牢握住劍柄，集中所有力量。要使出全力終結這場戰鬥。

「嗚……」

但是，連的手臂開始搖晃。

身體消耗太大、累積太多疲勞，讓他無法負擔炎劍阿斯瓦爾的重量。

一雙白皙的手，疊在連的手上。

那是菲歐娜的手，沾滿了沙土、汗水，跟連一樣受到灼傷。

「不好意思，伊格納特小姐。」

連看向菲歐娜，她微笑點頭。

「叫我菲歐娜。如果連公子不嫌棄，以後請這樣稱呼我。」

為了做到這點，必須打倒敵人。

必須在這裡阻止為大地帶來深紅光球的紅龍。

『喔喔喔喔喔喔喔喔喔喔喔——』

深紅光球隨著咆哮膨脹，散發耀眼光芒。

消失的聲音瞬間回歸，巨響迴盪。

無論是連還是菲歐娜，都不為所動。
尤其是連，他只想著為這一戰劃下句點。
「**唯有勝過余的火焰，方可將此身焚燒殆盡……**你是這麼說的吧。」
和菲歐娜一起揮下炎劍的少年，連，輕聲說道。
「沉睡吧——希望這一覺深到你不會再醒來。」
黃金劫火裹住深紅光球，形成火焰螺旋直奔遠方的大洞。
傳說放出的深紅光球，被超越自身的火焰焚燒殆盡。

◇　◇　◇　◇

在不知不覺間睡著的菲歐娜睜開眼睛，感到困惑。
因為連背著自己，走在積雪的道路上。
「連……連公子！」
「啊，早安。現在下山容易多了。」

打倒阿斯瓦爾之後，菲歐娜就失去了意識。

發現這件事的她羞紅了臉。

她立刻表示要自己下來走。但是按照連的說法，菲歐娜的腳踝似乎嚴重扭傷。

即使如此，菲歐娜還是很不好意思地說：

「沒、沒關係！畢竟連公子也很辛苦……！」

聽到這話，連苦笑著回答：「至少等到和救援的人會合吧。」

等到菲歐娜的緊張稍微舒緩之後，她突然發現自己的身體前所未有地輕盈。

「果然……變少了。」

「菲歐娜小姐？」

「那個……本來該在我體內的**黑色力量**，似乎只剩一點點……」

「……嗯？」

看見連一臉疑惑，菲歐娜似乎下定了決心，繼續說道：

「就是我與生俱來的技能，**黑色巫女**。」

這個第一次聽到的技能名稱，讓連十分困惑。

「抱歉一直沒告訴你……因為這種力量不太方便說出口。」

一想到是這種力量導致阿斯瓦爾復活還把連拖下水，就算有父親攔阻她依舊無法保持沉默。

菲歐娜是在懺悔自己一直以來的隱瞞。

「可以告訴我嗎？」

菲歐娜點點頭，回答：

「連公子，你知道黑色巫女這個技能的存在嗎？」

「不，第一次聽說。」

「那麼，我先為你說明它是個怎樣的技能。」

黑色巫女相當於魔物的聖女。

此外，以前的魔王支持者裡似乎有人身懷這項技能，因此伊格納特侯爵評估後決定隱瞞這項情報。

不難想見，得知技能名稱的人會因此鄙視菲歐娜。

在雷歐梅爾，七英雄的影響力很大，考慮到黑色巫女的過往，會有這種反應也不足為奇。

「然後，黑色巫女的力量變弱了，是嗎？」

「我自己也不太清楚，但是這股力量好像沒有弱化。不過該怎麼說呢……感覺原先在我體內的黑色巫女之力，**有一部分**很不可思議地銷聲匿跡了……」

身懷黑色巫女之力的人，個個與生俱來就有龐大的魔力。這種魔力有賦予魔物力量的特殊效果，此外還有對於魔法的適性特別高等等，在運用魔法方面往往天賦異稟。

菲歐娜此刻所說，就和這股龐大的魔力有關。

這股魔力的一部分，在今天之前都還為了尋找去處而在她體內——特別是胸口一帶蠢動，宣揚自身的存在。
對於她來說，這是最大的麻煩。
「用竊狼素材製作的藥吸收了多餘魔力，幫我把它們排出體外，但是沒辦法完全排除，還是有些留在體內。不過，只剩下偶爾會有點痛的程度。」
最後會變成完全不痛，只感受到些許魔力留在胸口。藥物讓菲歐娜的身體不再受魔力侵蝕，加上她自己這一年來有成長，因此已經能承受不斷溢出的魔力。
現在，胸口好像已經完全感受不到那股魔力了。
「會不會是因為對阿斯瓦爾發揮了近似於死靈術的力量，造成影響？」
連一說完，趴在他背上的菲歐娜便搖搖頭。
「應該不是。因為黑色巫女沒有把魔物屍體化為不死生物喚醒的力量。」
聽到她這麼說，連陷入沉思。
（不過從那傢伙的說法來看，牠好像早就發現菲歐娜小姐的氣息，恐怕不能將牠當成普通魔物看待。）
這只是連的猜測。
或許是阿斯瓦爾的強度遠超其他魔物，因此黑色巫女「賦予魔物力量的效果」產生作用，偶然地將阿斯瓦爾化為不死生物並喚醒。
牠會以那種實在不怎麼完整的形式復活，想來理由也在於此。
到頭來，究竟是什麼對菲歐娜的身體造成影響，這點依舊令人在意。

「剛剛你救了我之後，我的魔力漸漸有所恢復。儘管如此，胸口卻沒有感受到半點異狀。」
「這也就表示，影響或許不是來自阿斯瓦爾。」
連沒有說下去，而是在心裡嘀咕：「果然是我嗎……」
連發動炎劍阿斯瓦爾之力前陷入的神祕空間，還有擺在那裡的漆黑長劍。如果把它們當成菲歐娜的影響，也解釋得通。
感覺和受到莉希亞魔力影響而顯現的耀眼魔劍有些相似。
「那個……剛剛所講的那些，是從我希望至少讓連公子活下去的時候開始。」
從菲歐娜的血染成黑色那時開始。
「妳是說，胸口變得感受不到任何異狀？」
「對。一開始我以為是魔力被阿斯瓦爾消耗太多。不過我後來又想，說不定是連公子幫了什麼忙……」
聽完她這番話，連皺起眉頭。
黑色巫女將她的部分力量給了魔劍召喚。
這個世界還是老樣子充滿謎團，而且這件事怎麼看都和炎魔劍的名字變成炎劍阿斯瓦爾有關。
如果把連帶到那個世界是黑色巫女之力的影響，連倒是能夠理解。
菲歐娜說感覺力量的一部分銷聲匿跡，想必理由就在於此。
感覺就像是黑色巫女向連**宣誓效忠**，所以她才失去了部分力量。

（還有破魔項鍊。）

菲歐娜觸碰到連的時候，破魔項鍊曾出現神祕反應。

（碰到我產生的反應之所以只有一次，是因為當時**黑色巫女和魔劍召喚術**有了某種緣分……第二次則是已經穩定才會沒反應……嗎？）

正如連本人僅止於懷疑，這些都沒有定論。但如果事情真的與猜測相符，就算項鍊的反應與製作者的意圖抵觸，好像也沒什麼不對勁。

畢竟是能夠召喚那種強大魔劍的力量，無法完全理解也不足為奇。

順帶一提，現在手環已經看不到炎劍阿斯瓦爾的名字，也沒有任何關於漆黑長劍的標示。只剩下新得到的炎魔劍。

（和受到莉希亞小姐影響那次一樣呢。）

若要再次讓那股力量顯現，或許得再次仰仗菲歐娜的神祕力量。得到的結論，和春天思考莉希亞的魔石那次相同。

「不好意思，菲歐娜小姐體內……應該沒有魔石吧？」

「嗯……沒有……為什麼突然問這個？」

「沒什麼。我自己也不太清楚。」

趴在連背上的菲歐娜先是愣了一下，不過很快露出微笑。

連暗自點頭。

（莉希亞小姐是體內有魔石，我再透過那種力量讓魔劍顯現。但是菲歐娜小姐不一樣。）

看起來，菲歐娜是藉由黑色巫女的力量，讓從一開始就在連體內的力量顯現。她的力量之所以有一部分銷聲匿跡，也是因為將力量分給連——這好像能解釋不少現象。

到頭來，還是有很多東西無法確定。

「……從今以後，那些魔王教的人是不是會盯上我呢？」

「啊，我想機會不大。」

「為、為什麼？」

「當然，我不敢說絕對不可能，但是梅達斯和凱（那兩個人）原本不知道菲歐娜小姐的黑色巫女之力。如果知道，他們應該打從一開始就會以復活阿斯瓦爾為目標才對。」

那兩個人也不明白到底怎麼一回事，代表阿斯瓦爾對他們來說是意料之外。

之所以發展和遊戲不同，想來是因為菲歐娜還活著。

「這樣反倒讓人家明白，就算處於這種狀況，他們的圈套也沒辦法成功，恐怕會因此變得難以出手。」

這次是抓到伊格納特侯爵的疏忽，但是下次不太可能還用同一招。

如果不是「帝國軍官學院入學考」這種過於特殊的狀況，對方這次的企圖大概無法實現。

進一步來說，以後菲歐娜的力量大概不會引起魔王教的注意了。

因為黑色巫女的力量之中，會對魔物產生作用的魔力已經銷聲匿跡，就算那些傢伙得知菲歐娜的力量，也不太可能因此盯上她。

不過，菲歐娜身為伊格納特侯爵之女的價值依舊沒有改變，今後還是應該嚴加防備。

突然，有個很大的聲音傳入兩人耳裡。
他們抬頭望向天空，從未聽過的巨響令連瞪大了眼睛。
「是魔導船呢。」
好幾艘魔導船悠悠飛過上空。
大概是從帝都來的。
「所以說，菲歐娜小姐。」
該怎麼向包含伊格納特侯爵在內的帝都來客說明，讓連很猶豫。
不過更重要的是，也到了兩人該分別的時候。
「最後，我有兩件事想拜託妳。」
「……嗯。只要是連公子的要求，什麼都行。」
菲歐娜藏起別離帶來的寂寞，微笑著說道。
「感激不盡。」
第一件，是對伊格納特侯爵提起這次騷動中救了菲歐娜的人時，不要把連的名字告訴他。
連需要一些時間讓自己冷靜下來。
出乎意料地碰上了魔王教的人，今後自己還能過著和以往一樣的生活嗎？自己該怎麼做呢？
他想要先釐清思緒。
「所以，能不能請妳告訴伊格納特侯爵，救了妳的是冒險者先生呢？」

「討、討厭啦……要這樣稱呼你讓人覺得非常尷尬耶……！」

「哈哈，被妳這樣稱呼的我也覺得不太自在。」

若是伊格納特侯爵，應該立刻就會明白是誰救了菲歐娜，又是基於什麼目的說出方才那番話。

即使如此也無妨，只要能爭取到思考的時間就好。

不用說，在提供情報方面連不會有所遲疑。

（雖然我知道的情報很少……）

對於分享所知範圍內的魔王教情報這點，連沒有異議。

不過，那些人以後大概還是會像這次一樣神出鬼沒，而且連對於魔王教本來就所知不多。他只能提供「魔王教有**教主**存在」等些許情報。

無論如何，到時候消息應該會透過雷札德傳到伊格納特侯爵那邊吧。

（不管怎麼說，阿斯瓦爾的事都必須報告……）

向雷札德說明時，當然得隱瞞黑色巫女之力這部分。

關於黑色巫女，得由伊格納特侯爵直接告知雷札德才行。

連只能說自己是偶然牽扯進去，然後為了解救菲歐娜而戰，反正這都是事實。魔王教的情報也不能說是來自遊戲，只能當成是凱和梅達斯講的。

「保險起見，連公子的力量也別說出去比較好，對嗎？」

「如果這部分也能幫忙隱瞞，那就再好不過了。」

畢竟菲歐娜已經見過好幾次魔劍。
「我會為菲歐娜小姐的力量保密，麻煩菲歐娜小姐也為我的力量保密嘍。」
「……」
「菲歐娜小姐？」
「對、對不起！只是那個——」
趴在連背上的菲歐娜之所以停頓了一下，是因為「祕密共享」這件事。
能夠和連共享祕密，讓她一時之間開心到說不出話。
菲歐娜打起精神，紅著臉問：
「那麼連公子，第二件事是什麼呢？」
「就是稱呼。」
「稱呼……？連公子就是連公子，不然要怎麼稱呼才好呢？」
「呃，被人家稱呼『公子』讓我覺得很不好意思，如果可以，希望妳直接喊我的名字就好。」
「這——」
菲歐娜表示，不能對救命恩人這麼沒禮貌，堅決不同意。
連也難以接受一個大貴族的千金對自己用敬稱，因此不肯退讓。
兩人幾番你來我往之後——
「那麼連君……如何？」

菲歐娜雖然還是有點不滿，但是連說出：「那就麻煩了。」之後，她屈服了。

「機會難得，連君也直接稱呼我的名字如何？」

「這有很多困難，拜託饒了我吧。」

「——唔。」

雖然人家不高興，但這點無法退讓。

畢竟她是侯爵千金。

「送妳一份土產，關於這件事就請妳放過我吧。」

連把手伸進懷裡，拿出撿來的星瑪瑙碎片遞向背後。

菲歐娜看見後吃了一驚，然後老實地從連手裡接過。

「好漂亮……」

「這一趟都是些不愉快的經歷，至少最後帶一份美麗的回憶走吧。」

確實，這一趟碰上許多令人不怎麼愉快的事。

然而，菲歐娜可以保證，並不是全都那麼糟。

「……美麗的回憶，可不止一份喔。」

因為有見到連，這已經夠特別了。

突然——

『連兄弟～！』

『那裡！聲音是從那裡傳來的！』

明明分開還不到一週，克勞賽爾家騎士的聲音卻讓人感到懷念。

菲歐娜也在這時離開了連的背，用自己的雙腳站立。

擔心路不好走的連向她伸出手，此時魔導船群造成的巨大聲響再度傳來。

「——連君。你不但救了我一次，還救了我第二次，真的很謝謝你。」

她握緊收下的星瑪瑙說道。

「還能……和你再次**相會**嗎？」

她的眼睛、聲音，充滿熱情。

相見、相會。以前祈求能和連相見的她，如今盼望能和連再次相會。

彼此住得很遠，立場也不一樣，想要再次見面恐怕沒那麼簡單。

不過，連柔聲回答：

「還會再見面的。因為我接到了伊格納特侯爵的邀請。」

話中帶了點玩笑性質。

菲歐娜露出有些依依不捨的微笑，說：「也對。」不過她立刻想到某件事。

「對了！到時候就由我來招待你！茶……那天到來之前，我會每天練習泡茶！我會一直一直努力練習，得到傭人們的認可……！」

「那還真令人期待。話說回來，我覺得先前的茶也很好喝喔。」

看見連露出爽朗的笑容這麼說，讓菲歐娜心臟跳得更快了。

各種沒辦法無視的感情盤旋心頭，對這點有了明確自覺之後，菲歐娜想要直視連都得費上一番力氣。

「聽到你這麼說讓我很開心，可是不行喔。我會更努力，為了再次和你相會的那一天努力。所以——」

於是她鼓起勇氣，看著連說道。

「——我們約好嘍？」

在內心盼望再次相會的那一天，能夠盡快到來。

十五章　歡迎回來，我的英雄

過了幾天，巴德爾山脈的騷動在帝都廣為流傳。
前所未見的騷動，中心居然是舉世聞名的名校——帝國軍官學院，必然成為一大問題。
當然，也有人要追究包含學院長克蘿諾雅・海蘭德在內各理事會成員的責任。
但是早在最終測驗開始之前，克蘿諾雅就已遵從國家決策離開雷歐梅爾。
此外，理事會保有的議事紀錄上，也有她將巴德爾山脈排除在選項外的發言，所以追究她責任的聲音漸漸消失。
「我聽到一件很有意思的事，艾德加。」
剛從帝城內大會議室走出來的尤里西斯・伊格納特這麼說道。
「似乎有一名理事會成員死了。」
「對菲歐娜小姐所搭乘那艘魔導船做最終確認的貴族嗎？」
「沒錯，據說那個男人是服毒自盡。似乎在這次事件公開之前就死了。也因為這樣，大批騎士前往他家蒐證。」
「不過，反正什麼都找不到吧？」
「我也這麼想。簡直像是從一開始就打算要死，感覺準備得很周到。」

伊格納特侯爵停下腳步，靠著牆抱胸而立。

「雖然屍體已經腐敗得很嚴重，不過有趣的是，他死的時候好像在笑。」

「聽起來像是他根本不怕死呢。」

「那個貴族大概很高興吧。好比說，他可能有效忠的主子，而且這場騷動能為主子帶來好處——就算是死也能對主子有益，或許讓他覺得很幸福吧。」

「看樣子，這人和我一樣忠心。」

伊格納特侯爵笑了笑，全身上下散發近似於殺意的強烈情緒。

儘管臉上依然掛著笑容，那股霸氣卻讓路過的人都不禁倒抽一口氣。

「話說回來，那艘把考生帶往巴德爾山脈的魔導船怎樣了？」

「好像墜毀在某處荒野。因此巴德爾山脈一事知情的人都死了，待在原定考場等候的考官們也要過好幾天才發現情況不對。帝都花了很多時間才有所行動，也是因為這樣。」

「原來如此。看來那個死掉的貴族，還真是下了不少工夫呢。」

「畢竟是能當上理事的貴族嘛，恐怕為這場騷動賭上了身家性命吧。那名御用商人的引導，也是由死掉的貴族安排的。」

說到這裡，伊格納特侯爵悶悶不樂地說道：

「看樣子，這是個連派閥都不能信任的時代。」

畢竟先前那場騷動的犯人，盯上了英雄派和皇族派都有關係人士參加的考試。帝國軍官學院特待班最終測驗考生的父母，全都有同樣的憤怒，這和彼此的派閥無關。

「魔王教啊。連少爺……更正，解救菲歐娜小姐的冒險者是這麼說的。」
艾德加故意這麼說，伊格納特侯爵聽到後怒火稍微平復了些。
「據說是無意間在公會聽到的。幸好有從菲歐娜那邊得到他的消息。」
前幾天的事——
『菲歐娜，救妳的是冒險者，而阿斯瓦爾最後等於是自我毀滅，對吧？』
『是的，就如父親大人所說。』
『那麼，之後妳的力量也變得比較穩定了。這點也沒錯吧？』
菲歐娜回到伊格納特侯爵身邊時，侯爵先是因為能見到她活著回來而鬆口氣，然後才詢問愛女經過，得到的結果就是這樣。
身為一個父親，他並未追究女兒話中的不對勁之處。
『真是的……無論是我的女兒還是他，收尾都做得不夠漂亮啊。』
『父親大人……？您剛剛說什麼？』
『沒什麼。我只是在說……幸好菲歐娜妳能活著回來。』
伊格納特侯爵回想父女之間的對話，接著疲憊地嘆了口氣。
「我的女兒還真傻。要是我找克勞賽爾家的騎士確認，他們有義務要回答那位冒險者是什麼人的。」
「菲歐娜小姐和那位『冒險者先生』當時可能累到顧不了那麼多吧。要不然，也可能是那位『冒險者先生』無意隱瞞。」

「大概是後者。他自己也需要些時間冷靜，才會拜託菲歐娜這麼說吧。」

伊格納特侯爵猜到連的意圖，並未覺得反感。

想到人家前後救了女兒兩次，就讓侯爵願意尊重對方的意見。

「消息遲早會透過克勞賽爾男爵傳來吧，不過表面上只會是克勞賽爾家騎士聽到的情報。在這件事情上，那個少年應該不會做出錯誤的判斷。」

所以連的事暫時不急，伊格納特侯爵打算先處理自己做得到的部分。

「帝都這邊已經沒事了，回去吧。還有比追究責任更重要的工作。」

聽到主人意外地不打算在帝都有什麼大動作，讓長年在旁伺候的艾德加感到不太對勁。他覺得主人為這件事殺幾個貴族都不奇怪。

相反地，其他貴族倒是聲音很大，還有人把一些聳動的詞掛在嘴邊。

「這樣好嗎？我還以為主人會留點痕跡才回去。」

「嗯……我也考慮過很多，不過這種事做了也只是演齣鬧劇。現在根本沒有魔王教的情報，做什麼都會變成互相推卸責任吧？沒用沒用，只是在浪費時間，所以我不幹。與其搞這些，還不如回去陪菲歐娜。」

說得斬釘截鐵的伊格納特侯爵，其實另有想法。

◇◇◇◇

另一條走廊上，有一對男女。

一個是五官英挺的銀髮少年，年紀和連相差無幾。

少年身旁的女性年紀比他大一些，是貓妖（Cait Sith）——外觀像是貓變成人的種族與人類的混血兒。

「所以說，就是這樣喵。」

「什麼叫就是這樣——不要省略，重新說明一遍。」

少女的隨興口吻，讓銀髮少年嘆了口氣。

容貌端正的少年無奈地重複：

「自殺的理事身上有刻印對吧？從那裡開始。」

聽到他這麼說，混血少女喵哈哈地苦笑。

可能是因為繼承了較多人類特性，少女身上的貓妖特徵只剩貓耳和尾巴，配上她亮眼的五官顯得很可愛。

銀髮少年伸手輕捏少女的臉。

「為什麼要捏我喵！」

「因為妳不認真，蠢蛋。更何況根本就不會痛吧？」

「是啊喵。話又說回來真不愧是**殿下**！您就連捏人的力道也恰到好處，真是天才喵！」

「囉唆。這種讚美聽了也不會開心。有空閒扯還不如快點告訴我。」

少女輕咳一聲。

她一改先前的隨興，換上正經的表情，以略微嚴肅的口氣說道：

「理事身上刻印帶有的魔力，已經確認到和過去魔王臣下身上的一樣喵。」

「換句話說，若不是魔王軍的餘孽，就是那些企圖讓魔王復活的傢伙。」

「推測是這樣喵。」

「這麼一來就麻煩了。要是我們國內有人被魔王的力量吸引，代表派閥也不能信任了。」

「那麼，該怎麼辦喵？」

「那還用說。為了抓出魔王支持者，必須找到一批信得過的同伴。」

少年講得堅定，混血少女卻面有難色。

「能夠與殿下有相同主張的人，都不怎麼好應付喵。」

「但是，只靠我一個做不到。要是我全都自己來，恐怕不止會被敵人咬一口，搞不好還會被吞下肚。」

「不過殿下！要尋找同伴也行，但是還請殿下盡快選出專屬的騎士喵！」

「我知道，但我還沒找到合得來的騎士，這也是無可奈何的吧。」

銀髮少年再次嘆了口氣，對以近侍自居的混血少女這麼說道。

◇◇◇◇

「皇族派無法信任的此刻，我需要能夠共患難的夥伴。」

聽到伊格納特侯爵這番話，燕尾服紳士艾德加微微一笑。

「嗯？你為什麼要笑啊，艾德加？」

「沒想到會從主人口中聽到這種話。不過，我認為主人的想法沒有錯。」

伊格納特侯爵自嘲地回了句「確實如此。」接著說道：

「一旦牽扯到魔王教，就得是能夠託付性命的人，頭腦要好不用說，心志也必須堅定。唉呀呀，我自己講了都覺得很難找啊。」

伊格納特侯爵十分苦惱。克蘿諾雅當然是個選擇，但是自己也想尋找其他的可能性。

目前，信得過的人還有克勞賽爾男爵。

他願不願意先放一邊，伊格納特侯爵想要更多可以共患難的同伴。就在侯爵將自己的想法說出口時——

『唉呀呀……要是除了同伴之外，還能找到專屬騎士就好了。』

聲音從前方轉角處傳來。

接著，伊格納特侯爵就在轉角遇上了說話的人。

「喔？」

「嗯？」

在伊格納特侯爵的驚訝聲之後，接著就是銀髮少年的疑問聲。

打了照面的兩人相互凝視起對方的眼睛，彷彿要發掘潛藏其中的真意。

「——唉呀呀，居然是**拉迪烏斯殿下**。」

「——原來是你啊，尤里西斯。」

各自說出對方的名字後，兩人都沉默下來。

即使曉得和隨從談話的內容應該已經被對方聽到，兩人還是要試探一下對方。

儘管面前是讓許多貴族都要避開的大貴族尤里西斯·伊格納特，名為拉迪烏斯的少年也絕不退讓。

他就像回瞪似的，視線始終沒有挪開，態度堂堂正正。

「待會兒有空嗎？」

起頭的是拉迪烏斯。

「本來已經決定回歐培海姆，不過既然是拉迪烏斯殿下的邀請，無論要去哪裡，我尤里西斯都願意奉陪。」

看見男子微笑以對，先行邁步的拉迪烏斯詢問已經在他背後的伊格納特侯爵。

「如果你的女兒不幸身亡，你會怎麼做？」

「您是指這一次的事嗎？還是指皇族拒絕提供素材那一次呢——拉迪烏斯第三皇子殿下。」

「當然，是後者。」

在旁陪同的艾德加，此時心跳快到胸口隱隱作痛。要是主人接下來毫不保留地把話說出口……一想到這裡就讓他擔心不已。

然而，他的主人只是閒聊似的隨口回答：

「如果菲歐娜因為以前那件事而死，我恐怕不會原諒雷歐梅爾和皇族。」

「那麼，不肯原諒的你會怎麼做？」

「雖然只是想像，但我應該會期望雷歐梅爾滅亡。為了達到目的，想來會殺掉很有希望成為下任皇帝的第三皇子。」

「嗯，你應該會這麼做吧。」

「話先說在前面，我明白您無法干涉陛下的決定。真要說起來，我是私底下向陛下提出請求，拉迪烏斯殿下應該是最近才知道這件事……不過就算將這點也考慮進去，我的恨意恐怕還是難以用筆墨形容。」

「嗯。這點我也能理解。」

說到這裡，拉迪烏斯停下腳步，轉身面對伊格納特侯爵。

「不過尤里西斯，如果彼此目的一致，你不覺得大家可以合作嗎？就算你對皇族懷恨在心也一樣。」

「喔？您不怕我從背後刺您一劍嗎？」

「如果我所做的事也對你女兒有益處，我敢肯定你會選擇實利。」

接著又是數分鐘的沉默。

彼此看著對方的眼睛，什麼也沒說。

他們的隨從也都沒有開口，只是屏息旁觀，專心得連眨眼都忘了。

「哈哈！面對我尤里西斯還能這麼強硬的人，您可是第一個啊！」

尤里西斯伸出手，拉迪烏斯握住他的手。

在連所知的故事裡，奪人性命者與被奪走性命者。

還要再過一段時間，連才會得知他們攜手合作。

◇◇◇◇

連搭乘馬車回到克勞賽爾。

湧上的倦意讓他嘆了口氣，然後仰頭看向克勞賽爾的中央區域。

（總算……回來了。）

告別菲歐娜至今，正好過了三週。

若問為何會過這麼久，則和造訪巴德爾山脈的魔導船有關。

魔導船上有許多帝都騎士。連並未遭到他們盤問或調查。克勞賽爾家的騎士必須善後，所以連也保險起見而留下。

至於護衛考生的冒險者們，則被帶往帝都查問。

不過，想來用不著擔心。冒險者之中甚至有人博得貴族子弟的好感，讓對方想要雇用他。
此外，菲歐娜（不是連）也向克勞賽爾家的騎士們說明了不少事。
例如跌落吊橋之後發生什麼事、那場騷動與凱和梅達斯關係重大，以及魔王教的存在。
對他們說明時，菲歐娜都明講是多虧了「連」而非「冒險者先生」。
「連兄弟，咱們總算到了呢。」
通過城門之後，同乘一輛馬車的騎士說道。
「這段在我的人生裡密度高到可以爭前兩名的時間，總算要結束了。」
「順帶一問，另一段是什麼？」
「當然是帶著莉希亞小姐趕來克勞賽爾那時。」
不用說，這些都只是閒聊談笑。
連一邊和騎士閒扯，一邊從窗戶打量克勞賽爾。
一陣子不見的市民向連打招呼，連不禁對眼前景象感到懷念。以前他就有過這種念頭。不知不覺間，在克勞賽爾的生活似乎已經成了自己的日常。
彷彿靈魂得到洗滌一般，有種難以言喻的愜意。
連試著閉上眼睛。可能是先前都無法安心休息吧，眼皮不可思議地愈來愈重。
他搭乘的馬車登上山坡，停在克勞賽爾男爵宅邸前。
「連兄弟，我們到嘍。」

「咦……已經到啦？」
「看來你果然很累。向當家老爺報告之類的交給我們，你先回去休息如何？」
連罕見地想同意騎士的提議，不過他還是有點擔心這次的騷動。
就算詳情可以明天以後再說，好歹還是該報個平安，告訴人家自己回來了。
連「啪！」地拍打臉頰讓自己清醒，然後走下馬車。
就在這時——
「……連！」
莉希亞往馬車跑來，從她臉上能看見種種情緒。
對於連回來的欣喜、聽到消息後對騷動的擔心、得知巴德爾山脈一事的震驚，以及想要早點讓連休息的體恤。
「巴德爾山脈的吊橋意外後，我們立刻向當家老爺報告。大小姐一聽到就說，即使只有她一個人，她也要去巴德爾山脈。」
來迎接馬車的騎士在連耳邊說道。
於是迎接的騎士退開，莉希亞來到連身旁。
雷札德和拜斯也從屋裡現身，朝馬車的方向走來。莉希亞搶在他們兩個之前，握住連的手。
「……連！歡迎回——」
她立刻閉上嘴。
看見連手上的灼傷，莉希亞瞬間明白被衣服遮住的部分——手臂多半也一樣，於是她強行拉住灼傷比較不明顯的那隻手往回走。

「父親大人！我帶連進去！」

她沒等雷札德回應，就把連帶進本邸。

和雷札德、拜斯擦身而過時，連小聲說了句：「不好意思。」

兩人笑著要連別放在心上。

（……好想睡啊。）

一直緊繃的神經頓時鬆懈下來，全身上下的力氣都溜走了。

兩人進了本邸，正要從玄關大廳的沙發旁通過時，連的身體晃了一下。

全身癱軟的連倒向沙發時，也牽連到了莉希亞。

「連……？」

莉希亞坐到沙發上接住連，把他的頭放到自己腿上。

以聖女大腿為枕的連，已經昏昏欲睡。

他咕噥了句：「對不起。」反射性地想要起身。

「辛苦你了，連。」

莉希亞把手放到連肩上。

大概是神聖魔法吧。一股令人感到很舒服的暖意，讓連的眼皮變得更為沉重。

「我覺得……我已經夠努力了。」

「嗯，我知道。」
「還有，我好累。」
「嗯，這個我也知道。」
莉希亞把手放上連灼傷的部位，發出白光。
灼傷處留存的些許痛與熱，慢慢消失。
「連，你做了些什麼啊？」
「嗯……雖然聽起來很像假的……」
看著在自己腿上閉起眼睛，隨時都會睡著的連，莉希亞微微一笑。
還想再聽一下他的聲音，所以忍不住開了口。
而且乖乖枕著自己大腿的他好可愛，莉希亞捨不得這段時光。
「先是碰上想讓魔王復活的人……又碰上突然復活的阿斯瓦爾。」
「唉呀，真厲害。不過，連贏了嘛。」
「那個……妳不懷疑嗎？」
「我反而想問為什麼要懷疑呢？真是的。」
莉希亞表面上和平常一樣，內心則是滿滿的驚訝。
只是現在心思大多放在治療連上面。
「……對了。我有件事想問莉希亞小姐。」
莉希亞可愛地歪頭，回了句：「問我？」

「那段藏在備忘錄上的話──」

「～～不會吧？你發現了嗎？」

「對著燈光就看到了……抱歉。不過……」

畢竟原本以為不會穿幫，聽到人家已經發現，讓莉希亞感到很害羞。

但是，一聽到是那句話和她的短劍救了連，莉希亞頓時把羞怯拋到腦後，臉上有了笑意。

「那句話讓我覺得好溫暖，而且多虧了莉希亞小姐送的短劍，才能折斷阿斯瓦爾的角。我能活下來，都是多虧了莉希亞小姐。」

莉希亞先是「咦？」了一聲，不過很快就藏起了驚訝。

「……哼哼，我的護身符確實有效呢。」

既然連剛剛有提到阿斯瓦爾復活，那麼大概是自己的魔力對不死生物有效吧。莉希亞心想。

當然，她還有很多事想問。

不過，莉希亞決定以連的身體狀況為優先。

「要不要就這樣睡一覺？」

「……好。」

「呵呵，乖孩子。」

此刻的連，已經沒有餘力思考。

吃了一驚的莉希亞，露出滿是慈愛的溫柔表情，輕輕撫摸連的頭。

「那麼，晚安。」

聲音裡的溫柔，不輸她的表情。

在莉希亞的注視下，連放下沉重的眼皮。不過他突然又像想到什麼似的，睜開眼睛看著莉希亞。

莉希亞有些驚訝地問：「怎麼了嗎？」於是——

「——我回來了。」

總算回應了莉希亞的「歡迎回來」之後，連閉上眼睛。

莉希亞再度露出微笑，為連撥開他臉上的頭髮。連已經落入夢鄉。

「嗯，歡迎回來——我的英雄。」

英雄在聖女腿上安眠，聖女治癒英雄。

在稍後來確認狀況的優諾眼裡，這一幕如夢似幻。

從小看著長大的白色聖女與她的英雄，構成一幅宛如聖畫的美景。

尾聲

連回到克勞賽爾過了兩天，莉希亞一早就來到連在舊館的房間。
『從明天起，我會用神聖魔法幫你療傷！』
連剛從莉希亞腿上醒來，就聽到她這麼說。
短期之內，治療大概會是早上的例行公事。

莉希亞今天也拉著連的手施展了十幾分鐘的神聖魔法。
機會難得，莉希亞提議一起去本邸吃早餐。
「那麼，今天就恭敬不如從命。」
「等一下。不穿外套可不行喔。」
從舊館前往本邸的距離不長，但是要通過穿廊。
儘管時間很短，不過會接觸冬季的冷空氣，所以莉希亞反對身體還沒恢復的連不穿外套就走出房間。
她沒等連回應，就走向房間角落抓起掛在衣帽架上的外套。
「好啦，來這邊。」

「不用啦！我自己能穿！」
「聽話，過來。」
莉希亞沒有幫人家穿外套的經驗，因此費了點工夫。
即使如此，讓她幫忙的連還是很不好意思地道了謝。
「怪了？」
連的注意力轉向外套口袋。
他發現口袋裡有個硬物，心想大概是出遠門時用到的某樣東西還放在裡面。
然而，連掏出來的不是什麼野外求生工具，看起來像是灰色的石頭。
「你從哪裡撿來的？」
「不知道。可是我不記得有撿過這種石頭……」
「可能不是普通的石頭。你看，這邊的角落閃著紅光。」
「……真的耶。」
更搞不懂怎麼回事的連拿起石頭，莉希亞說：「讓我看一下。」把臉湊過去。
「到底是什麼呢……要不要拿到亮一點的地方？」
「試試看吧。」
兩人忘了要去本邸這回事，走向窗邊。
連把手裡的東西對著朝陽，能清楚看見有個地方在閃紅光。
但是，他看不出這是什麼。

兩人決定暫且擱下，先去吃早餐。

——然而，就在連把石頭放到桌上時……

擺在桌子角落的瑟拉奇亞蒼珠裡，藍色霧氣與雷光出現前所未有的激烈反應。

疑似石頭的物體，也湧出深紅光芒。

原先只有些許的裂痕不斷擴大，發出聲響。

「連！」

「我不知道！但是，別離開我身邊！」

連趕緊把莉希亞抱進懷裡，遠離瑟拉奇亞的蒼珠。

藍色的風宛如風暴，在房間裡形成龍捲。

地面有股壓倒性的寒意，迸發的雷光掠過連的腳邊。

在連和莉希亞眼前，那樣散發濃密魔力的物體開始扭曲。

聲響再度出現，那是瑟拉奇亞蒼珠上頭裂痕擴大的聲音。

不知不覺間，房間裡的一切異狀，都被瑟拉奇亞的蒼珠吸了過去……

最後響起很像玻璃破裂的「啪哩——」一聲。

（該不會，剛剛的石頭——！）

彷彿要證實連的猜測一般，他眼前的瑟拉奇亞蒼珠裂成兩半。

然後——

『啾！』

出現一隻毛茸茸的可愛魔物。

連想起遊戲裡的知識。

（如果獻上龐大的魔力與偉大之龍的角，或許能夠讓蛋孵化。理論上，牠誕生後對主人絕對忠誠。）

他還想到七英雄傳說設定資料集的內容。

（……在七英雄討伐魔王以前，有種與魔王為敵的魔物。這種魔物擁有絕對性的冰與黑暗之力，讓魔王感到相當棘手——）

代表那顆石頭就是偉大之龍的角。

大概是連打斷阿斯瓦爾的角時，碎片掉進他外套的口袋了吧。阿斯瓦爾之角的碎片，加上蒼珠以前吸收過連的魔力，看來是這兩者成了祭品，讓傳說中的魔物得以孵化。

（我的腦袋已經完全跟不上了。）

偉大之龍是指阿斯瓦爾這點能夠理解，但也僅此而已。

連也沒料到會有這種發展，腦袋裡一團亂。

一旁的莉希亞，則是大膽地靠近剛誕生的魔物，嚷嚷著：「好可愛。」然後把牠抱起來。

『——？』

英氣與可愛兼具的美少女莉希亞將幼小魔物抱在懷裡，僅僅如此就已美得像是一幅畫。

「總而言之，帶牠過去吧。」

「帶牠過去？要去哪裡？」

「呵呵，那還用說嗎？」

莉希亞抱著剛誕生的魔物，拉起連的手往外走。

她懷裡的魔物並未抵抗，只是來回打量連和莉希亞。

「不管要做什麼，都得先向父親大人報告才行。」

莉希亞這句話合情合理，連聽了後點頭回答：「……也對。」

後記

非常感謝您願意閱讀這本《轉生為故事的黑幕》第二集。

去年夏天第一集發售時（註：後記提及時程皆指日本出書狀況）立刻再版，所以在此利用這個機會感謝各位的支持！

這回加筆部分比第一集更多，如各位所見，書變得更厚了。

當然，不止厚度，希望各位也能享受內容！

那麼事不宜遲，談談關於第三集的事。

多虧了各位讀者的支持，《轉生為故事的黑幕》也決定要出第三集了！第三集從去年底開始作業，進度順利！

在第三集裡，也會有連的新故事。

像是連終於前往都會，遇上七英雄後裔。除此之外，還為了取得新力量而經歷千辛萬苦，也有許多和女主角的事件。

而且，連居然結識了——

第三集故事將有更重大的進展，還望各位繼續奉陪。

至於連的故事和七英雄傳說是怎樣的關係，還請等待後續報導！

另外，日前漫畫第一集也發售了，感謝各位讀者們的迴響。
瀨川老師描繪的戰鬥場景震撼力十足，敝人身為原作者，看到之後也震驚得說不出話！
詳情請看《少年Ace》的官方網站，還請各位務必關照漫畫與原作。

最後要向大家致謝。
首先是なかむら老師，在第一集之後又提供了許多美麗插圖，真的很感謝您！新畫的菲歐娜等人不用說，連和莉希亞也還是那麼棒，令人感動！
然後是日前升遷的前責編K編輯，給了我許多寶貴的建議。兩位責任編輯總是細心提點，在此向兩位致上最深的謝意。
再來是另一個文庫，協助出版敝人《魔石傳記　獲得魔物力量的我是最強的！》的カドカワBOOKS，萬分感謝你們在出版品上放了本作的廣告。
還有各位美術設計、行銷、物流等關係人士。
以及閱讀敝人著作的各位讀者，在此獻上敝人誠摯的感謝！
期盼能繼續在第三集問候各位，這次的問候就到此為止。
今後也請多多關照《轉生為故事的黑幕》！

砂上的微小幸福

Kadokawa Fantastic Novels

作者：枯野瑛　插畫：みすみ

「邪惡的怪物應該消失。你的願望並沒有錯喔。」
這是某個生命活了五天的故事——

商業間諜江間宗史因任務而與女大生真倉沙希未重逢，卻被捲入破壞行動。祕密研究的未知細胞救了瀕死的沙希未。名喚「阿爾吉儂」的存在寄生於其體內，以傷勢痊癒後歸還身體前的期間為條件，與宗史生活在同一屋簷下……

NT$270/HK$90

身為VTuber的我因為忘記關台而成了傳說 1~6 待續

Kadokawa Fantastic Novels

作者：七斗七　插畫：塩かずのこ

衝擊的VTuber喜劇，
傳說與傳說硬碰硬的第六集！

在「三期生一週年又一個月紀念直播」完美落幕後，傳說級的VTuber「星乃瑪娜」居然邀請淡雪參加她的畢業直播！眼見要與尊敬的Ｖ進行合作，淡雪在感到緊張之餘也決定全力以赴。在這段過程中，淡雪因為微不足道的契機而面對起自己的「家人」——

各 NT$200~220/HK$67~73

義妹生活 1~7 待續

Kadokawa Fantastic Novels

作者：三河ごーすと　插畫：Hiten

「追求自我本位的幸福。」
兩人逐漸登上從「兄妹關係」通往情侶的階梯……

隨著與悠太的距離持續縮短，沙季雖然對「彼此的關係要受所有人歡迎有多困難」這點有所體悟，依舊渴望與他有更多互動。然而儘管身處特別的日子，兩人在外卻難有情侶的交流，反而更加感受到距離……最後，總是壓抑自身心意的兩人採取了某種行動——

各 **NT$200~220/HK$67~73**

國家圖書館出版品預行編目資料

轉生為故事的黑幕 : 以進化魔劍和遊戲知識傲視群倫 / 結城涼作 ; Seeker譯. -- 初版. -- 臺北市 : 臺灣角川股份有限公司, 2023.12-
冊 ; 公分

譯自 : 物語の黒幕に転生して : 進化する魔剣とゲーム知識ですべてをねじ伏せる
ISBN 978-626-378-294-5(第2冊 : 平裝)

861.57 112017366

Kadokawa
Fantastic
Novels

轉生為故事的黑幕～以進化魔劍和遊戲知識傲視群倫～ 2

（原著名：物語の黒幕に転生して ～進化する魔剣とゲーム知識ですべてをねじ伏せる～2）

2023年12月21日　初版第1刷發行

作　　者：結城涼
插　　畫：なかむら
譯　　者：Seeker

發 行 人：岩崎剛人
總 編 輯：蔡佩芬
編　　輯：邱璦萱
美術設計：宋芳茹
印　　務：李明修（主任）、張加恩（主任）、張凱棋

發 行 所：台灣角川股份有限公司
地　　址：104台北市中山區松江路223號3樓
電　　話：（02）2515-3000
傳　　真：（02）2515-0033
網　　址：www.kadokawa.com.tw
劃撥帳戶：台灣角川股份有限公司
劃撥帳號：19487412
法律顧問：有澤法律事務所
製　　版：巨茂科技印刷有限公司
ＩＳＢＮ：978-626-378-294-5